녹을 먹는 비스코
2
혈박(血迫)! 초선력(超仙力) 켈싱하
코부쿠보 신지
NJI COBKUBO PRESENTS

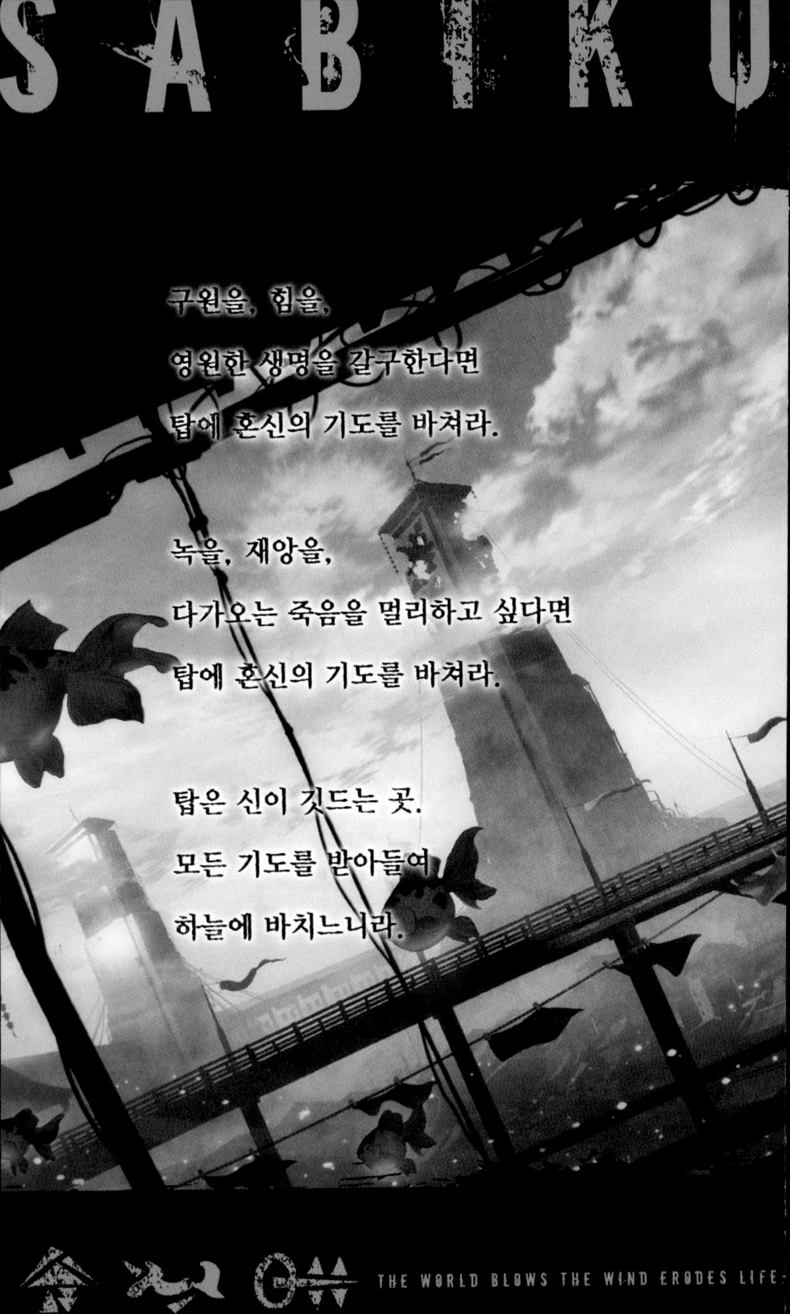
SABIKO
구원을, 힘을,
영원한 생명을 갈구한다면
탑에 혼신의 기도를 바쳐라.
녹을, 재앙을,
다가오는 죽음을 멀리하고 싶다면
탑에 혼신의 기도를 바쳐라.
탑은 신이 깃드는 곳.
모든 기도를 받아들여
하늘에 바치느니라.
THE WORLD BLOWS THE WIND ERODES LIFE.

BISCU
A BOY WITH A BOW RUNNING THROUGH THE WORLD LIKE A WIND

켈싱하
과거 마쇼텐곤슈(摩鏽天言宗)를
이끌었던 『불사승정』.
200년 동안 늙지 않고
시마네의 종교 중추인
《이즈모 육탑》을 다스렸다고
전해진다.

네코야나기 미로
탁월한 의술을 가진
마음씨 착한 미모의 소년 의사.
비스코의 여행에 동행하기 위해
고향인 이미하마에서
현지사를 맡고 있는
누나의 곁을 떠났다.
아카보시 비스코
『식인버섯 아카보시』라는 이명을 가진
최강의 버섯지기.
영약 버섯 《녹식》에서 유래된
특수 체질을 치료하기 위해
파트너인 미로와 여행을 계속하고 있다.

암리니
암리
이즈모 육탑에 사는
의안을 한 미소녀.
하층에 있는 『선의 암리타』의
선의이며, 녹을 빨아내는
진언을 다룰 수 있다.
자우
라스케니
과거 켈싱하와 싸운
승려 중 한 명이자 암리의 스승.
주물의 지식 및 취급에 뛰어나며
이즈모 육탑의 질서를 지키기 위해
암약하고 있다.

[일러스트] 아카기시K
[세계관 일러스트] mocha (@mocha708)
DESIGNED BY AFTERGLOW
A boy with a bow running through the world like a wind.
버섯 아카보시
•지명수배•
키 180cm 정도
300만
정도
네코야나기 미로
•지명수배•
나이 열일곱
100만 정도
닛카
자경단에 신고해 주세요.
SABIKU
BISC
2

버섯지기 오계(五戒)

하나, 포자를 사랑하며 함께 나아가라.

하나, 자기 안에 신(神)을 길러라.

하나, 눈으로 본 것만을 믿어라.

하나, 죽어가는 것을 죽이지 말라.

하나, 때로는 오계를 의심하라.

이상한 모습의 신이었다.

타오르는 화톳불에 비친 거대한 몸이 쥐색으로 빛났다. 다부지게 단련한 근골은 늠름하게 부풀었고, 등에서 뻗은 여섯 개의 팔은 생생하게 채색된 심장, 신장, 간장, 비장, 허파를 각각 손에 들었으며…… 남은 팔 하나는 하늘을 찌를 듯한 창을 쥐었다.

눈을 부릅뜨고, 거대한 입으로 찢어져라 웃는 그 형상은, 사람이 머리를 들어 올려다봐야 하는 거대함과 합쳐져 그야말로 인간 세상을 먹어치우려는 나신(羅神) 그 자체였다.

그 신상을 향해—.

넓은 신전을 꽉꽉 채울 만큼 들어찬 승려들이 몸을 바닥에 내던지고 일심불란하게 경(經)을 외우고 있었다. 후드가 달린 승복 사이로 엿보이는 얼굴이나 목에는 글로 된 문신이 빼곡하게 적혀 있고, 그 모두가 무언가의 경문을 가리키고 있었다.

"온, 큐르베이로, 켈하샤."

"온, 하르큐이로, 켈하샤."

승려들이 외우는 경은 모두 속삭이는 정도였지만, 300을 훨씬 넘는 신자들이 일제히 외우자 마치 어둠 속을 기어 다니는 아귀(餓鬼)의 허덕임 같았다.

그곳에—.

"오장(五臟)을, 신 앞에."

신전의 문이 천천히 열리고, 진홍색 로브를 입은 교조(教祖)로 보이는 자의 목소리가 엄숙하게 울려 퍼졌다. 신자들은 미리 짠 듯이 물러나 제단으로 가는 길을 만들었다.

교조를 따라 호위 무승이 두 명, 뒤이어서 얇은 천을 걸친 어린 소녀가 한 명, 거기에 또다시 두 명의 무승이 그 옆에 붙어서 제단을 향해 걸어갔다.

"온, 아스팔, 샤다, 카르나……."

"온, 아스팔, 샤다, 카르나. 온, 아스팔, 샤다, 카르나……."

교조와 무승들이 제단에 무릎을 꿇고 기도했다. 엎어져 있던 승려들도 뒤를 따라 계속해서 새로운 경을 외우자 신전 안은 갑자기 이상한 열기에 휩싸였다.

"오…… 온, 아스팔…… 샤다, 카, 카르나……."

그 기도의 중앙, 제단 앞에 무릎을 꿇은 소녀는 전신을 덜덜 떨면서 겨우겨우 목에서 경을 토해냈다. 그것을 지켜보다 일어선 교조의 붉은 로브에서 날카로운 단검이 번뜩이며 드러났다. 그는 무승이 내민 쥐색 약액 항아리에 그것을 집어넣어 적시고는, 소녀의 팔을 잡고…… 단검 자루를 그 손에 살며시 들려줬다.

"선대 무녀는 하나, 선선대 무녀는 두 개의 장을 뽑을 때까지 살아있었습니다. 자신의 신앙을 가지고 바친다면, 그만큼…… 무녀의 영혼은 청정한 윤회 속에서 승화되겠지요."

소녀의 숨결과 떨림이 한층 거칠어졌고, 구슬 같은 땀이 계속해서 목을 타고 흘렀다. 얇은 천을 풀고 무승의 부축을 받은 소녀는 서서히 단검을 자신의 매끄러운 배를 향해 갖다 댔다.

"……아, 아앗……! 학! 학! 학……!"

교조가 반쯤 광적으로 불타오르는 신자들에게 들리지 않게끔 무승의 귀에 속삭였다.

"이번 무녀는 신심이 좀 부족한 모양이군. 도와드려라. 죽기 전에 내장 두 개는 뽑아라."

고개를 끄덕이는 무승 옆에서 땀투성이 소녀의 부드러운 피부에 단검이 푹 들어가며 약간 피가 나왔다.

"시…… 싫어…… 역시, 나……!"

"되었다. ……신 앞에, 오장을 바쳐라."

"싫어—! 누가 좀, 살려줘—!"

소녀가 비명과 함께 움켜쥔 단검을 휘둘렀고, 그것이 무승의 눈을 후벼 팠다. 휘청거리는 무승의 빈틈을 노린 소녀가 도망치려했지만 일심불란하게 경을 외우는 신자들의 벽에 가로막혔고, 이윽고 무승에게 발목이 잡혀 쓰러지고 말았다.

"어쩔 수 없군. 괴롭게 하지 말도록."

"예."

"싫어, 싫어어어! 엄마, 언니, 살려줘어어!"

무승이 허리춤에서 검을 뽑아 억누른 소녀의 목을 향해 내리쳤고…….

내리치는 순간, 까앙! 하는 소리가 났다.

"……아니, 이건!"

무승의 검은 소녀의 목 앞에서 허공을 갈랐다. 바람을 가르며 날아온 한 줄기 섬광이 검신을 쳐서 날을 부러뜨린 것이다.

그 너무나도 아름다운 검의 단면을 본 무승이 살짝 마음을 빼앗겼고, 그 순간—.

빠끔!

칼자루에서 새빨간 광대버섯이 힘차게 피어오르며 그 발아하는 기세로 무승의 몸을 있는 힘껏 날려 신전 벽에 처박았다.

“이교도!”

“승정님을 지켜라!”

교조를 지키고자 모여든 승려들 위로 붉은색 섬광이 날아가며 그들의 뒤쪽에 있는 신상의 가슴에 깊숙이 꽂혔다. 신상은 순식간에 붉은 균사의 망으로 뒤덮였고, 빠강! 빠강! 하고 몸이 깨지면서 진홍의 버섯이 피어났다.

“아, 아앗, 마쇼텐(摩錆天) 님이……!”

승려들의 비명과 소란을 무승이 억누르는 가운데, 더욱 강한 화살이 신상의 콧대에 꽂혔고—.

빠강!

어마어마한 버섯의 작렬로 인해 안면이 통째로 날아가 버렸다.

그때, 벽을 뛰어넘은 그림자가 부러진 신상의 목 위에 피어난 버섯갓에 탁 내려섰다. 목덜미에서 외투가 펄럭펄럭 나부꼈다.

불꽃처럼 타오르는 붉은 머리. 번뜩이며 빛나는 녹색 눈동자. 오른쪽 눈을 덮는 문신이 화톳불의 불빛에 비쳐 붉게 반짝였다.

마치 수라, 아니, 사나운 신과 같은 관록을 품고 업화와 같은 기백을 내뿜자 그 자리에 있는 모든 인간이 공포에 질렸다.

"네놈들의 업보를, 아이의 목숨으로 대신 치르겠다는 거냐……!"

분노에 차서 외치자 짐승 엄니 같은 송곳니가 드러났다.

"그렇게 공물이 필요하면……! 네놈들의 목이라도 바치라고!"

천둥 같은 노성이 신전에 울려 퍼지며 무수한 승려들의 심장을 번개처럼 꿰뚫었다.

"아…… 아그니다!"

"스사노오다!"

"마쇼텐 님께서 패하셨다―!"

비명을 신호로 신자들이 눈사태처럼 도망쳤다. 그때, 제지하는 무승들조차 삼켜버린 사람의 바다를 역주하며 제단을 향해 슬그머니 다가가는 한 승려가 있었다.

"방심하지 마라, 한 명 더 있다!"

"이교도놈! 교조님을 노리는 거냐!"

"미안, 잠깐 눈 좀 붙여!"

덤벼든 무승의 참격을 간단히 피하고, 비틀었던 몸을 되돌리면서 그대로 턱을 걷어차자 무승의 몸이 데굴데굴 굴러가 화톳불에 부딪혀 불을 넘어뜨렸다.

자세를 다잡은 승려의 후드가 벗겨지자, 그 안에서 비단결 같은 부드러운 하늘색 머리가 두둥실 춤췄다. 피부는 비쳐 보일 만큼 하얗고, 여성으로 착각할 정도로 동안이지만, 왼쪽 눈 주변만 판다 같은 검은 반점이 감싸고 있었다.

"다, 당신…… 누구야……?!"

"지나가던 의사야. 지나가서 다행이야!"

싱긋! 하고 한번 해맑게 웃은 판다 소년이 소녀를 안아 올렸다. 그대로 덮쳐오는 무승 두 명, 세 명을 걷어찬 뒤 신상 위에서 미친 듯이 계속 활을 쏘던 파트너에게 외쳤다.

"비스코~! 너무 지나치잖아! 새송이버섯으로 도망치자!"

"이 신상의 가슴에서 피우겠어! 3 카운트로 가자, 3!"

"2!"

미로는 소녀를 안고 신상의 팔 위로 뛰어올라 파트너 곁에 착지했다.

그리고 등을 맞대며 함께 외쳤다.

""1!""

비스코가 꽂아둔 보라색 화살을 둘이서 힘껏 밟았다.

빠꿈!

신상 가슴에서 비스듬히 솟아오른 새송이버섯이 세 사람의 몸을 아득한 신전 저편으로 날려버렸고…….

그것을 끝으로 아무 일도 일어나지 않았다. 산산이 파괴된 신상에서 뽕, 뽕 하고 단속적으로 버섯이 피어나는 것 말고는, 마치 지금까지의 상황이 환상이었던 것처럼 조용했다.

"신을 모독하는 놈들……! 악귀인가, 수라인가……."

"……."

도망치는 신자들 사이에 낀 무승들은 질풍처럼 떠나버린 그 위협에 전율했고…… 교조는 신상의 모습을 지켜보며 붉은 후드 속에서 눈동자를 씁쓸하게 일그러뜨렸다.

그 때—.

"하늘의 계시, 라고 할 수 있겠죠."

반짝거리는 장식이 달린 흰색 로브를 두른 작은 그림자가 무승들 사이에서 스르륵 걸어 나와 옆으로 쓰러져서 타오르는 화톳불에 비쳤다.

"……하늘의 아이님! 어찌하여 이런 곳에……! 위험합니다."

"그대도 보지 않았습니까. 신체(神體)를 부수던 모습은 그야말로 마쇼텐곤슈(摩錆天言宗), 멸망의 암시. 그대도 아버지께 충의를 보일 때가 아닙니다. 시급히 종파를 버리세요."

"너무 함부로 말씀하시는군요. 바보 같은 것들, 너희가 붙어 있는데도……!"

교조의 매도를 들은 무승들은 모두 머리를 조아리기만 할 뿐이었고, 그것은 이 하얀 로브가 누구도 의견을 낼 수 없는 고위 승려라는 것을 가리키고 있었다.

"걱정하실 것 없습니다. 고작 우상이 파괴되었을 뿐인 일…… 자, 이쪽으로."

하얀 로브는 손을 당기는 교조를 거스르지 않고 조용히 걸음을 옮겼고, 뒤를 한번 돌아보고는…….

"……예쁘다."

신상을 먹어치우며 피어오른 버섯이 밤의 어둠 속에서 아련하게 빛나는 모습을 보며 보라색 눈동자를 빛냈다.

녹을 먹는 비스코
SABIKUI BISCO
The world blows the wind erodes life.
A boy with a bow running
through the world like a wind.
2
혈박(血迫)! 초선력(超仙力) 켈싱하
코부쿠보 신지
SHINJI COBKUBO PRESENTS
[일러스트] 아카기시K
[세계관 일러스트] mocha (@mocha708)
DESIGNED BY AFTERGLOW

"꺄아아아악!"

소녀의 비명이 포물선을 그리며 밤의 어둠 속을 노래했다. 세 사람은 신전을 내려다볼 수 있는 작은 언덕의 평평한 지면에 떨어지기 직전에 옆에서 뛰어오른 거대한 갑각류에게 안겼고, 그것의 보호를 받아 언덕 위를 한동안 데굴데굴 굴렀다.

"……푸핫! 고마워, 아쿠타가와!"

미로는 그렇게 말하며 자신들을 지켜준 거대한 게, 아쿠타가와의 배를 매만졌다. 그리고 다시 한 번, 지붕이 무너져서 처참한 꼴이 되어 버린 아까 그 신전을 언덕에서 내려다봤다.

"아~아. 비스코, 너무 화려하게 저질렀잖아! 신상을 통째로 날려버리다니……."

"켁! 어린애의 배를 갈라버리려고 한 놈들한테 지나치고 자시고가 있겠냐."

미로 옆에 선 비스코가 씁쓸하게 신전을 내려다봤다.

"짜증난다고. 덩치 큰 어른들이 인형 앞에 모여서 꾸벅꾸벅 고개나 조아리기는."

"……그래도, 확실히 물러날 때일지도 모르겠어. 이제 저 종파는 빈껍데기야. 불사승정(不死僧正)의 단서는 남아있지 않은 것 같아."

미로는 그렇게 말한 뒤 몸을 돌려 정신을 잃고 아쿠타가와의 발밑에 누운 소녀에게 다가갔다. 미숙한 몸을 꼭 부여잡고 있는 그 얼굴에는 새로 생긴 눈물 자국이 있었다.

"이 녀석의 몸에는 문신이 없네. 무녀라서 그런가?"

"앗! 보면 안 돼! 때 타지 않은 소녀의 몸이니까!"

"뭐야, 꼬마의 알몸 따위로…… 앗, 네놈은 괜찮은 거냐!"

"의사니까요. 자, 저쪽 봐! 쉿쉿!"

부루퉁해진 비스코를 등진 미로는 소녀에게 앰플 몇 개를 투여했다. 공포에 떨던 소녀의 숨소리가 이윽고 잠잠해지고, 굳어진 표정도 평온함을 되찾아갔다.

"외상은 없지만, 정신적인 원인으로 심하게 위축됐어. 어지간히 강력한 신앙을 심었던 모양이야. 자신의 내장을 스스로 바치려 하다니……."

"영혼까지 물든 건 아니겠지. 싫다고 말했으니까. 구해달라고도 했어. 그래서 그렇게 했을 뿐이야. 말하지 않았다면 내버려 뒀을 거야."

"말은 잘하네! 어차피 구해줬을 거면서."

"네놈은 좀 닥치고 있어!"

아쿠타가와 위로 뛰어오른 비스코를 좇아 미로도 소녀를 안고 안장으로 올라왔다. 천천히 일어나서 서서히 속도를 올리며 달리는 아쿠타가와 위에서 미로가 나지막하게 중얼거렸다.

"자신을 바쳐가면서 믿었던 것이…… 누군가가 만든 환상이라면. 그때까지의 자신은, 시간은…… 뭐였던 걸까. 앞으로 이 아이는…… 뭘 믿어야 하지?"

"자신을 믿으면 되지."

비스코가 별것 아니라는 듯이 한마디 하자, 미로는 그 옆얼굴을 쳐다봤다.

"모름지기 신은 자기 안에 있는 거야. 버섯지기도 활의 신에게 기도하지만…… 염불을 외운다고 화살이 맞는 건 아니라고. 화살을 맞출 수 있게 되는 것이 곧 신에게 기도하는 거지."

그렇게 말한 비스코는 문득 웃고 있는 파트너의 시선을 눈치채고 쑥스러운 듯이 몸을 돌렸다.

"비스코, 한자도 못 읽는 주제에 그런 철학은 확실하네."

"학문은 상관없잖아! 네놈은 어떻게 생각하는데?! 앙!"

"아하하! 나한테 철학은 필요 없어. 비스코를 믿으면 되니까!"

파트너의 순진한 미소를 본 비스코는 입을 다물 수밖에 없었고, 켁! 하고 한마디 내뱉고는 그 기세로 아쿠타가와를 한층 빠르게 몰았다.

이윽고 밤이 끝을 알리고, 멀리서 아침 해가 고개를 내밀며…… 대게와 두 소년을 조금씩 오렌지색으로 비추기 시작했다.

1

비스코와 미로, 그리고 아쿠타가와 일행은 앞선 녹식 대량 발생 사고 이후, 미로의 고향인 이미하마에 작별을 고하고 비스코의 고향인 시코쿠로 향했다.

여행 도중, 효고 하치부세산의 산악 루트에서 두 사람은 버섯지기 카라반과 마주쳤다.

"움직이지 마라! 무기를 버리고 이쪽으로…… 아니, 잠깐만, 누군가 했더니 너, 비스코잖아! 이보게들, 자비 영감네 비스코가 왔어!"

"그 악동이 어엿해졌구만! 보라고, 예쁜 신부까지 데리고 있어!"

"누가 신부야, 바보! 이 녀석은 미로! 내 새로운 파트너라고!"

카라반은 돗토리의 버섯지기들이 중심이었는데, 이미하마가 버섯지기의 이민을 받아들인다는 뉴스에 마을을 정리하고 일족 대이동을 하던 도중이라고 했다.

두 사람과 게 한 마리는 거기서 융숭한(버섯지기치고는, 말이지만) 대접을 받은 뒤, 모처럼이니 장로에게 지금 비스코가 가진 특이체질에 관해 물어보기로 했다.

"불로불사의, 인간은, 있지."

"에엑?!"

"사람을 불사로 만들어 준다고도, 들었다."

"이봐, 할망구! 적당히 떠들어대는 건 아니겠지!"

"잠깐 비스코! 말투!"

장로는 긴 파이프를 물고 보라색 연기를 피워 올리더니, 비스코의 발랄한 기운을 보며 히힛 하고 웃었다. 장로의 주름투성이 얼굴에는 문신과 피어스가 빛나고 있어서, 두 사람은 역전의 전사다운 기풍을 느꼈다.

"우리는 옛날에, 쿠사비라[#1] 님이라는 토지신을 모시고 있었는데, 시마네에서 온 『불사승정』이라는 녀석의 종파에게 절과

#1 쿠사비라 버섯을 뜻하는 고어.

신체가 통째로 불타버린 적이 있지."

"불사승정……? 그 녀석과 싸운 거야?!"

"너처럼 버섯의 힘에 유래된 건지는 모르겠다만. 나는 그 녀석에게 광대버섯을 두 발 먹였는데, 그럼에도 살아있지 뭐냐. 이거 거의 불사신이라고 생각했지. 도저히 이길 수가 없어서 그때는 황급히 도망쳤지."

얼굴을 마주 보는 두 소년을 바라본 노파는 상처투성이 얼굴에 살짝 미소를 머금고는 연기를 몇 번 뿜었다.

"이미 옛날이야기지만 말이지. 시마네의 이즈모 육탑(六塔)이라는 곳을 늙지 않고 200년 동안이나 다스리고 있는 불사신 승정이 있다고, 내가 젊은 시절에는 다들 아는 이야기였단다. 한때는 몸에서 녹을 떼어내고 싶은 녀석이나, 불사가 되고 싶은 녀석들이 무리를 지어 마곤슈(摩言宗)…… 아, 정확하게는 마쇼텐곤슈라고 하는데, 길지? 마곤슈라고 부르는 게 보통이다…… 아무튼 다들 그곳의 문을 두드렸었지."

"장로님. 아직 그 불사승정은…… 그, 이즈모 육탑에 있는 걸까요?"

"글쎄다. 최근에는 그 마곤슈도 영락해버렸다고 하더구만."

장로는 모아둔 연기를 두 사람을 향해 후욱 뿜어내고는 깔깔 웃으며 말했다.

"뭐, 아무튼 갈 수 있는 곳까지 가서 불사의 비밀이라도 찾아보는 게 어떠냐? 사람을 불사로 만들 수 있다면, 불사를 없앨 수 있을지도 모르지. 아무튼 뭔가 단서는 있지 않을까."

역전의 노파는 그 두꺼운 손가락으로 비스코의 턱을 잡고는 얼굴 바로 앞에서 씨익 웃었다.

"뭐, 나라면 그런 편리한 몸을 버리는 촌스러운 짓은 하지 않겠지만."

그리고. 보름 뒤…….

대종교국가, 시마네.

주변 현과는 거리를 두고 독자적인 문화체계를 가진 시마네 현은 중앙 정부와도 거의 동등한 발언권을 가진다고 전해진다.

그 근거가 되는 것이 신앙의 힘, 종교가 가진 강대한 영향력이다. 시마네를 거성으로 삼는 텐카토나 쿄류도(巨隆堂) 같은 거대한 종파의 신자는 일본 전역에 흩어져 있기 때문에, 중앙 정부가 시마네에 압력을 가하려고 하면 일반 시민 사이에 섞여 있는 신자들이 파업이나 테러 같은 소동을 일으키게 된다.

결과적으로 시마네는 중앙 정부의 간섭을 받지 않는 중립 현이 되어, 일부 사람들은「국가」라고 부를 정도가 되었다.

그렇지만—.

현대 일본에서 분쟁이나 음모가 없는 곳이 있을 리가 없다.

현에는 현끼리의 분쟁이 있듯이, 시마네의 종교 역시 종교끼리의 다툼…… 까놓고 말하자면 끊이지 않는 전쟁의 불씨가 오늘도 타오르고 있었다.

"이거 참~, 설마 여동생이 돌아올 줄은 생각도 못했다니까!

아빠, 엄마도 죽어버렸고 하나 있던 여동생까지 사라져서, 나도 슬슬 가게를 접고 비구니나 될까 생각하던 참이었거든."

술집에 걸려있는 수많은 전구에 날벌레가 모여서 그 작은 몸을 부딪치자 전구가 타닥타닥 소리를 내며 약간 흔들렸다. 그 아래쪽 테이블에는 농민으로 보이는 이들이 잔을 손에 들고 흙으로 더러워진 얼굴로 껄껄 웃었다.

"정말 아무리 감사해도 부족하다니까! 오늘은 사양 말고 뭐든 먹고 가라고! 우리 가게 밥은 이 주변에서도 조금 평판이 좋거든."

"파렌~, 여기 소주 비었어. 따라줘."

"싫어, 알아서 마셔! 오늘은 이쪽 손님한테 최고의 대접을 해줘야 하니까!"

젊은 미인 주인장이 만면에 미소를 띠고 말하면서 카운터석을 바라봤다. 다만, 그 말을 들은 두 젊은이는 이미 사양이란 말이 조금도 없는 식사를 보여주고 있었다.

"야, 뭐야, 이 두부? 엄청 맛있잖아. 누님, 쌀밥 없어?"

"리츠. 그거, 그대로 먹는 거 아니야. 이 소바를 곁들이는 것 같은데."

"간소바, 모르는 거야? 부유 아귀의 간을 사용하는 시마네 명물인데."

"후루루루루루루루루룩!"

"우와앗! 더, 더러워! 조, 조금은 여자아이답게 굴라고!"

카운터석에 있는 것은 사냥꾼 같은 복장의 2인조…… 소녀,

들이었다.

한 명은 비단결 같은 하늘색 머리를 어깨까지 기른 선이 가는 소녀였다. 얼굴 왼쪽을 가리는 붕대를 감아서 약간 수상한 느낌은 있었지만, 부드러운 인상은 자애로 가득하고 상쾌한 미모를 가져서, 이만한 마인을 찾기는 꽤 어려워 보였다.

한편, 그 일행은 어떠냐면…….

근육이 다부진 붉은 머리의, 여자……였다. 가시처럼 곤두선 머리를 마치 만주사화(曼珠沙華)처럼 이리저리 흐트러뜨리고, 파트너와는 정반대로 얼굴 오른쪽에 똑같이 붕대를 감았다. 날카로운 왼쪽 눈동자는 비취색으로 반짝여서 눈을 마주치기만 해도 짓눌려버릴 것 같은 박력이 있었다.

화장이 어울린다고는 도저히 말할 수 없고, 여자라고 하기에는 너무나 야성적이지만, 얼굴 자체는 단정한 데다 시대가 이런지라 용병 일을 한다면 이런 여자가 있어도 이상하지는 않을 것 같은…… 그런 아슬아슬한 느낌이었다.

두 사람 모두 목이나 가슴팍에 화장으로 숨기지 못한 흉터가 몇 군데씩 새겨져 있고, 벽에 걸어둔 외투도 오래 사용한 것 같아서, 나이에 맞지 않게 숙련된 사냥꾼의 기풍이 배어나왔다.

"야. 이렇게 밥이 맛있는 걸 알고 있었으면 일부러 몸을 숨기지 않고 역참들을 지나서 여기까지 왔으면 됐잖아. 궁상스럽게 말린 도마뱀으로 참을 필요도 없었어."

"누구 탓이라고 생각하는 거야! 비스코가 그렇게 화려한 짓을 저지르지 않았다면 시마네가 마크할 일도 없었을 텐데……."

"야, 이 바보! 본명으로 부르지 말라고 한 건 너였잖아!"

"윽! 미, 미안……."

물론…….

이 허접한 변장으로 여자를 가장하고 있는 것은 식인버섯, 식인 판다라 불리는 현상범, 비스코와 미로였다. 시마네는 신앙을 갈구하는 죄인들에게도 문호를 열고 있으며, 정부에는 중립을 선언하고 있기에 몸을 숨길 필요가 없을 줄 알았지만, 지난번에 마쇼텐곤슈에 잠입해서 크게 날뛰어버린 탓에 두 사람은 완전히 죄인으로 되돌아가 버렸다.

구해낸 무녀의 거주지를 밝혀낸 두 사람은 몰래 그곳에 놔두고 올 작정이었지만, 그 역참에서 풍기는 밥 냄새를 도저히 참을 수가 없게 되어서…….

무녀가 푹 잠들어 있는 걸 이용해 이렇게 변장을 하고 저녁을 먹고 있는 중이었다.

"야, 이거…… 뭔가 하얗고 꾸물텅한 녀석, 엄청 맛있는데?"

"바다메기 심장 덴푸라야! 맛있지?"

"그러고 보니, 시마네 명물 요리는 내장을 쓴 것들밖에 없네요. 뭔가 이유라도 있는 건가요? ……리츠! 내 그릇 가져가지 마!"

"시마네에는 종교가 엄청 많지만, 오장육부가 모든 힘의 원천이라는 관습은 공통적이거든. 간을 먹으면 간이 강해진다는 등, 그런 식으로 맛있는 내장은 행운의 상징으로 여겨. 원래 시마네에서 가장 거대했던 마곤슈의 오장 신앙에서 시작됐다고 하던데."

"……이봐, 누님. 그 마곤슈라는 데는……."

붉은 머리 소녀가, 더러워진 입가를 파트너가 닦아주는 걸 허락하며 여주인에게 물었다.

"결국 무슨 종파야? 우리는 불로불사의 대승정이 다스리는 꽤 커다란 종파라고 들었다고. 그런데 실제로는 그런 선인(仙人) 같은 승정은 코빼기도 보이지 않았어…… 그냥 어중이떠중이가 모인 사교(邪教) 같은 느낌이었다고."

여주인은 잠시 뜸을 들이다가 약간 목소리를 죽여서 소녀에게 대답해줬다.

"잔당이 어디에 있을지 모르니까 대놓고 말할 수는 없지만, 마쇼텐곤슈가 몰락한 건 최근 10년 사이의 일이야. 너희가 여동생을 구해줬던 곳은 달아난 녀석들의 아지트 같은 거였겠지. 10년 전까지는 그 이즈모 육탑 한가운데에, 너희가 말하는 불사신의 대승정 같은 게 앉아 있었다고 하더라."

"역시 그런 사람이 실존했던 건가요?!"

"나도 본 적은 없어. 하지만 당시 마곤슈의 기세는 굉장했지. 그 승정은 굉장한 선력(仙力)의 사용자여서 자신이 인정한 인간에게도 불사를 내려줄 수 있었다더라. 불사신의 몸을 갈구하며 육탑의 문에 신자들이 줄을 섰다지."

여주인의 이야기는 카라반에서 들은 여장로의 이야기와 일치했다. 원래 늙은이가 적당히 지어낸 이야기라 생각했던 붉은 머리 소녀는 눈썹을 찡그리며 살짝 으르렁댔다.

"……그런 굉장한 신통력의 사용자가 왜 몰락하게 된 건데?"

"불사를 내려주는 게 불사승정이라면, 내려준 불사를 빼앗을 수 있는 것도 불사승정뿐이니까. 그래서 불사를 손에 넣은 측근 고승들이 오히려 불사승정을 꺼리게 되었지……."

여주인은 멋진 솜씨로 왕새우 머리를 커다란 식칼로 통통 잘라내고 몸통 쪽을 기름이 끓는 냄비 안에 넣었다. 그리고 팔려고 내놓은 술을 쭈욱 들이키면서 이야기를 계속했다.

"그 승정만 없다면 자기들의 불사를 절대적으로 만들 수 있을 테니까. 그래서 마침내, 여섯 명의 측근이 손을 잡고 불사승정을 추방시켜 버렸다는 소문이 자자해."

푸른 머리 소녀는 거기서 젓가락을 멈추고 눈썹을 찡그리며 잠시 고민에 잠겼다.

"……어디까지가 진짜 이야기일까? 리츠, 어떻게 생각해?"

"네가 모르는 걸 나한테 묻지 마. 누님, 밥 한 그릇 더."

"오냐! 아하하! 너희들 혹시, 녀석들의 보복이 무서운 거야? 걱정할 것 없어! 바로 그저께, 마곤슈의 아지트가 표고버섯의 산이 되어서 발견되었다고 하니까."

"아니야. 그건 표고버섯이 아니라 광대……."

잘 말하다가 옆구리를 찔려서 기침을 내뱉는 파트너를 의아하게 바라보는 여주인에게 푸른 머리가 굳은 미소를 보냈다.

"……딱 하나 마음에 들지 않는 건, 결국 악당을 뭉개버린 것도 악당이라는 거려나? 버섯이라면, 그 아카보시 일파의 소행일 테니까."

순간 두 소녀가 젓가락질을 뚝 멈추고 조심조심 여주인의 표정을 엿봤다. 그리고 그 말에 약간 위화감을 느낀 붉은 머리가 입을 열었다.

"아카보시, 일파, 라고……?"

"에이~, 모르는 것도 아니면서. 최근 여기서……."

여주인의 말이 끝나기도 전에 쾅! 하고 역참의 문을 걷어찬 덩치 큰 남자가 슬그머니 들어왔다.

"오오, 촌스러운 녹슨 허수아비들이 오늘도 기운차게 떠들고 있잖아."

"소똥 냄새가 나서 견딜 수가 없네요. 보스."

"바보 자식아! 농가 여러분이 매일 땅바닥을 기면서 일하고 있으니까 우리가 맛있는 밥을 먹을 수 있는 거다. 조금은 겸손하게 굴어, 얼간이들아."

그야말로 산적 같은 모습을 한, 외모 그대로의 부랑자들이 역참 문을 걷어차고 우르르 술집으로 들어왔다.

어떤 자는 말을 잃고 당황하는 손님의 테이블에서 술병을 빼앗아 꿀꺽꿀꺽 마셨고, 어떤 자는 젊은 부부가 앉은 자리로 가 아내를 끌어안는 등, 다들 악당의 견본 같은 행동을 취하기 시작했다.

그리고 그 중심, 거창한 갑주에 모피코트, 붉은 머리를 곤두세운 한층 커다란 남자가 아무래도 이 부랑자들의 두령 같았다. 그리고 피부를 많이 노출한 푸른 머리의 여자가 그의

한 팔에 자신의 가느다란 팔을 얽어서 기대고 있었다.

"칫, 행차하셨나. 타이밍이 안 좋네."

"여어, 파렌. 오늘 아침 시마네 일보 봤지? 네가 무척 미워하는 마곤슈 녀석들을 말이야. 일단 신세를 지고 있는 여주인에게 은혜를 갚고 싶다고 생각해서……."

"몰살시켜 주고 왔어. 안 그래? 비스코. 요전의 너도 멋있더라. 이 커다란 도끼로 땡중들의 목을 뎅겅뎅겅 날려버리고 말이야."

"읍, 콜록, 콜록!"

"앗, 리츠!"

「비스코」라는 말에 삼키던 면이 기도로 들어갔는지 붉은 머리 소녀가 격하게 기침했다. 그 등을 황급히 쓸어준 파트너는 가급적 얼굴이 드러나지 않도록 조용히 고개를 숙였다.

그 모습을 인상을 찌푸리며 바라보던 두령의 시선을 되돌리려는 듯이 여주인이 목소리를 높였다.

"그것참 수고가 많으셨어. 그래서, 또 술이나 밥을 얻어먹으러 왔어? 공교롭게도 돈도 내지 않았는데 줄 수 있는 밥은 이제 이 역참에는 없다고."

"말이면 다인 줄 아나, 이년이!"

그 『비스코』는 여주인의 드센 대답에 노골적으로 기분이 상했는지 카운터를 후려쳐서 술병 몇 개를 깨버렸다.

"너희들 녹슨 허수아비는 아무래도 머리가 나빠서 안 된단 말이야. 누가 여기의 치안을 지켜주고 있는 줄 아냐?! 야적

(野賊)도 있고, 야마부시(山伏)[#2]도 있고, 위험한 녀석들은 얼마든지 있다고. 이딴 조그만 취락쯤이야, 언제 쓸려나가도 이상하지 않단 말이다!"

거기서 벌떡 일어나려던 푸른 머리 소녀를 여주인이 눈으로 제지했다. 언제나 있는 일이니까 가만히 있으라는 신호였다.

그것을 날카롭게 눈치챈 『비스코』의 여자가 두 소녀의 테이블을 바라봤다.

"뭐야, 있잖아. 맛있어 보이는 밥도, 술도. 저런 시골뜨기 계집애들에게는 밥을 주고, 우리에게는 주지 않는 이유가 뭔데?"

"……자, 자, 미로. 보아하니 새 얼굴이잖아. 너무 놀라게 해주지 말자고."

붉은 머리 거한은 저속한 미소를 지으며 소녀들에게 다가가 가까이 있는 하늘색 머리 소녀의 턱을 스윽 들어 올렸다.

"그리고 보라고, 이런 미인이…… 이 주변 시골에 있을 리가 없잖아. 이봐, 아가씨. 어디서 왔어, 응? 어때, 우리랑 한 잔 할까?"

하늘색 소녀는 『비스코』를 한번 날카롭게 노려봤지만, 원래부터 다정한 그 시선은 상대의 천박한 미소에 빨려 들어가고 말았다.

떨리는 숨을 한번 내쉰 소녀가 불안한 듯이 파트너를 돌아보자…….

"누님. 이거, 성게 하나 더 줘."

#2 **야마부시(山伏)** 산에서 수행하는 수도자.

“좀 구해줘! 바보야!”

그 무심함에 뒤통수를 힘껏 후려쳤다.

머리를 누르며 웅크린 그 파트너와는 달리, 『비스코』는 자신을 무시해서 매우 화가 났는지 푸른 머리를 밀쳐내고 붉은 머리에게 성큼성큼 다가가 멱살을 힘껏 잡았다.

“누구 앞에서 무시하는 거냐, 아앙?! 현상금 총 300만 닛카, 전국에 지명수배된 대현상범, 식인버섯 아카보시가 바로 나란 말이다! 아앙?!”

그 노성에 대답하려는 듯이 소녀의 입에서 짐승 엄니 같은 송곳니가 드러나며 붉은 머리가 불타오르듯이 화악 퍼졌다. 조여든 목은 전혀 괴로워 보이지 않았고, 입가에는 사나운 미소조차 감돌았다.

“너, 너 이 자식……?!”

“마음에, 안 든다면……. 붙어볼 거면, 제대로, 붙어, 보자고.”

소녀…… 아니, 아카보시 비스코는 입가에 남은 면을 후루룩 빨아들이며 말을 이었다.

“문신사에게 놀림감이 된 것도 눈치채지 못하다니…… 네 오른쪽 눈 문신은, 팽나무 인장. 무리를 짓지 못하면 아무것도 못하는 겁쟁이라는 뜻이거든.”

“너, 넌, 대체……!”

“아카보시 비스코의, 문신은―.”

비스코가 자신의 붕대를 풀자, 붉게 빛나는 훌륭한 문신이 오른쪽 눈 주변에 떠올랐다.

"녹식의 인장이야. 강한 부동(不動)의 가호를 가졌지……. 내 이름을 쓸 거라면, 어설프게 흉내 내지, 말란 말이야……!"

송곳니를 드러내며 눈을 번뜩이는 비스코의 웃음은, 흡사 작은 동물이 맹수와 맞닥뜨렸을 때처럼 『가짜 아카보시』의 표정을 공포 일색으로 물들여버렸다.

"시, 식인종, 아카보시…… 네, 네가, 진짜……!"

"언제까지 더러운 손으로 만져댈 거야, 인마!"

그렇게 말한 비스코는 자신의 목을 붙잡은 팔을 반대로 잡아서 무지막지한 힘을 담았다.

빠직빠직빠직!

"으꺄아악!"

비스코의 어마어마한 완력이 가짜 아카보시의 투박한 팔뚝을 잡고 찌부러트리면서 살에 파고들자, 처량한 『가짜 아카보시』는 격통을 이기지 못하고 커다란 비명을 질렀다.

비스코가 붙잡은 팔을 그대로 휘둘러 벽에 던져버리자, 그 몸은 기세를 죽이지 않고 마치 풍차처럼 빙글빙글 돌며 테이블 한두 개를 부숴버렸다.

"두, 두목……!"

부하들이 두려워하면서도 각자 둔기를 들고 비스코를 노리자, 바로 활을 뽑아든 미로가 차례차례 화살을 날렸다. 가느다란 화살은 산적들의 손목에 꽂혀서 작은 하늘색 버섯을 피우며 순식간에 무력화시켰다.

"우, 우와아앗! 뭐야! 손이, 저릿해!"

"버, 버섯이다! 이 녀석들, 진짜 버섯지기다!"

허둥대는 산적들을 곁눈질한 미로는 뭔가 퉁명스러운 표정으로 활을 등에 짊어지고는 황급히 붕대를 고치는 비스코에게 외쳤다.

"이런 상황에서 용케 느긋하게 밥을 먹네! 조금은 내가 걱정되거나 그러지 않아?!"

"어째서? 이런 놈들은 너 혼자서도 정리할 수 있잖아."

"배려심이 제로네. 도덕 빵점!"

"이 자식들……!"

말다툼을 하는 두 사람을 향해 가짜 아카보시의 노성이 가게 밖 확성기를 타고 들려왔다. 즉시 가게를 뛰쳐나오자, 주포를 이쪽으로 겨누고 있는 투박한 전차가 두 사람 앞을 가로막았다.

"얕잡아보기는! 네놈을 죽이면 내가 진짜다! 아쿠타가와의 주포로 가게와 함께 산산조각 내주겠어!"

"이런, 너무 놀렸나?"

느긋하게 말하는 비스코를 향해 주포가 삐걱거리며 포신을 조준했다. 그에 비스코가 즉시 「휘익!」 하고 손피리를 불자, 뭔가 거대한 기척이 바람을 일으키더니 두 사람 위를 그림자로 가렸다.

"발사!"

발사된 포탄이 착탄하기 직전, 거대한 오렌지색 운석이 쿠웅! 하고 착지하며 왕집게발을 휘둘렀다. 가게와 비스코를 통째로 분쇄하려던 포탄은 공처럼 튕겨서 머나먼 산악지대로 날아갔고, 거기서 작렬하며 하얀 연기를 피워 올렸다.

"위험해라. 갑자기 불러서 미안하다. 아쿠타가와!"

"뭐, 뭐라고?!"

대게의 위용에 놀란 가짜 아카보시의 비명이 끝날 무렵에는 이미 두 버섯지기의 화살이 전차 장갑판을 꿰뚫고 있었다. 주포에서는 붉은 버섯, 동력부에서는 하늘색 버섯이 엄청난 속도로 빠꿈, 빠꿈! 피어오르면서 철로 된 장갑 이곳저곳이 터져나갔다.

"와악, 와아악!"

검은 연기를 피워올리는 전차 콕핏에서 목숨만 건져서 기어나온 가짜 아카보시 뒤에서, 그『가짜 아쿠타가와』가 굉음과 함께 폭발하며 이곳저곳에 불똥을 튀겼다.

"네, 네놈들! 두고 보자! 죽여 버리겠어, 쳐 죽여 버리겠어!"

부하를 끌고 도망치는 가짜 아카보시의 원념 어린 목소리를 들으며, 비스코는 씁쓸하게 목을 뚜둑 꺾고는 역참 입구에서 굳은 상태가 된 푸른 머리 여자에게 말을 걸었다.

"야, 너는 안 도망칠 거냐. 처음이니까 봐주겠어. 그리고 저 두목한테는 문신을 제대로 고쳐놓으라고 말해놔."

"자, 잠깐만, 그럼…… 네, 네가, 진짜, 아카보시 비스코라는 거야?"

그때까지 상황을 지켜보며 떨고 있던『가짜 네코야나기』가 간드러진 목소리를 내며 비스코에게 다가가 슬쩍 목에 팔을 둘렀다.

"우, 우왓! 뭐 하는 짓이야!"

"하긴, 근육이 이런데 여자일 리가 없었네. 겨~우 찾았지 뭐야. 저기, 나도 그 가짜한테 속았으니까 피해자지? 진짜 아카보시가 있어 주면 나도 평온무사할 거야. 있지, 지금부터 우리 거성에……."

얼굴을 새빨갛게 물들인 비스코의 귓가에서 계속 속삭이던 『가짜 네코야나기』의 어깨에 손을 올린 미로가 믿기지 않는 힘으로 그녀를 비스코에게서 떼어냈다.

"우, 우왓! 자, 잠깐…… 아, 아하하……. 그러네. 나한테도 진짜가 있겠지. 너는, 그, 그래, 요리 당번……."

"……반점, 반대야. 오른쪽이 아니라, 왼쪽."

평소의 자애로운 시선과는 정반대인, 시커멓고 물고 늘어지는 듯한 시선으로 미로가 말했다.

"……진짜 멍, 만들어 줄까?"

가짜 네코야나기는 미로의 포근하고 다정한 용모와 어울리지 않는 낮게 내리깐 목소리에 벌벌 떨면서 흐트러진 옷을 그대로 두고 어둠 속으로 도망쳤다.

놀란 것은 비스코도 마찬가지였다.

"……너, 그렇게 내리깐 소리 낼 수 있으면 평소에도 좀 내라고!"

"평소에는 안 나와. 그보다…… 아, 가게가 엉망진창이 되어버렸네……."

미로가 한숨을 내쉬며 돌아본 술집은 가짜 아카보시가 그 몸으로 부숴버린 테이블이나 마비돼서 버둥거리는 산적들이 부순 의자 등으로 상당히 처참했다.

"엉망진창이라고 할 정도는 아니잖아. 평소에 비하면 새끼 손가락 정도 차이겠지."

"야, 아까까지 대접을 받았던 우리가 그렇게 말하면 안 되지!"

그때, 여주인이 경악한 표정을 서서히 웃음으로 바꾸며 두 사람에게 다가와 손을 잡고 붕붕 흔들었다.

"와아! 아카보시를 쓰러뜨리다니! 너희들 버섯지기였구나! 굉장하네! 십 년 묵은 체증이 확 내려갔어!"

"죄송해요. 가게가, 이렇게……."

"아하하! 뭐, 이 정도쯤이야! 녀석들이 들어온 시점에서 이 두 배는 각오했다고. 실력 있는 손님이 있어서 살았다니까!"

다행히 여주인은 쾌활하게 웃으면서 가게를 부숴버린 것에 대해 꾸짖지 않았다. 게다가 소문이 자자했던 버섯지기 2인조의 정체를 어느 정도 눈치챘음에도 불구하고 다시 소란을 일으킬 생각은 없는 모양이었다.

그때, 산적을 묶고 있던 손님 한 명이 말을 걸었다.

"이봐, 너희들 너무 어중간하잖아. 아카보시를 왜 안 죽인 거야! 녀석들이 남은 전차를 긁어모아 덮쳐올 게 틀림없어!"

"잠깐! 은인한테 그런 말투는 좀 아니잖아!"

"하지만 파렌. 녀석들은 자기들을 따르지 않는 마을 여자들을 납치해서 육탑에 팔아치운다고 하잖아. 조그만 역참이니까 봐주고 있었지만, 만약 녀석들이 여기를……."

"뭘 쫄고 있어! 그 내동댕이쳐진 아카보시의 얼빠진 얼굴 못 봤어?! 결국은 아카보시도 양아치에 털 하나 난 정도의 녀석이었던 거야. 다음에는 우리가 그놈을 잡아서 300만 닛카를 얻어내 보자고!"

여주인이 격려했지만 반응은 별로 좋지 않았다. 농민들은 서로 얼굴을 마주 보며 좀처럼 결심을 내리지 못했다.

비스코는 그 대화를 무심하게 지켜봤지만, 파트너가 소매를 잡고 애원하는 표정을 보이자 한숨을 내쉬고는 난폭하게 내뱉었다.

"녀석들의 아지트는 어디야?"

"어?"

"아카보시의 거성은 어디인가요? 저희가 가서 담판을 지을게요. 죄송해요, 원래는 저희가 뿌린 씨앗이니까……."

"농담은 그만둬! 아무리 경험이 풍부하다고 해도 여자 둘이서…… 녀석들이 어떻게 나올지 모른다고!"

"……굳이 따지자면……."

미로는 분한 기색을 내비치며 팔짱을 낀 파트너를 곁눈질하며 살짝 웃었다.

"어떻게 될지 모르는 건, 저쪽일걸요!"

이미 반년쯤 지난 일이므로 민중들의 기억에서는 조금씩 흐려지고 있지만, 북미야기 대건원에서 벌어진 식인종 아카보시의 버섯숲 대발생, 게다가 그 발생원이 『철인』이라는 뉴스는 일본 각지에 엄청난 쇼크를 불러 일으켰다.

그 영향 중 하나로…….

『아카보시 비스코의 대량 발생』이라는 현상이 생겨났다.

이미 일본 전체에서 모르는 자가 없는 질풍무뢰의 버섯지기 『아카보시 비스코』. 그 쌓이고 쌓인 악행은 마침내 현상금 총액 300만 닛카를 넘을 기세를 보이고 있었다.

일본 정부의 뒤처리가 어설펐던 것은, 그런 상금의 인상이나 악행의 공표를 거듭해서 오히려 『식인종 아카보시』의 이름에 카리스마를 주고 말았다는 점이다.

예전부터 정부의 방식에 불만이 많았던 민중들 가운데서는 정부를 비웃듯이 활동하는 아카보시를 신봉하는 자가 늘어났고, 전혀 모습을 드러내지 않는 비스코를 대신해서 「나야말로 식인종 아카보시다!」라며 날뛰는 패거리가 점차 생기기 시작했다.

그렇게 이른바 『가짜 아카보시』들이 차례차례 일어나 각 현에서 신봉자를 모으고, 산적 행위에 몰두한다는 것이 지난 반년간 일본에서 일어난 일이며, 각 현의 자경단이나 현경은 골치가 아플 것이다.

그런 한편…….

아카보시 비스코와 네코야나기 미로, 진짜 현상범 2인조 입장에서는 본의는 아니지만 유리한 일이기도 했다.

험상궂은 가짜 아카보시들이 활개 치고 다니는 지금, 설마 이런 소녀들이 그 대악당이라고는 생각하지 못하기 때문에 각 현의 검문을 통과하기 꽤 쉬워졌다. 검문소 돌파 실력이 늘어난 지금의 비스코 일행을 적발할 수 있는 곳은, 몇 번이나 쓴잔을 마시고 있는 군마 검문소 정도이리라.

"있지, 녀석들을 얌전히 만들면 다음에는 어쩔래? 시코쿠로 돌아가? 아니면 또 종교를 쫓아볼래?"

대게 아쿠타가와의 고삐를 잡은 비스코의 화장을 지워주던 미로가 물었다. 비스코는 고양이 눈 고글로 어둠 속을 바라보면서 재주 좋게 게를 몰며 밤길을 나아갔다.

"응. 그 여주인이 말했던 이즈모 육탑 이야기가 신경 쓰여. 그 불사승정이라는 녀석이 불사를 제거하는 비술을 가진 게 사실이라면…… 그 술법이 육탑 안에 남아 있어도 이상하지 않아. 돌아가는 건 그걸 확인하고 나서야."

"……비스코, 솔직히 말해서…… 나는, 그 이즈모 육탑이 별로 내키지 않아. 그곳은 모든 인간에게 문을 열고 있는 종교도시라고 선전하지만, 실상은 종교끼리의 다툼이 끊이지 않아서 치안이 나쁘다고 해. 수상한 소문을 근거 삼아 일부러 그런 곳으로 가는 건……."

"쉿! 보였어. 저기야. 고지대 위에 있어."

비스코가 가리킨 방향을 바라보자, 밤의 어둠 속에서 어렴풋한 빛이 흘러나오는 2층 구조의 폐빌딩이 살짝 보였다. 여주인이 이야기해준 가짜 아카보시의 거성이 틀림없었다.

"귀찮네. 여기서 광대버섯 화살로 일망타진을……."

"안 된다니까! 납치당한 사람이 있을지도 몰라. 게다가 죽이는 건, 엄청 나쁜 녀석만 하기로 약속했잖아!"

"그 선 긋기가 어렵단 말이야. 이런 세상에서 어디까지를 나쁜 녀석이라 해야 하는데?"

"그건, 그게…… 쿠로카와 같은 녀석이라든가……. 그리고, 고양이나 게를 괴롭히거나……."

"네가 도쿠가와 츠나요시[#3]냐? 가자."

일단 아쿠타가와에서 내려온 두 사람은 고지대로 뛰어올라 아지트를 엿봤다. 틀림없이 복수심에 불타오르고 있을 줄 알았던 건물 내부는, 예상과 달리 몹시 조용했다.

"……비스코. 피 냄새가 나. 내부 분열 같은 게 있었던 걸까……?"

"응. 하지만 너무 조용해……. 조금 더 다가가 볼까."

재빨리 건물에 숨어들어서 안을 엿봤다. 역시 이야기 소리는 하나도 들리지 않았다. 비스코가 눈빛으로 신호하자 고개를 끄덕인 미로는 긴장의 끈을 놓지 않고 활을 든 채 건물 안으로 숨어들었다.

커다란 방, 깜빡이는 백열등에 모기 몇 마리가 달려들어서 지면에 흔들리는 그림자를 만들었다.

그리고…….

부자연스러운 자세로 주변에 드러누운 몇몇 산적의 새파란

#3 도쿠가와 츠나요시 에도 막부의 5대 쇼군. 동물 애호가로 유명하다.

피부를 비추고 있었다.

'……읏! 죽었어……?!'

예상치 못한 광경에 경악해 동요한 정신을 억누른 미로가 주변을 돌아봤고, 그 안에서 조금 전의 가짜 비스코의 커다란 시신을 확인한 뒤 그쪽으로 다가갔다.

미로의 목덜미로 불쾌한 땀이 흘러내렸다.

'……뭐야, 이거……?! 어떻게 해야 이런……!'

의사로서도, 버섯지기로서도 수라장을 헤쳐 나온 미로가 고작 시신 하나를 보고 당황할 리는 없다.

그러나 눈앞의 가짜 아카보시는, 그런 경험을 가지고도 이질적으로 느껴질 만한 죽음이었다.

『위』가, 뽑혔다.

배에 뻥 뚫린 구멍 속에는 있어야 할 위장이 존재하지 않고, 그저 공허하게 녹슬어버린 주변 장기가 보일 뿐이었다. 보통은 흘러나와야 하는 피도 녹슬어버렸는지 출혈이 적었다.

'피부는, 깨끗해. 위만…… 이런 녹병 증상은, 본 적이 없어…….'

"미로, 이상해. 일단 돌아봤는데 시체뿐이야. 게다가 싸운 흔적이 없어."

탁 트인 2층에서 뛰어내린 비스코가 뒤쪽에 있는 미로에게 속삭였다.

"응. 외상이 전혀 없이 위만 뽑혔어……. 불길해. 게다가 이거, 전원……."

"기분 나쁘네. 좋아, 인질만 찾아서 도망치자. 아쿠타가와를 불러줘."

"알았어!"

재빨리 고지대를 내려가는 미로를 배웅한 비스코는 지하로 이어지는 석조 계단을 내려갔다. 고양이 눈 고글을 쓰고 불빛이 없는 지하를 훑어보자, 무수한 철창 너머에서 여자들이 겹쳐진 채 쓰러져 있는 모습이 보였다.

비스코는 칫 하고 혀를 찼다. 여자들은 모두 입에서 피를 흘리고 있었고, 위쪽의 시체와 마찬가지로 배에 구멍이 뚫리고 위가 뽑힌 모양이었다.

'돈이나 여자가 목적이 아니었나……. 어떤 녀석의 짓이지?'

비스코는 어둠 속에서 잠시 고민했고, 결국 자기가 생각하기보다는 파트너에게 머리를 써달라고 하는 편이 빠르다고 판단해 일단 인질을 포기하고 돌아가기로 했다.

그때—.

"……르…… 큐르몬…… 스나우……."

비스코의 날카로운 청각이 아니라면 들을 수 없는, 미약하고 가는 허덕임 같은 소리가 지하 저 너머에서 들려왔다.

"……르…… 스나우…… 큐르몬…… 켈……."

비스코는 사냥꾼의 표정으로 돌아가서 활을 메기고 천천히 기척이 나는 방향으로 나아갔다. 첫 번째 감옥, 두 번째 감옥을 지나…… 세 번째 감옥 구석에서 망령 같은 노인 한 명을 발견했다.

그는 자신의 육체를 끌어안고 그저 정체 모를 경 같은 것을 계속 외우고 있었다.

"켈…… 큐르몬…… 켈……."

그 몸은 완전히 뼈와 거죽만 남았을 만큼 쇠약해져서 당장에라도 부러질 듯이 미덥지 못했지만, 번쩍번쩍 빛나는 두 눈에서 느껴지는 생명력과의 갭이 심해 비스코조차 약간 땀을 흘릴 만큼 이질적인 기척을 발하고 있었다.

'뭐야, 이, 영감은……?'

비스코는 순간 그 이질적인 모습에 눌렸지만, 아무튼 이 지하 감옥의 유일한 생존자인 건 틀림없기에 활을 등에 메고 재빨리 노인에게 달려갔다.

"이봐, 할아버지. 이제 괜찮아. 위쪽 산적들은 정리했어. 여기서 도망치자…… 당신 어디서 왔어? 집까지 보내줄게."

"켈…… 켈…… 큐르몬…… 쿠구노츠……."

"이거 안 되겠네. 일단 미로에게 봐달라고 해야겠어……."

비스코는 의사소통도 제대로 되지 않는 노인의 가벼운 몸을 바로 짊어지고, 정체 모를 처참한 곳을 재빨리 떠나기로 했다.

"……. 유감이지만 비스코, 이 사람은 이제 틀렸어. 녹의 뿌리가 너무 깊어. 몸이 전부 당했어……. 오히려 어떻게 지금까지 살아있는 걸까?"

"내 피를 써도 안 돼?"

"응. 녹식 앰플로 녹을 제거한다 해도, 내장 기능 자체가 완전히 끝장났어. 쑥버섯으로 조치는 취해보겠지만, 버텨봤자 이틀 정도라고 생각해."

잠든 노인의 몸을 진찰하고, 투과 스코프로 내장 기능을 확인한 미로는 고개를 내저었다. 의사로서 사람의 죽음을 수없이 경험해 온 미로지만, 구하지 못한다는 무력감은 아무리 지나도 익숙해지지 않는 모양이다.

"그러냐. 그럼 그건 이제 됐어. 적어도 죽기 전에 주워 와서 다행이야."

"어, 그래도…… 이제, 이 사람은……."

"뒈지는 건 어쩔 수 없지. 누구나 죽게 되어 있으니까. 그래도 죽을 때 만나고 싶은 녀석이 있을 거 아냐. 이 영감한테도 아이나 손주 하나 정도는 있겠지."

"그건…… 응, 그럴지도 모르겠네……. 하지만 어떻게 찾을까? 이제 시간이 거의 없어. 무턱대고 찾아서는 늦을 거야."

미로의 말에 비스코는 자기 품을 부스럭부스럭 뒤지더니…… 뭔가 나무패 같은 것을 꺼냈다. 윤기 나는 옻칠이 된 그것의 중앙에는, 붉은 글자로 『이즈모』라는 인장이 새겨져 있어서 유서 깊은 물품이라는 게 엿보였다.

"이건…… 통행증이야! 이즈모 육탑의……!"

"이 영감, 다른 건 아무것도 갖고 있지 않았지만 이건 소중하게 품고 있었어. 이런 걸 갖고 있다면 출신은 그곳이라는 거겠지."

비스코는 그렇게 말하면서 걷고 있는 아쿠타가와에게 조금 전 역참에서 대량으로 받은 이즈모 굴을 휙휙 던져줬다. 아쿠타가와는 걸어가면서 오른쪽 집게발로 재주 좋게 그걸 잡아 껍질째로 으득으득 씹어 먹었다.

"……비스코. 설마, 이 패를 써서 육탑 안까지 갈 생각은……."

"마침 잘됐잖아. 우리도 이즈모 육탑에 들어가려면 뭔가 방법을 찾을 필요가 있었어. 하지만 이 영감하고 같이 가면 대대적인 변장을 하지 않더라도……."

"내 이야기, 하나도, 안 들었던 거냐고!"

비스코의 멱살을 잡은 미로가 귓가에 대고 외쳤다. 눈을 깜빡인 비스코가 항의하기도 전에 코끝을 들이밀며 거칠게 소리쳤다.

"아까 그 산적의 시신 안 봤어?! 아무리 생각해도 종교 조직의 짓이었어! 가뜩이나 치안이 나쁜 그런 녀석들의 소굴에 지금 일부러 들어가겠다니, 제정신으로 할 짓이 아니야!"

"이제 와서 제정신이니 뭐니 따질 때냐? 무엇보다도 네가 그렇게 좋아하는 사람 돕기를 위해서이기도 하잖아! 영감 한 명 정도는 가족 옆에서 죽게 해주고 싶지 않아?!"

"그건…… 그렇지만, 그래도……."

"너 말이야, 나도 아무 생각 없이 말한 게 아니야."

비스코는 미로의 고함 탓에 욱신거리는 오른쪽 귀를 손바닥으로 두드리면서 눈살을 찌푸리며 말을 이었다.

"그야 육탑에 숨어드는 건 위험하겠지. 버섯지기는 다신교로 유명하니까 이즈모에서는 눈엣가시 취급할 거고."

"거기까지 알면서, 어째서……!"

"네가 있기 때문이잖아."

비스코가 아무렇지도 않게 미로와 슬쩍 시선을 맞추면서 대답했다.

"나 혼자였다면 안 가. 하지만 등 뒤에 네가 있으니까, 그 도시를 이기지 못할 거라 생각하지는 않아. 그러니까 가는 거야."

"……에엑?!"

비스코가 태연하게 신뢰의 한마디를 던지자 미로의 표정은 곧장 기쁨에 물들어서 새빨갛게 타올랐고, 준비해 둔 천 가지 반론은 한 방에 막히고 말았다.

"하지만, 이렇게나 말하는데도 네가 여전히 반대한다면 그만두겠어. 어쩔 거야? 갈 거야, 안 갈 거야? 나보다 네가 똑똑해. 네 결단을 믿겠어."

"……. 비, 비스코가……."

미로는 귓불까지 새빨개져서 몇 번이고 우물거리다가, 마침내 졌다는 듯이 내뱉었다.

"그렇게까지, 말한다면야……. 알았어. 파, 파트너, 니까……."

"뭐, 자비가 있었다면 자비라도 좋았겠지만."

"빈말이라도 내가 아니면 안 된다고 말해줘야지!"

그렇게 두 사람이 시끄럽게 떠드는 가운데, 흔들리는 아쿠타가와의 안장 뒤에서 텐트를 이불 대신 삼아 누워 있던 노인은 꿈결 속에 빠진 상태임에도 불구하고…….

"린…… 슈르키…… 카르나……."
"린…… 슈르키…… 카르로……."
잠꼬대처럼 경을 외우고 있을 뿐이었다.

2

"저기 보이네. 저건 또 호들갑스러운 건물이구만."

"……우우, 불길해……. 할아버지를 바래다주고 나서 바로 나가자!"

인적이 없는 언덕 위, 흔들리는 아쿠타가와 위에서 보이는 밤의 종교 거리 중앙부.

두 사람은 거대한 여섯 개의 탑이 구름을 뚫을 기세로 솟아오른 것을 보았다. 하층부는 성벽 같은 것에 둘러싸여 있고, 그곳을 뚫고 나온 각각의 탑은 눈부신 금색 탑, 타오르는 불꽃처럼 흔들리는 붉은색 탑 등 개성을 강하게 주장하고 있었다.

이즈모 육탑.

시마네 종교의 메카, 심장이라 불리는 곳이다. 그 거대한 여섯 탑을 둘러싼 오각형의 벽 가장자리는 깎아지른 절벽이 바닥이 보이지 않을 정도로 깊고 길게 파여 있었고, 그 사이에 놓인 다리 하나만이 육탑으로 가는 통행수단, 나아가서는 검문소 같은 역할을 하고 있었다.

"육탑의 검문소는 아침밖에 열지 않아. 이 주변은 탁 트여 있으니까, 오늘은 텐트를 치고 이만 쉬자. 아쿠타가와는 데려갈 수 없으니까 숨어 있으라고 해야 해."

"알았어. 이봐, 영감! 내일은 가족이 있는 곳에서 죽게 해줄게. 조금만 버티라고."

아쿠타가와에서 내려와 텐트를 치기 시작한 비스코가 말하자 노인은 「규구우」 하고 대답인지 괴로운 목소리인지 모를 신음으로 답했다.

"있잖아, 아무리 영감의 패가 있다고는 해도 이대로 검문소를 지나갈 수는 없겠지? 역시 뭔가 변장을 해야 할까?"

"당연하지. 여장할 거야."

"켁! 너, 또냐?!"

"저기 말이야, 내가 취미로 한다고 생각하지는 말라고? 시마네는 종교도시니까 여성에게 접촉할 때의 규율이 엄격해. 비구니가 되고 싶다고 하면 검문소에서도 몸을 건드리지 않는다고. 비스코의 그런 흉터투성이 근육을 보면 한 방에 들킬 거 아냐."

"그야, 이해는 하지만……. 몇 번을 해도 익숙해지지 않는단 말이지."

"아하하! 천하의 식인종 아카보시가 설마 여자 차림을 하다니, 아무도 생각하지 않겠지! 그것도 이유려나? 저기, 다음은 귀걸이하고…… 아이섀도도 해볼까?"

"너, 왜 매번 뭔가를 추가하는데?! 평범하게 하면 돼, 평범하게!"

비스코는 웃는 파트너에게 불만을 외치면서 침상 준비를 하고, 아쿠타가와 뒤에서 웅크린 노인을 도와주러 다가갔다. 그 녹슬고 가느다란 몸을 안으려다, 문득—.

오싹!

등골을 스치는 오한에 순간 숨을 멈췄다. 아래를 바라보니, 연약하게 감겨 있던 노인의 두 눈이 올빼미처럼 뜨여 어둠 속에서 형형하게 빛났다.

"아카보시."

노인은 주름투성이 얼굴에 반달 같은 미소를 지으며 비스코의 눈을 계속 바라봤다.

비스코는 곤란해졌다고 생각하며 살짝 혀를 찼다. 조금 전의 대화 탓인지, 내심 완전히 노망이 들었을 거라 얕보던 노인에게 아무래도 정체를 들킨 것 같았다.

노인이 반짝이는 눈으로 자신을 바라보자 영 기분이 나빠진 비스코는 당장 그를 재우기 위해 그 가벼운 몸을 양손으로 들었다.

"아카보시. 갖고 싶다. 아카보시……."

"아, 그래. 내가 아카보시 비스코야. 있잖아, 검문소에서 쓸데없는 소리는 하지 말라고. 모레에는 죽는단 말이지. 이제 와서 내 상금 받아 봤자 의미 없어."

"갖고 싶어……."

비스코는 노인을 침상에 눕힌 뒤, 머리맡의 열충(熱虫) 랜턴의 불씨가 다한 것을 보고 파트너에게 말을 걸었다.

"미로! 기름이 이제 없어. 풍뎅이 가져와."

"몇 개~?"

"두 마리 있으면 돼! ……영감, 잠깐만 기다려. 지금 불빛을……."

비스코가 말을 건네며 돌아본 그 순간—.

슈룩! 공기를 가르며 뱀처럼 휘어진 몸이 덮쳐 왔다. 비스코는 콤마 몇 초 사이에 전사의 감을 되찾아 그 녹빛 뱀의 돌격을 피하며 칼날처럼 날카로운 돌려차기를 날렸다.

비스코의 발차기는 어마어마하게 날카로운 움직임으로 뱀의 팔 하나를 날려버렸지만, 그럼에도 그 몸은 멈추지 않았다. 뱀은 기세를 살려서 몸을 꾸물댔고, 돌려차기의 빈틈을 노려 비스코의 배를 향해 남은 한 팔을 힘껏 찔러 넣었다.

"커헉?!"

"온, 샴다, 우르싱하, 크나우!"

뱀의 두 눈이 전구처럼 빛나며 그 입이 크게 벌어졌다. 비스코의 배에 꽂힌 팔이 서서히 뽑히자, 그 팔에는 오렌지색으로 빛나는 태양 같은 장기가 맥박치고 있었다.

"진, 짜, 다~!"

"이 자식, 웬 놈이냐!"

비스코는 재빨리 활을 메기고 어둠을 가르는 섬광 같은 화살을 날려 노인을 노렸다. 그에 노인이 다시 뱀처럼 꾸물거리며 그것을 피하자 반짝이는 장기가 네온처럼 빛의 꼬리를 그렸다.

빠꿈!

"우억?!"

날아간 화살 중 노인의 움직임을 읽으며 날린 만가닥버섯이 시간차로 지면에서 피어나 노인의 몸을 공중에 띄웠다. 제어를 잃은 빈틈투성이 노구를 향해 비스코가 활을 겨눴다.

"먼저 손을 댄 건 너라고!"

승리를 확신한 비스코가 필살의 활을 당겼다.

순간, 활시위가—.

'……뭐야……?! 무거워……!'

활에 힘이 들어가지 않았다. 위화감을 느낀 순간, 비스코에게 이변이 덮쳐왔다.

"쿨럭!"

입에서 마치 폭포수처럼 선혈이 터져 나와 비스코의 가슴을 더럽히며 발밑에 개울 같은 피웅덩이를 만들었다. 겨우 힘을 쥐어짜서 쏜 화살은 평소의 위력을 잃고 공중에 있는 노인의 옆구리에 꽂혔지만 버섯을 피우지는 못했다.

"캇! 캇! 크카카카카카하하하아아아—!"

지면에 철퍼덕 떨어졌음에도 불구하고 노인은 크게 웃었다. 무릎을 꿇고 그 모습을 노려보던 비스코는 더욱 힘차게 뿜어져 나오는 피를 지면에 계속 토했다.

"뽑았다! 아카보시의 위, 뽑았다!"

노인은 그렇게 말하면서 오렌지색으로 맥박치는 장기를 사랑스럽게 비비적댔다.

비스코는 그제야 겨우 자신을 덮친 격통의 정체, 그리고 앞서 보았던 산적 변사체의 산을 누가 만들었는지 깨달았다.

"이 녀석, 내게서, 뭔가를…… 뽑아간 건가……!"

노인은 씨익 만면에 미소를 지으며 빛나는 비스코의 장기를 머리 위로 들어 올리고는 입을 크게 벌려 삼키려 했다.

그 순간, 그곳을 향해 질풍과도 같은 화살이 날아가 노인의 목을 꿰뚫었다.

"윽?! 커헉!"

이어서 날아온 두 번째, 세 번째 화살을 마치 뱀 같은 몸놀림으로 피한 노인은 목에 꽂힌 화살을 난폭하게 뽑았다. 그 눈동자에, 화살을 당기며 다가오는 푸른 머리의 버섯지기가 비쳤다.

"비스코에게, 무슨 짓을 했어!"

목에서 퍼지는 마비독과 두 번째 버섯지기의 기백에 자신의 불리함을 깨달은 노인은 펄쩍 뛰어서 황야를 향해 도망쳤다.

"미로, 조심해! 단순한 영감이 아냐!"

"알고 있어!"

미로는 푸른 머리를 불꽃처럼 휘날리며 공중으로 도약했다. 그리고 펄쩍 뛰며 도망치는 노인을 노려서 필살의 화살을 날렸다. 화살은 마치 빨려 들어가듯이 마침 지면에 착지한 노인의 오른쪽 허벅지를 꿰뚫었고, 그 살이 빠꿈! 하고 터지면서 푸른 버섯이 피어났다.

"으이이이이익!"

"다음에는 머리에 피우겠어……! 말해! 비스코에게 무슨 짓을 했어!"

미로는 격통으로 허벅지를 움켜쥐며 웅크린 노인의 머리에 조준을 맞췄다. 노인은 울부짖듯이 허덕이더니, 이윽고 쉰 목소리로 웃기 시작했다.

"크, 히히, 크히히히……. 아카보시, 진짜……."

'비스코에게서, 뭔가를 훔쳤어……! 이 녀석, 인간이 맞는 건가?!'

활을 겨누고 있음에도, 미로의 이마에는 긴장감을 나타내는 굵은 땀방울이 맺혔다.

한쪽 팔이 어깻죽지부터 날아가고, 목에 마비독이 꽂혔는데도 움직이는 이 녹투성이 노인. 어디를 어떻게 봐도 평범한 인간은 아니었다. 빨리 처리하고 싶지만, 노인이 숭배하듯 들고 있는 빛나는 공 같은 것, 그것을 인질로 잡혀서 섣불리 활을 쏠 수가 없었다.

"식인종, 아카보시. 녹식의…… 녹식의, 위."

"뭐라고……?!"

녹식, 그 한 마디로 생겨난 미로의 빈틈을 노인은 놓치지 않았다. 그는 곧장 자신의 목을 꿰뚫었던 화살을 멀리 있는 비스코를 향해 던졌다.

"아차!"

즉시 반응한 미로는 비스코를 감싸기 위해 지면을 박차고 뛰어서 그 화살을 어깻죽지로 받아냈다. 화살의 놀랄 만한 위력에 몸이 가볍게 날아가 물수제비처럼 지면에 몇 번이고 튕겼다. 하지만 미로는 날아가면서도 활을 당겨 노인의 머리를 향해 쐈다.

"쟛!"

노인은 버섯이 피어난 오른쪽 다리를 손날로 허벅지부터 잘라내고는 남은 한쪽 발로 뛰어서 간발의 차이로 미로의 버섯 화살을 피했다. 그리고 그대로 크게 웃으며 언덕을 뛰어 내려가 밤거리의 지붕을 타고 육탑을 향해 펄쩍펄쩍 뛰어갔다.

"어, 엄청난 녀석이다……!"

"미로! 빨리 백신을 놔! 피어난다고!"

비스코의 외침에 미로는 황급히 앰플집에서 버섯 백신을 꺼내 화살에 맞은 어깻죽지에 꽂았다. 그대로 세 번, 네 번 거친 숨을 몰아쉬다가 겨우 파트너의 용태를 떠올리고는 몸을 돌려서 가슴을 누르며 밤의 어둠을 노려보는 비스코에게 달려갔다.

"비스코! 뭘 당한 거야?! 피, 피가 이렇게……!"

허리춤에 찬 녹식 앰플을 비스코의 목덜미에 꽂은 미로가 떨리는 목소리로 물었다.

"콜록, 콜록……. 토하니까, 머리가 조금 개운해졌어. 저놈, 내…… 위를, 뽑아갔어."

"위……? 무슨…… 소리야, 비스코?!"

"보라고. 네 전문이잖아."

비스코는 입 안에 남은 피를 토해내고는 옷을 걷어 올려 미로에게 배를 보여줬다.

주먹 크기의 구멍이 다부진 복근을 뚫고 뻥 뚫려 있었다.

상처 가장자리에는 피와 녹이 뒤섞여서 굳어 있었고, 출혈은 없었지만 구멍 안에 있어야 할 장기가 흔적도 없이 사라졌다.

“이, 이런…… 이런 말도 안 되는 일이……!”

미로는 말문이 막혔다. 그것은 앞선 산적 아지트에서 봤던 변사체와 완전히 똑같은 모습이었다.

“어떻게 됐어? 아니, 대략 예상은 되지만.”

“위가 없어! 그, 그럴 수가, 이렇게 한순간에, 이런……!”

“아깝네. 모처럼 맛있는 게 들어가 있었는데.”

“그런 말 할 때냐고! 어째서 그렇게 기운찬데?!”

“앰플로 눈이 떠진 건 알겠어. ……녹식이 나를 살리려 하고 있다고.”

그 말대로, 미로의 주사 덕분에 비스코의 몸에서 불똥 같은 포자가 조금씩 뿜어져 나오며 주변을 비추는 것을 알 수 있었다. 비스코의 머리가 밝게 흔들리며 새파랗던 얼굴이 핏기를 되찾아갔다.

포자가 위와 연결되었던 관이나 혈관을 이어주면서 보충했다. 놀랍게도 녹식 포자가 원래 위와 비슷한 기관을 재생하려 하고 있지만, 뱃속에서 꿈틀대는 녹 입자에 가로막혀서 그러지 못하는 모양이었다. 녹식 포자가 모여 조금이라도 녹을 분해하려고 애쓰는 게 보였다.

“……위를, 재생하려는 것 같네. 좀 더, 노력해서…….”

"에엑?! 비스코, 어쩔 건데?!"

"으기기긱……!"

비스코는 전신에 힘을 담아 자신의 배에 의식을 집중했다. 그러자 오렌지색 포자가 뱃속에서 끓어올라 마치 항체처럼 녹을 치워내기 시작했다.

"에, 에엑?! 비스코, 스스로 포자를 생성해 낼 수 있어?!"

"기괴 버섯 인간이라는 듯이 말하지 말라고. 하지만, 이걸로……."

빛나는 녹식 포자에 휩싸인 비스코가 살짝 표정을 푼 그 순간—.

펴엉!

"끄아악! 뭐, 뭐야?!"

호쾌한 작렬음과 함께 커다란 녹식 줄기가 비스코의 등을 뚫고 크게 피어올랐다. 이어서 팔에서, 옆구리에서 빛나는 녹식이 두 개, 세 개씩 비스코를 뚫고 쭉쭉 피어나기 시작했다.

"비스코! 안 돼, 포자를 억눌러!"

"너! 그렇게 갑자기 말해도……!"

미로는 즉시 앰플집에서 버섯 백신을 꺼내 비스코의 목덜미에 꽂았다. 약액이 비스코의 몸으로 들어가자 지금까지 미쳐 날뛰면서 피어나던 녹식 포자가 서서히 진정되기 시작했다.

"우오오…… 쪼, 쫄았네. 작은 녹식은 지금까지도 드문드문 피어났었지만, 설마 살을 찢으며 나오다니……."

"……녹을 너무 많이 먹어서 녹식이 폭주하는 거야……!"

미로는 비스코에게서 피어난 녹식을 단도로 잘라내면서 필사적으로 비스코의 치료법에 대해 골몰하며 이마에 비지땀을 흘렸다.

"하필이면 비스코의 재생력이 화근이 되다니. 이, 이대로 가면……."

"야, 꿍얼꿍얼 말하지 말고 내가 알 수 있게 말해. 천하의 판다 선생이 환자보다 당황해서 어쩔 거야."

하얀 얼굴을 더더욱 창백하게 물들이며 중얼거리던 미로에게 비스코가 남 일처럼 말했다. 미로는 그 눈앞으로 다가가 목소리를 떨면서, 반쯤은 자신의 생각을 정리하듯이 천천히 입을 열었다.

"비스코. 지금 비스코는 위가 뽑힌 대신 농축된 녹이 들어 있는 셈이야. 비스코의 녹식 포자는 그 녹을 먹이 삼아 엄청나게 활발해졌어."

"그럼 이대로 놔둬도 상관없잖아. 녹을 먹어 주는 거 아냐?"

"상관없지 않아! 그때까지 비스코가 버티지 못해! 비스코가 낫기 전에 녹식이 피어나서, 버섯이 온몸을 뚫고 나올 거라고!"

미로는 비명에 가까운 목소리를 내지르며 비스코의 어깨를 흔들었다.

"……어쩌지? 이런 증상은 본 적도 없어! 그래, 내 위를 이식해서……!"

"너무 비약했잖아, 바보! 빼앗겼으면 되찾으면 된다고."

비스코는 그렇게 말하며 저 멀리 불빛이 비치는 이즈모 육탑의 문을 턱짓으로 가리켰다. 그쪽으로 시선을 돌린 미로는, 폴짝폴짝 뛰는 검은 그림자가 뛰쳐나온 호위 용병을 쓸어버리고 문을 뛰어넘는 모습을 보았다.

“저 녀석……!”

“의외로 우리의 목적이었던 불사승정이라는 게 저 녀석 아닐까? 팔다리가 한쪽씩 날아갔는데도 저런 움직임이라니. 게다가, 내 배…….”

자신의 배에 뚫린 구멍에 생긴 얇은 포자 막을 만지던 비스코가 인상을 찌푸렸다.

“녹식도 다 먹어치우지 못하는 녹이라니, 확실히 정체 모를 선력이야. 붙잡아서 캐물어 보면, 내 불사신도 제거할 수 있을지도 몰라.”

“그건, 그럴지도 모르지만…… 비스코, 어째서 그렇게 냉정한데?! 지금 비스코 안에서 녹과 녹식이 날뛰고 있어. 또 아까처럼 버섯이 피어날지 모른단 말이야! 좀 더 위기감을 가져!”

“가지고 있어, 바보야. 네가 너무 당황하는 거야. 적이 우리의 심리를 읽지 못할 리가 없잖아. 그걸 노릴 거야. 부상자가 위기감만으로 행동한다면 반드시 함정에 빠져.”

정론이었다. 그렇다 해도, 미로는 파트너의 강철 같은 의지력에 감탄할 수밖에 없었다.

어떤 상황에 몰려도 울거나 한탄하거나 죽음을 각오하지 않고, 그저 강인한 집중력을 가지고 마치 활에 메긴 화살처럼 표적만을 노린다. 아카보시 비스코의 그 의지력은 육체보다도, 어쩌면 활보다도 강인한 무기였다.

"진정되면 말해. 작전 짜는 건 네 담당이야."

"……응, 알았어. 쫓아가자! 지금이라면 검문소도 혼란에 빠져서 저 녀석에게 의식이 쏠려 있을 거야."

"좋아. 그럼 정면으로 곧장 갈까?"

"너무 극단적이잖아! 눈에 띄지 않는 게 최고야. 이리 와, 아쿠타가와!"

주인의 목소리를 듣고 달려온 아쿠타가와에게 미로가 뭔가 작게 속삭였다. 아쿠타가와는 살짝 거품을 뿜고는 준비운동처럼 왕집게발을 쿵, 쿵! 지면에 내리쳤다.

"야, 미로. 설마……."

"응. 던져달라고 하자. 새송이버섯을 쓰면 버섯지기가 나왔다는 게 바로 들킬 테니까."

"……야, 바보 같은 소리 하지 마! 토네이도 투법(投法)은 자비가 타지 않으면 무리야! 이 녀석 혼자 힘 조절을 했다가는 어디로 날아갈지 알 수 없다고!"

"그렇게 가능성을 한정하는 생각이 게의 원만한 성장을 방해하는 거야."

비스코는 태연하게 말을 늘어놓는 미로의 표정을 아연실색하게 바라봤고, 그 와중에 대게가 그 몸을 미로와 함께 집게발로 들어서 머리 위로 높이 올렸다.

"아쿠타가와, 잘 부탁해! 저 다리 너머를 노려!"

"우와앗! 이게 더 무모해! 생각을 고쳐! 기수가 없는 아쿠타가와가 던지면 위가 뒤집힐 거라고!"

"마침 잘됐네. 지금은 없잖아."

"너……."

비스코의 항의가 끝나기도 전에 아쿠타가와가 굉장한 도약력으로 밤하늘 높이 뛰어올라 회오리처럼 몸을 회전시켰다. 그리고는 그 넘치는 완력에 모든 것을 맡기고 있던 두 주인을 밤거리를 넘어선 아득한 저편으로 던져버렸다.

적과 청, 두 색깔의 버섯지기는 그대로 바람을 가르며 거대한 오각형을 이루는 육탑 안으로 빨려 들어가듯이 날아갔다.

3

주변을 둘러싼 절벽 탓에 바깥과 격리된 이즈모 육탑은, 그 불길한 검은 오각탑 남쪽 벽에만 틈이 존재해 외부에서 안쪽을 엿보는 게 불가능한 구조이다.

육탑이라는 이름대로 그 오각탑 내부는 또다시 여섯 개의 탑으로 나뉘어 있고, 각각의 탑에 들어찬 통로나 계단으로 일그러지게 이어져서 마치 거대한 곤충 둥지 같은 모습이다.

그런 곳에…….

남쪽 벽의 틈을 넘어서 엄청난 스피드로 날아오는 두 그림자가 있었다.

"비스코, 낙하산!"

"날기 전에 말해!"

미로가 격하게 나부끼는 외투를 벗어서 공중으로 던지자 비스코가 앵커 화살을 겨눠 그곳에 쐈다. 외투를 뚫은 앵커 화살은 뻐엉! 하고 화살촉에서 하얀 천 같은 것을 피우며 바람을 받아 갓을 크게 펼쳤다.

공중에서 브레이크가 걸린 비스코의 몸이 뒤쫓아 날아온 미로의 몸을 받아냈고, 그대로 부력을 유지하며 둥실둥실 떠다니다 이윽고 육탑의 바닥에 부딪혀 데굴데굴 굴렀다.

"성공이야! 풍선버섯과 강철거미독…… 조합하는 데 고생했다니까!"

"즉석에서 시도하지 마! 으겍, 빨리 비켜! 위가, 위가 아프다고!"

비스코에게서 스르륵 떨어져 나와 단도로 낙하산을 처리하는 미로 옆에서, 비스코는 위에 생긴 문제에다 아쿠타가와가 빙빙 돌려 던지면서 생긴 멀미가 겹쳐져 토할 것 같은 입을 누르며 고개를 붕붕 저었다. 그때—.

"비스코."

귓가에 속삭이는 파트너의 시선을 따라 비스코도 마음을 다잡았다.

두 사람이 올려다본 곳, 중앙 탑 높은 곳에 설치된 거대 스크린을 등지고, 마른 인간의 실루엣이 두 사람을 내려다보고 있었다. 등 뒤에 있는 스크린의 불빛 탓에 그림자가 져서 표정을 엿볼 수는 없었지만, 뭔가 유쾌한 듯한, 태연한 기척이 감돌았다.

"린, 켈, 샤다. 린, 켈, 스나우……."

비스코가 귀를 기울이자, 스크린이 떨리는 소리에 섞여 경을 중얼거리는 소리가 들려왔다. 목소리 톤으로 저 그림자가 앞선 노인이라는 걸 알 수 있었다. 그러나―.

"저 영감……! 높은 곳에서 보고 있기는! 아까까지 비실비실했던 주제에!"

"근데 이상해. 뚫어버렸을 텐데, 팔도, 다리도 무사해."

미로의 말대로, 터져나갔던 한쪽 팔, 한쪽 다리가 제대로 나 있고, 굽어있던 등골도 펴져서 조금 전까지의 쇠약한 기척과는 완전히 모습이 달랐다.

"내 신격(神格)의, 증명이다."

그때, 두 사람의 사고를 가로막듯이 그림자가 쉰 목소리를 내뱉었다.

"뭐라고……?"

"경건하게 공덕을 쌓아온 실증이 있기에, 내가 죽기 직전에 하늘이 네놈을 보내주신 것이야. 네놈이 가진 녹식의 힘을 써서 다시 육탑의 정상에 서라고. 그래, 하늘이 나를 갈망하고 있다."

"제멋대로 지껄이기는!"

미로의 목소리에 카카캇 하고 웃음소리로 답한 검은 그림자는 스크린을 박차고 20미터 정도의 높이를 뛰어내려 두 사람과 같은 시선에 착지했다. 그리고 무수하게 뻗은 탑의 배관 일부를 가볍게 뜯어서 창처럼 들고 빙글빙글 돌렸다.

"위장이 뽑혔는데도 여전히 그렇게나 움직이는가. 아카보시. 이미 죽에 탄 쌀 한 톨조차 먹지 못하는 몸. 내버려 둬도 되리라 여겼다만…….”

네온에 비친 노인의 얼굴이 드러났다. 이를 드러내며 웃고 있고, 두 눈은 번쩍번쩍 빛이 났다. 놀랍게도 뼈와 거죽만 남아 있던 그 몸에는 약간이지만 다부진 근육까지 갖춰져 있었다.

“이, 정체 모를, 녹식 위의 힘. 결국은 시시한 야크샤 한 마리라 여겼다만, 어쩌면 네놈도, 묘한 신격을 가진 걸지도 모르겠군. 여기서, 죽여주마.”

“……늙은이가 엄청 기고만장하고 있네. 아앙?!”

비스코는 노인과 마주 보듯이 서서 송곳니를 번뜩 드러냈다.

“여생이 얼마 남지 않은 영감이라고 생각해서 친절하게 대해 준 거야. 하지만 그렇게 나온다면, 나도 사양 않고 네놈을 죽여 버릴 수 있다고.”

“크카카캇……. 불손하도다, 아카보시. 용서하마. 유쾌하구나.”

“바로 불쾌하게 만들어주마아앗!”

노인의 얕잡아보는 태도가 비스코의 역린을 건드렸는지, 분노를 드러내며 활에 손을 댔다. 그 활이 활집에서 뽑히기 전에—.

푹!

노인이, 놀랍게도 자신의 배에 창처럼 든 배관을 꽂았다.

“무, 무슨 짓을……?!”

역시 활에 손을 대려던 미로가 노인의 이상한 행동에 얼어붙었다. 그리고 그 품에, 휘청거리며 쓰러진 비스코가 「커헉!」 하고 폭포수 같은 피를 토해냈다.

"비스코!"

"저놈……, 내 위를……!"

"크, 크크, 크카카카카카아아아앗!"

크게 웃는 노인의 꿰뚫린 배 주변에서 오렌지색 빛이 따스하게 새어 나왔다. 꾸욱, 꾸욱 배에 박힌 창을 비틀자, 비스코의 입에서 고통스러운 목소리와 새로운 피가 흘러나왔다.

"너—!"

우렁찬 고함과 함께 미로가 쏜 화살이 노인의 어깻죽지에 꽂히며 움직임을 막았다. 노인은 약간 인상을 찌푸리고는 화살이 꽂힌 어깨를 반대쪽 팔로 뜯어내 멀리 던졌다. 이윽고 그 팔에서 버섯이 작렬하며 피어났다.

"기괴한, 기술이로다."

노인은 버섯에 덮인 그것을 바라보며 중얼거리고는 고민하듯이 턱수염을 매만졌다.

"어린아이라 생각해서 안중에 없었다만, 얕볼 수 없군. 너도 죽여주마."

"비스코, 쏠 수 있겠어?! 새송이버섯과 녹식을 시간차로 쓰자!"

"알겠어!"

날카롭게 활을 겨눈 두 버섯지기와, 얼굴에서 미소를 지운 노인의 시선이 부딪혔다.

그 순간—.

"이쪽이다, 켈싱하!"

늠름한 외침과 함께 뭔가 예리한 부적 같은 것이 날아와 노인의 이마나 몸에 면도날처럼 꽂혀서 움직임을 막았다.

"으읍?!"

두 버섯지기에게 정신이 팔려 있던 노인을 급습하듯이, 긴 라사(羅紗) 로브를 펄럭이며 두 그림자가 소리 없이 착지했다. 두 그림자 중 커다란 쪽이 쏜살같이 날린 칼날 부적을 노인이 차례차례 튕겨냈지만, 팔 하나만으로는 받아내는 게 고작이었다.

"스승님, 기폭할게요! 물러나세요!"

"좋아. 암리!"

"시케르바, 샤다, 스나우!"

작은 쪽 그림자가 주문을 외치자, 부적이 약간 붉게 물들더니 펑! 하고 낮은 소리를 내며 작렬했다. 노인은 그 충격으로 크게 몸을 젖혔지만, 그대로 쓰러지지 않고 슬쩍 몸을 다잡았다.

"……흥. 걸레 같은 년. 아직도 살아있었나."

얼굴 절반이 앞선 폭발로 날아가 단면이 드러났다. 그럼에도 노인은 태연하게 로브를 나부끼는 새로운 적을 노려봤다.

"지옥에서 튕겨 나온 거냐. 이 육탑엔 이제 네놈이 있을 곳은 없어!"

"크카캇…… 나를 막겠다는 건가? 네년 같은 어중간한 것이?"

"나와, 정신 나간 전(前) 승정. 누가 어중간한지 시험해보겠나?"

그림자가 연이어 날린 부적 나이프를 휘적휘적 피하던 켈싱하는 측면에서 날아온 무시무시한 강궁을 가까스로 피하며 간담이 서늘해졌다. 그곳으로 눈을 돌리자, 진홍색 머리의 버섯지기가 꿰뚫는 듯한 눈빛으로 자신을 응시하며 다음 화살을 메기고 있었다.

"린, 켈, 샤다……. 아카보시, 방심할 수 없는 놈이로다. 이거 불리하군."

노인은 자신이 뜯어버린 한쪽 팔을 가증스럽다는 듯이 노려보고는 그대로 뱀처럼 꾸물거리며 다음 화살을 피하고 탑과 탑 사이를 뛰어서 성큼성큼 상층으로 모습을 감췄다.

"이놈!"

노인을 노리고 활을 당긴 비스코의 눈이 번뜩인 순간, 그 타이밍을 계산한 듯이 퍼엉! 하고 빛나는 녹식이 허리에서 피어났다.

그 기세를 못 이기고 내동댕이쳐지듯이 바닥에 쓰러진 비스코는 이를 악물고 분통한 듯이 신음했다.

"아앗, 비스코!"

"……빌어, 먹을……! 이, 몸만……!"

"또 녹식이……! 바로 자를 테니까 참아!"

파트너에게서 돋아난 빛나는 버섯을 열심히 잘라내던 미로 옆에 커다란 그림자가 쿵! 하고 착지했다. 그림자는 품에서 두꺼운 부적 다발을 꺼내 멀어지는 노인에게 뿌렸다.

"시케르바, 키리크, 샤다!"

그림자의 말에 호응하듯이 부적들이 각각 공중에서 우뚝 멈춰서 긴 계단을 만들었다. 그와 동시에 강인해 보이는 복면 남자들이 그림자 주변을 둘러싸며 차례차례 모였다.

“켈싱하가 돌아왔다! 미리 상의한 대로 움직여라. 흩어져!”

그림자의 호령에 복면들은 일제히 부적 계단을 뛰어 올라 조금 전 노인을 쫓아갔다.

떠나가는 복면들을 눈을 가늘게 뜨고 배웅한 뒤 자신도 그 뒤를 쫓으려 하던 커다란 그림자 옆에 조그만 그림자가 툭 착지해서 소곤소곤 속삭였다. 그 시선 끝에는 두 버섯지기가 있었고, 그 목소리에서는 미약한 연민과 초조함 같은 것이 엿보였다.

“……위장을 뽑힌 모양이에요. 내버려 두면 시귀(屍鬼)가 될 거예요.”

“알았다. 하지만 나는 켈싱하를 쫓아야 해. 마무리를 할 수 있겠니? 암리. 괴로운 일이지만.”

“……. 지금 시작된 일은 아니니까요…….”

커다란 그림자가 부적 계단을 뛰어오르는 것을 바라본 조그만 그림자는 로브 사이로 엿보이는 귀여운 얼굴의 입가를 꼬옥 앙다물었다. 그리고 뚜벅뚜벅 버섯지기들을 향해 다가왔고…… 두 사람의 모습이 신기했는지 눈썹을 찡그렸다.

보통 이런 상황에 빠지면 인간은 반광란 상태가 되어 당황하거나, 혹은 이미 죽거나 둘 중 하나다.

그래야 하는데…….

“비스코, 녹식은 다 떼어냈어! 저기, 어디가 아파?”

“비, 빌어먹을…… 배, 배가…….”

"위가 아픈 거지?! 기다려, 지금 앰플을……."

"배가, 고파서……! 힘이, 안 나……!"

"에엑?!"

얼빠진 목소리를 내지른 미로 옆에서, 조그만 그림자도 경악하여 눈을 크게 떴다.

이런 위기 상황에서 묘하게 얼빠진 두 사람의 대화도 그렇지만, 무엇보다 이마에 땀이 맺혀있는데도 눈동자가 반짝반짝 빛나는 붉은 머리 남자의 상식에서 벗어난 생명력을 보고 굉장히 놀란 것이다.

'……이 사람, 살아있어? 확실히 내장을 뽑혔을 텐데…….'

"실례합니다."

"으엑?!"

비지땀을 흘리던 미로가 돌아볼 새도 없이 조그만 그림자가 스르륵 미끄러져 들어왔고, 그림자는 비스코의 배에 뚫린 구멍을 뚫어져라 바라봤다.

"……역시, 위가 없어……. 하지만, 이게 뭐지? 뱃속이, 태양 같아."

"너, 너 이 자식…… 누구야……?"

"제가 할 말인데요. 당신은 대체 뭐죠?"

조그만 그림자는 바로 후드를 벗어서 경악한 표정으로 비스코를 정면에서 바라봤다.

그림자는, 소녀였다. 나이는 열셋, 열넷 정도일까? 얼굴은 앳되어 보이지만 곱슬곱슬한 짧은 은발에 비쳐 보일 듯한 하얀 피부가 어우러져서 천사처럼 사랑스러운 모습이었다.

유래를 알 수 없는 주술이 적힌 라사 로브 틈으로 매끈한 배가 엿보였고, 하카마를 벨트로 묶었을 뿐인 스타일은 종교 특유의 독특한 느낌이 드러나지 않는 심플한 형태였다.

다만, 그 무구하고 세련된 모습 가운데서 단 한 가지, 숨을 삼킬 만한 이질적인 모습이 있었다.

왼쪽 눈이, 의안이었다.

그뿐만 아니라, 그것을 강조하듯 가느다란 벨트 같은 것으로 눈구멍을 당겨서 크게 벌렸다.

데굴데굴 움직이는 오른쪽의 보라색 눈동자와 달리 미동도 하지 않는 그 의안이, 사랑스러운 모습과의 갭이 되어 두 소년에게 정체 모를 인상을 가져다주었다.

"저, 저기, 얘는, 아카보시 비스코…… 나는, 네코야나기 미로. 저기, 너, 뭔가 알고 있어? 아까 그 선인 같은 녀석이 비스코한테서 위를 뽑아갔거든!"

"그건 알고 있어요! 그게 아니라…… 아니다. 아무튼 조치를 취해야겠어요. 이런 건 처음이에요. 이미 죽었어야 하는 인간을 치료하다니……"

소녀는 품에서 부적을 꺼내 눈앞에 들고는 뭔가 주언(呪言)을 외웠다. 그러자 부적이 주언을 받아 의지를 가진 것처럼 떠올라서 비스코의 배에 찰싹 달라붙었다.

"……지, 지금 이거, 뭐야?! 저기, 이곳 사람은 다들 마법사야?"

"속세 분들은 다들 호들갑스럽네요. 반창고를 붙였을 뿐이에요. 이대로 가면 반나절도 못 버텨요. 스승님에게 시술을 받아야죠. 미로, 님? 당신은 움직일 수 있네요. 비스코 님을 업고 저를 따라와 주세요."

"고, 고마워! 살았어, 어어……."

"암리. 암리니 암리예요."

암리는 몸을 빙글 돌려 바닥을 톡 밟고는 하카마 옷자락을 드레스처럼 들고 인사했다.

"성가시게 됐네요. 목숨을 끊어주는 거라면 편했을 텐데…… 살아있다면 어쩔 수 없죠."

뒤로 돌아 가차 없이 스피드를 내는 소녀의 등을 본 미로는 황급히 움직이지 못하는 비스코를 업고 그녀를 쫓아 달렸다.

"……야! 믿을 수 있겠냐. 저런 꺼림칙한 여자를!"

"믿을 수밖에 없어! 달리 방법이 없으니까!"

두 사람은 탑과 탑을 잇는 전선을 이리저리 타고 넘어서 네온이 비치는 어둠 너머, 정체 모를 신앙의 소굴로 뛰어들었다.

4

높이로는 5층 정도일까. 비스코를 업은 미로는 암리를 따라 탑 옆으로 튀어나온 난간 없는 낡은 통로를 걸었다.

"—아, 금붕어등은 건드리면 안 돼요. 명색이 신수(神獸)니까요."

"엑?! 아, 미, 미안……!"

미로는 공중을 둥실둥실 떠다니며 등불처럼 빛나는 커다란 부유 물고기를 건드리려다가 암리의 말을 듣고 황급히 손을 뺐다.

"만에 하나 상처라도 입히면 심한 처벌을 받아요. 그게 아니더라도, 이 주변은 금붕어등의 불빛밖에 없으니까 겁을 주면 발밑이 보이지 않게 되죠."

"부, 불빛이 있긴 하지만…… 이런 불안정한 바닥, 암리는 무섭지 않아?"

"육탑에서 자랐다면 눈을 감고도 지나갈 수 있어요…… 떨어지는 분이라고 해봤자 기껏해야 사흘에 한 명꼴 정도죠."

질색하며 눈을 찡그리는 미로와는 달리, 암리는 아무래도 두 사람이 무척 흥미로운지 머리를 휘날리며 미로를 돌아봤다.

"하지만 놀랐어요. 그 켈싱하에게 일격을 먹이다니."

싱긋 웃는 얼굴에서 의안이 반짝였다.

"아카보시, 네코야나기라면 소문으로 들었던 식인 버섯지기군요. 저, 결국은 속세의 이야기라며 솔직히 얕보고 있었는데…… 버섯 기술은 장식이 아니었네요. 하지만 조심하세요. 이곳, 이즈모 육탑에서는 속세의 상식을 버리셔야 할 거예요. 신경 쓰이는 게 있다면 뭐든 대답해드릴게요."

"너는 뭐 하는 녀석이야."

입을 열려던 미로의 등 위에서 비스코가 목소리를 높였다.

"아무리 생각해도 우선 거기부터잖아. 꼬마 주제에 정체 모를 선술을 쓰고……."

"조금 전에 암리라고 소개했을 텐데요……. 앗, 알고 싶으신 건 생업인가요?"

소녀는 아름다운 얼굴로 명랑하게 웃었다.

"저, 이래 봬도 선의(仙醫)랍니다. 주물(呪物)이나 진언(眞言)의 해주(解呪)는 저와 스승님의 전문이죠. 저희가 오지 않았다면 비스코 님은 그곳에서 녹슬었을걸요. 운이 좋은 분이네요."

"해, 해주라고……?"

"암리는, 고칠 수 있어? 이 비스코의 몸……. 나는 의사인데, 정체를 알 수 없는 증상이라 솔직히 손댈 수가 없거든. 암리 말고는 부탁할 사람이 없어."

암리는 걸음을 옮기면서 턱에 손을 대고 생각에 잠기더니, 무너져서 절벽이 된 통로를 뛰어넘으며 미로에게 「조심하세요」라고 말했다. 아래를 내려다보니, 이미 나락 속은 어둠에 휩싸여 있어 구체적인 높이를 알 수 없을 만큼 높은 층에 왔다는 걸 알 수 있었다.

"확실히 대답해드릴 수는 없네요. 켈싱하에게 장기가 뽑혔는데도 살아있는 인간은 애초에 처음이니까요……. 스승님의 의견을 구해야죠."

"그, 켈싱하라는 게 그 영감의 이름이야?"

"자, 도착했어요."

암리는 통로를 나와 뒷골목으로 들어가서 그중 한곳, 『선의 암리타』라는 네온이 켜진 문 앞에 서서 의미도 없이 빙글 돌았다.

“켈상하에 대해서는 스승님이 더 잘 아세요. 우선 비스코 님의 위에 조치를 취하는 게 먼저겠죠……. 지금도 배가 고파서 견딜 수 없으시다면서요?”

비스코는 다시금 자신을 덮치는 기아감을 느끼며 「윽」 하고 신음하면서 자신의 배를 어루만졌다. 암리는 살며시 웃으면서 삐걱거리는 문을 열고 두 사람을 안으로 들인 뒤, 뭔가 주언을 읊으며 문을 닫고는 열쇠를 거는 대신 종이 부적 같은 것을 붙였다.

그곳은 종교 의원인지, 연구소인지 알 수 없는 신기한 내부 구조로 되어 있었다. 어두침침한 방 이곳저곳에 골탄 램프가 놓여 있고, 다양한 문자로 된 책이 빼곡하게 들어찬 책장이나 작은 생물이 꿈틀대는 우리, 또한 약액에 담긴 무수한 눈알 같은 것이 보였다.

“돌아왔니? 암리.”

“네. 스승님. 저기, 실은…….”

“아, 올라오는 건 봤어. 이거 참, 신기한 일도 다 있군.”

어둠 속에서 걸어 나온 그 스승님이라는 사람은…… 여자였다.

거구에, 라사 천으로 가슴을 감았을 뿐인, 아름답지만 다부진 상반신에는 만다라를 본뜬 문신이 새겨져 있었고, 두 귀에는 커다란 고리형 피어스를 끼웠다.

바늘처럼 뾰족뾰족한 금발 뒷머리를 땋아서 묶은 여성은 그 위용과는 달리 온화한 표정으로 두 버섯지기를 바라봤다.

조금 전 켈싱하라는 노인과 대치하던 커다란 그림자는 이 여성이 틀림없었다.

“아, 안녕하세요. 저희는…….”

“둘이 합쳐 500만 닛카라는 버섯지기 콤비 이야기는 알고 있어. 나는 자우 라스케니…… 라스케니라고 불러줘.”

서로 인사를 나누긴 했지만 꺼림칙한 곳에 왔다는 표정을 짓고 있는 소년들을 본 라스케니는 웃으면서 책이 흩어진 테이블 위를 난잡하게 쓸어내고는 그 위를 손가락으로 툭툭 쳤다.

“우리 집 꼴이 말이 아니라는 건 알고 있지만, 그런 표정을 짓지는 말라고. 미안하지만 침대가 이미 차서 말이야. 여기에 누워…… 그리고 환부를 보여줘.”

비스코는 기아감에 인상을 찌푸리면서도 이런 처음 보는 여자에게 아직 마음을 터놓을 수는 없다며 미로를 바라봤다. 미로 역시 파트너의 마음은 아플 만큼 이해하지만, 달리 손쓸 방도가 없는 것도 사실이었기에 일단 파트너에게 고개를 끄덕여 주며 테이블 위에 눕혔다.

“…….”

비스코의 배에 뚫린 구멍을 한동안 바라보던 라스케니는 고개를 들어 입술을 매만지며 「흐으음」 하고 뭔가 고민하는 모습을 보였다.

“……어떤가요? 뭔가, 아시겠나요?”

“그는 죽었어.”

“에엑?!”

"아, 미안. 보통은 죽었어야 했다는 뜻이야. 켈싱하에게 위장을 뽑히면, 당장은 목숨이 붙어 있더라도 곧바로 주변 장기도 녹슬어서 죽음에 이르러야 해. 그런데 그걸, 뭔가…… 본 적도 없는 정체 모를 균 같은 것이 침식을 막고 있어."

"그게, 녹식 포자예요. 녹을 먹고 자라는 버섯인데요……."

"녹을 먹는, 버섯이라고요……? 그게, 왜 사람의……."

"암리, 일단 마지막까지 듣자. 그가 살아있는 건 사실이고, 네코야나기도 거짓말을 할 상황은 아닐 거야."

미로는 라스케니의 말에 마음을 놓은 듯이 고개를 끄덕이고는 말을 이었다.

"포자 덕분에 비스코가 살아남은 건 확실해요. 하지만 지금은 반대로, 포자가 녹을 너무 많이 먹어서 위험해요. 무한히 솟아나는 녹을 녹식이 계속 먹어치운다면, 조만간……."

"버섯이 몸 안에서 퍼엉! 하고 튀어나온다는 뜻이네요."

암리가 즐거운 듯이 말하자 미로는 심기가 상해서 노골적으로 그 순수한 얼굴을 노려봤다. 라스케니는 암리를 타이르듯이 작은 목소리로 속삭인 뒤 미로를 바라봤다.

"무슨 말인지는 알겠어. 그렇다면 어찌 됐든, 이쪽에서 할 수 있는 조치는 똑같아. 뱃속에 고여 있는 녹을 뽑아낼 필요가 있지……. 암리."

"네, 스승님."

"흡청(吸錆)의 진언으로 빨아들이겠어. 할 수 있겠니?"

"뭐, 꽤 오랜만이지만, 필요하다면 해보겠어요."

암리는 라사 로브를 벗어서 가슴에 천을 둘렀을 뿐인 얇은 차림으로 목을 뚜둑 꺾었다. 그리고 공중으로 몸을 날려 누워 있는 비스코 위에 올라타듯이 착지하더니 코끝에 얼굴을 들이밀며 그 눈을 빤히 들여다봤다.

"우왓! 너 뭐야?!"

지금까지 뱃속에서 녹과 포자가 날뛰는 불쾌함 탓에 말수가 적었던 비스코는 갑자기 암리가 덮쳐오자 무심코 눈을 크게 뜨며 목소리를 높였다.

"……아름다운, 눈……. 보석 같아요……."

암리는 보라색 외눈을 크게 뜨고 비스코의 비취색 눈동자를 바라보며 조용히 중얼거렸다.

"비스코 님. 거친 치료가 될 거예요. 최선을 다하겠지만, 그게, 혹시, 만에 하나……."

암리는 그렇게 전제를 두고는 조심스럽게, 그렇지만 등골이 오싹해지는 어두운 미소를 지으며 비스코에게 끈적하게 말했다.

"혹시, 비스코 님이 돌아가신다면…… 그 눈, 저한테 주실래요?"

"……상관은 없지만, 그만두는 게 좋지 않겠냐? 시야가 좁다는 말을 자주 듣거든."

"웃기지 마! 이제 됐어, 내가 할래!"

"이 녀석, 암리! 적당히 해라. 네코아냐기, 미안해. 얘의 나쁜 버릇이라서."

암리는 분노한 미로가 예상보다 기백이 강하자 어깨를 움츠렸고, 이내 조금 토라진 표정을 짓더니 고개를 힘껏 내저어서 의안을 어딘가로 날려버리고는 뻥 뚫린 눈구멍을 비스코의 뱃속 구멍으로 가져다 댔다.

"사소한 농담이었는데 말이죠. 비스코 님, 움직이지 마세요……."

"야, 미로! 이 녀석들, 뭘 할 셈이야?! 나는 가만히 있어도 되는 거냐?!"

"라스케니 씨!"

"지금부터 문자 그대로 녹을 『빨아들일』 거야. 이 시술은 암리밖에 할 수 없어."

라스케니는 안절부절못하는 미로를 한 팔로 제지하고는, 목소리를 약간 낮추며 말했다.

"여기까지 왔으니 각오를 다지라고. 파트너를 구하고 싶잖아?"

암리는 소년들의 당황하는 모습은 아랑곳하지 않고 눈구멍을 배에 가져간 채 뭔가 중얼중얼 주언을 읊었다.

"……우르…… 샤다, 암리타. 우르, 암리타, 샤다…… 스나우."

"너, 이제 작작……!"

비스코가 몸을 일으키려던 순간, 뭔가 뱃속에서 정체 모를 것이 솟구치는 게 느껴졌다. 불쾌감에 무심코 피를 토해낸 비스코를 향해 미로가 달려가려던 그때—.

쿠오오오오오오오!

흙에서 뭔가를 뽑아내는 듯한 흐릿한 소리와 함께 비스코의 뱃속에서 녹의 기둥이 분출하듯 솟아올라 암리의 눈구멍으로 빨려 들어갔다.

말을 잃고 멍하니 지켜보는 두 소년 앞에서 녹기둥은 엄청난 기세로 두두두두두두, 마치 역류하는 폭포처럼 암리의 눈구멍으로 계속 빨려 들어갔고, 거의 20초 정도가 지나서야 겨우 멈춰서 그 자취를 비스코의 배 주변에 흩뿌렸다.

암리는 그 마지막 녹덩어리를 눈구멍 속으로 쏘옥 빨아들이고는 휘청거리는 머리를 손목으로 톡톡 두드려서 진정시키더니 「꺼흑」 하고 트림을 내뱉었다.

"우, 우와아아…… 지금 이거 뭐야……."

"노, 녹을, 빨아들였어…… 머, 머릿, 속으로?!"

"지금 이게 암리가 가진 흡청의 진언이야. 육탑의 내부 사정도 모르는 두 사람에게는 조금 화려한 진언이었나."

눈앞에서 펼쳐진 마술적인 광경 앞에서 두 사람은 입을 쩍 벌리고 굳어져 버렸다. 지금까지 육탑의 선력은 드문드문 본 적이 있었지만, 막상 차분하게 목격해 보니 버섯지기조차 설명할 수 없는 정체 모를 기술이 있다는 걸 인정하지 않을 수 없었다.

"……야, 미로. 너는 저거 못하냐? 학교 나왔잖아?"

"학교에서 가르쳐 줄 리가 없잖아! 저, 저런, 기적 같은……!"

"……굉장한 양의 녹이더군. ……암리, 왜 그러지? 뭔가 상태가 안 좋은 거냐?"

흥분한 두 사람 옆에서 라스케니가 무수하게 진열된 병 속에서 의안 하나를 꺼내다가…… 암리의 상태가 심상치 않다는 걸 깨닫고 황급히 어깨를 두드렸다.

암리는 그 하얀 피부를 한눈에 알 수 있을 만큼 붉게 물들이면서 때때로 움찔 떨고는, 드러난 양어깨를 스스로 끌어안으면서 요염한 숨을 내쉬었다.

"하아, 하아……! 괴…… 굉장, 했어요……!"

"그 정도였나. 저 버섯 포자의 영향인지도 몰라. 먼저 쉬는……."

"비스코 님……."

암리는 마치 들뜬 듯이, 너무나 갑작스러운 사태라 움직이지 못하던 비스코 위에 다시 올라타서 배에 뚫린 구멍 가장자리를 손으로 덧그렸다.

"어쩜 이렇게…… 굉장한 생명력인가요. 타오르는 듯한, 아니, 마치 태양 같은 분…… 저, 조금만 더 있었으면, 불타버릴 것만 같았어요……."

"끄아아악! 그만둬, 배, 뱃속에, 손…… 으게에엑!"

비스코의 비명을 마치 음악처럼 들으며 몽롱하게 얼굴을 붉힌 암리의 얼굴은, 그 앳된 모습과는 좀처럼 어울리지 않는 요염함을 갖고 있었다. 암리의 가느다란 손이 그 듬직한 배를 따라 올라가서 비스코의 턱에 걸리자, 견디다 못한 미로가 고함을 치며 옆으로 밀쳐냈다.

"잠깐~! 잠깐! 이제 끝났잖아?! 이제 그만 비스코한테서 비켜! 링거 같은 건 내가 할 테니까!"

"걱정하실 것 없어요. 이것도 의료행위랍니다."

"거짓말하지 마! 안 돼! 비, 비스코한테는 약혼녀가 있으니까!"

"……어머. 그랬나요? 죄송해요. 너무나 굉장하셔서……."

암리는 시시하다는 듯이 대답하고는 비스코에게서 훌쩍 떨어졌다. 그리고 녹을 빨아들여 무거워진 머리를 휘적휘적 흔들면서 스승이 내민 의안을 거절한 뒤, 책장 위에 있는 병 하나에서 녹색 눈동자의 안구를 골라 눈구멍에 끼우고 비스코를 돌아보며 입술에 손을 대고 미소 지었다.

"야. 나한테 약혼녀가 있었냐?"

"그렇게라도 말해야지. ……저기, 진짜로 파우하고는 아무 일도 없었어?"

"고릴라랑 대체 뭘 하라는 거야? 바나나 먹기 경쟁?"

"본인이 이미하마에서 바쁘게 지내고 있을 거라며 방심하는 거 아니야? 실은 내 반지에 파우가 도청기능을 심어놨는데."

"에엑?!"

"거짓말이야."

"이쪽으로 돌아봐! 오른쪽도 판다로 만들어 줄 테니까!"

본인들에게는 지극히 수상한 치료법이긴 했지만, 그래도 비스코의 안색이 점점 좋아지며 농담을 늘어놓을 여유도 되찾은 걸 보자, 미로도 농담을 건넬 정도로는 한숨 돌릴 수 있었다.

그런 파트너끼리의 대화를 어딘가 부럽게 바라보던 암리가 라스케니에게 속삭였다.

"스승님. 일단 지금 있는 녹은 빨아냈지만, 뿌리는 어쩔 도리가 없어요. 또 바로 뱃속이 녹투성이가 되고 말 거예요."

암리의 말에 라스케니는 고개를 끄덕이고는 다시 비스코의 뱃속을 들여다봤다. 녹이 사라져서 깨끗해진 몸속에서 놀랍게도 반짝이는 포자 같은 것이 혈관을 이어 붙여서 잃어버린 위를 대신해 뭔가 작은 장기 같은 것을 형성하는 게 보였다.

"……위를, 재생시키려는 건가? 더욱더 초인 같군……. 하지만 이래서는 안 돼. 다시 녹이 흘러넘치면 뭉개지고 말 거야."

라스케니는 잠시 향후의 전망을 고민하고는, 혼자 고개를 끄덕이며 두 사람을 불렀다.

"큰일인 건 지금부터지만…… 보다시피 그 배라면 조금은 밥이 들어가겠지. 지금 이럴 때 뭔가 먹어두라고."

비스코와 미로는 의원 2층, 어마어마한 숫자의 눈알 병으로 뒤덮인 암리의 방으로 들어와 거기서 식탁에 둘러앉았다. 암리는 기쁜 듯이 빙글빙글 돌면서 두 소년 앞에 피처럼 빨간 수프 그릇을 올려놨다.

"기쁘네요. 손님이라니 언제적 일일까요. 스승님."

"사실은 좀 더 제대로 된 식사를 주고 싶지만, 아카보시의 그 임시 위에는 죽 정도밖에 들어가지 않을 테니 참아달라고……. 맛은, 나쁘지 않을 거야."

미로가 그 죽그릇을 들여다보자 걸쭉한 국물 안에 정체 모를 고기 조각과 풀어진 쌀이 잠겨있었다. 그것만이면 좋았겠지만, 판다 의원에서 익숙해진 짙은 선혈의 냄새가 그릇에서 풍겨오며 미로의 코를 찌르듯이 자극했다.

그에 눈살을 찌푸리는 미로 옆에서 비스코는 걸신들린 듯이 그릇에 달라붙어 어떻게든 텅 빈 위에 영양을 채워 넣으려고 필사적이었다. 암리는 그 옆에 달라붙어서 비스코가 먹는 모습을 지켜봤다.

"기쁘네요. 스승님. 비스코 님도 마음에 드신 것 같아요. 자, 미로 님도 드세요. 이거, 신장 죽이에요……."

"그, 그렇구나~! 무슨, 신장을 썼는데……?"

"네? 물론 건강한 신장이죠. 소화에도 좋고, 힘이 붙으니까요."

완전히 식욕을 잃은 미로가 암리의 빈틈을 엿봐서 죽을 비스코의 그릇에 옮기는 가운데, 라스케니는 암리가 가져온 지도를 책상에 펼치고 뭔가 고민에 잠겨 있었다.

"너희는 그 영감하고 아는 사이 같더라."

미로 몫의 죽까지 말끔하게 먹어치우고 겨우 한숨 돌린 비스코가 라스케니에게 거침없이 물었다.

"그 영감은 불사신의 몸을 주거나, 빼앗을 수 있다. 그렇게 들었어. 너도 비슷한 선력을 가진 거냐?"

"……무시무시하게 회복이 빠르군. 아니, 이야기가 빨라서 고맙긴 해."

라스케니는 비어버린 그릇을 가져가라고 암리에게 말하고는 잠시 자리를 비워달라고 지시했다. 암리는 재미없다는 듯이 뺨을 부풀렸지만, 스승의 지시에 순순히 사뿐사뿐 계단을 내려갔다.

"기분이 상하지는 말아줬으면 좋겠는데, 지금의 너희는 모르는 게 너무 많아. 조금씩 단계를 밟아서 설명해줘야 해. 상관없겠지?"

"……내가 결론만 원하는 성급한 남자라고 말하고 싶은 거냐?"

"아니었다면 실례했어."

"켁!"

"후후후……."

라스케니는 그 아름다운 눈을 살짝 가늘게 뜨면서 젊은 생명력으로 넘치는 두 소년을 잠시 바라보고는…… 이윽고 입술을 열어 조금씩 이야기를 시작했다.

"다시 소개하겠어. 나는 라스케니. 일찍이 불사승정 켈싱하와 싸워 녀석을 육탑의 정상에서 끌어내린 6인의 제자, 그중 한 명이야. 지금은 표면적인 신앙에서 물러나 육탑의 질서를 지키는 것을 사명으로 삼고 있지."

"불사승정, 켈싱하……."

"그래. 일찍이 이 이즈모 육탑의 정상에 군림하던 마쇼텐곤슈의 대승정. 그 너무나 거대한 야망을 염려한 6인의 제자가 서로 힘을 합쳐 녀석의 힘을 빼앗고, 육탑에서 추방해서 한때의 안녕을 얻었지…… 바로 얼마 전까지."

비스코와 미로는 카라반의 장로나 역참의 젊은 여주인이 해준 이야기를 떠올리며 서로 얼굴을 마주 봤다.

"그, 그럼 그, 라스케니 씨는…… 죽었다고 생각한 불사승정이 갑자기 돌아와서 곤란하다…… 그런 건가요?"

"간단히 말하자면, 그래. 녀석이 6인의 제자에게 복수를 원한다는 건 자명하고, 녀석이 다시 육탑의 정점에 서게 된다면 이곳의 질서는 붕괴하고 암흑시대로 돌아가고 말 거야."

"단순히 그 영감을 쓰러뜨리면 그걸로 충분하다는 거잖아?"

자신들이 불러온 위기에 식은땀을 흘리는 미로 옆에서 비스코는 팔짱을 끼며 말했다. 라스케니 역시 잠시 뜸을 들이다가, 「난폭하게 말하자면, 뭐 그렇겠지」라며 수긍했다.

"그럼 마침 잘됐어. 나도 그 녀석에게서 위를 돌려받지 않으면 아무리 지나도 맛있는 밥을 못 먹거든. 한번 따끔한 맛을 보여주고 싶었다고."

"……협력해 주는 건 기쁘지만, 내 쪽에서도 묻고 싶어. 너희는 어째서 켈싱하를 쫓고 있지? 버섯지기가 이 육탑에 볼일이 있을 것 같지는 않은데."

비스코는 라스케니의 말을 들으며 의자에서 일어나 죽이 담겨 있던 냄비를 들여다보고는, 바닥에 남은 죽을 자기 그릇에 옮기면서 말을 이었다.

"우리는 네가 본, 나의 이 불사신 체질을 고치기 위해 여행하고 있어. 그 영감을 붙잡아서 그…… 불사를 치료하는 기술을 쓰려고 생각 중이야."

"불사를, 치료해? 이 육탑에 사는 모두가 불사를 갈구해 마지않는데? 하하, 기특한 소리로군……."

신기하다는 듯이 웃는 라스케니와, 번뜩이며 노려보는 비스코의 눈이 마주쳤다.

"……아니, 미안해. 마음은 이해하겠어. 하지만……."

“맞아. 그럴 때가 아니라니까, 비스코! 지금은 어쨌든 위를 되찾아야지. 불사신 운운하는 건 나중 이야기야!”

“호들갑스럽게 말하지 마. 지금도 밥을 먹고 있어. 그래, 당장 죽는 저주도 아니잖아?”

“당장 죽는 저주야.”

라스케니는 소년들의 발랄한 목소리가 재미있다는 듯이 웃고는 말을 이었다.

“즉사했어야 하는 진언이야. 장기 하나가 녹스는 데 하루가 걸린다고 생각하면…… 오장 전체가 녹슬 때까지 닷새가 한계겠지.”

““다, 닷새?!””

퍼엉!

“우와아악?!”

“와아앗! 비스코!”

라스케니의 갑작스러운 선언에 놀란 비스코의 등에서 녹식이 피어났다. 허둥대는 두 소년을 지켜보던 라스케니가 약간 강한 말투로 말했다.

“더욱이 그 항체 과잉을 보라고. 버텨 봤자 닷새, 녹식이라는 게 날뛰면 날뛸수록 죽을 시기가 빨라질 거야.”

“이, 이러고 있을 때가 아니야. 빨리 켈싱하를 잡아야 해!”

“무턱대고 나가서 녀석을 찾을 수 있을 만큼 이 육탑의 구조는 단순하지 않아. 살아남고 싶다면 내 지시를 따라 움직이는 게 현명할 거야. 그거면 되겠지?”

“잠자코 지시를 따르라는 거냐? 부하 취급하기는.”

“시비조로 말하지 마! 물론 협력할게요! 하지만 녀석의 위치를 알 수 있나요?”

라스케니는 고개를 끄덕이며 일어나 2층 창가로 다가가서 두 사람에게 손짓했다.

“일찍이 육탑의 정상에서 거꾸러졌을 때, 켈싱하는 녀석이 가진 힘의 근원이었던 다섯 장기를 빼앗겼어.”

의원의 창문 바깥은 탁 트인 공간이어서 다른 다섯 탑이 잘 보였다. 어느 탑도 하층부는 비슷비슷한 잡다한 건물이었지만, 라스케니가 가리킨 상층부로 시선을 옮기자 하층과는 달리 격식 높은 종교 건물이 각 탑의 특색을 진하게 드러내고 있었다.

“지금 우리가 있는 금탑(金塔)을 포함해서, 중앙 탑을 둘러싼 다섯 개의 탑은 각각 다른 종파가 소유하고 있어. 켈싱하를 칠 때, 6인의 제자 중 나를 제외한 다섯 명이 다섯 개의 탑을 강탈해서 켈싱하의 다섯 장기를 각각 빼앗은 게 그 시작이지.”

“그럼 지금은 탑 하나에 장기를 하나씩 보관하고 있다는 건가요?”

“그런 셈이야. 『경전』이라는 이름으로 엄중하게 보관하고 있어. 켈싱하는 당연히 그걸 노리겠지. 녀석이 전성기의 힘을 되찾으면 우리에게 승산은 없어. 그전에 이쪽이 다섯 『경전』을 손에 넣을 필요가 있지.”

"뭐야, 번거롭게. 직접 쓰러뜨리러 가지 않으면 늦지 않을까?"

"다 모은 『경전』의 힘을 암리가 사용하면 너의 힘을 되찾는 것으로도 이어져. 멀리 돌아가는 길이긴 하지만, 녀석을 쓰러뜨리기 위한 최속, 최선의 수단이야."

창문 너머로 육탑 내부를 바라보면서 목에 돋아난 버섯을 난폭하게 뽑아낸 비스코에게 라스케니가 옆에 있는 수탑(水塔)을 가리켰다. 아름답게 반짝이는 수탑 상층부는 투명한 빛을 주변으로 반사하며 반짝반짝 빛났다.

"너희는 우선 처음으로 저곳, 옆쪽 수탑으로 가서……."

그 순간, 라스케니의 말을 성대하게 가로막으며 쵸아악! 하는 물소리를 포함한 굉음과 함께 폭포수 같은 물줄기가 수탑의 아득한 위쪽에서 쏟아졌다. 그것과 함께 휘황찬란하게 빛나던 수탑의 장식물이 물의 기세에 꺾여 부서지며 아득한 하층의 어둠 속으로 떨어졌다.

눈앞에서 순식간에 무너져가는 거대한 푸른 탑을 세 사람이 어쩔 도리도 없이 지켜봤다. 떨어지는 폭포에서 퍼지는 옅은 안개가 창문 유리를 흐릿하게 만들었다.

"처음으로, 어디를 어떻게 하라고?"

"쉿! 사자(使者)가 돌아왔어."

라스케니가 표정을 다잡고 창문에 손을 댄 순간, 쨍그랑! 하고 창문이 깨지며 커다란 몸이 방 안으로 굴러들어왔다.

"무슨 일이 있었나! 남은 건 너뿐이냐? 켈싱하는 어떻게 됐지?"

"수, 수령님……."

"그 상처는……!"

말을 잇지 못한 라스케니의 눈에 복면을 쓴 부하의 무참한 구멍투성이 몸이 비쳤다. 남자는 필사적으로 말을 내뱉으려 했지만, 복면 속에서 피가 뚝뚝 떨어졌다.

"켈싱하, 는, 이미…… 수탑을 올라, 스이오덴(水皇殿)의 승정을 해치우고 본존을 파괴했습니다. 아마, 췌장도 이미, 녀석의, 손에……."

"알았다, 이제 됐어. 그대의 영혼에 평온이 있기를……."

라스케니가 안타깝다는 듯이 시선을 내리며 기다란 눈썹을 떨었다. 그때—.

"크아악!"

잠긴 목소리와 함께 복면 남자가 근육을 비틀고 입에서 피를 쏟아내며 라스케니의 목을 붙잡으려 했다.

"앗?! 아뿔싸, 시귀술!"

허를 찔린 라스케니는 손에 들고 있던 진언 부적을 떨어뜨렸고, 남자의 손에 목덜미를 잡혀 공중에 매달렸다.

"끄, 아……!"

부하였던 남자의 전혀 조절하지 않은 힘이 목이 빠직빠직 조이자 라스케니는 고통스러운 소리를 냈다.

그때—.

빠꿈! 벽에 한발 꽂은 버섯 화살이 기둥 같은 새송이버섯을 옆으로 피우며 복면 남자의 커다란 몸을 바로 옆쪽 책장으로 밀쳐내 콰직! 짓눌렀다. 검붉은 핏줄기가 벽면을 흠뻑 적시고,

뭉개진 책에서 나온 종잇조각이 흩날렸다.

"……죽은 자를, 조종하는 건가. 진언이라는 건 뭐든 가능하구만."

비스코는 자비에게 물려받은 활을 빙글 돌려서 등에 다시 차고는 목을 뚜둑 꺾었다. 그 옆에서 슬그머니 빠져나온 미로가 라스케니에게 달려가서 울혈이 맺힌 목에 찡그림버섯 앰플을 주사했다.

"……콜록, 콜록! 시귀술은 켈싱하가 아니면 다룰 수 없는 고위 진언이야. 설마 녀석이 시귀술을 다룰 수 있을 만큼 회복하다니……."

"켈싱하에 대한 건 잘 모르겠지만, 적어도 그 영감은 굶주리고 있었어. 뭔가를 뚫고 나갈 소질을 가졌지. 수동적으로만 대처하면 간단히 당해버릴걸."

"네 말이, 맞아."

라스케니는 충혈된 목에 붕대를 감아준 미로의 「자, 이제 괜찮아!」라는 말과 미소를 보고는 부끄러운 듯이 쓴웃음을 지었다. 그리고 걱정스레 계단을 올라온 암리에게 웃어준 뒤 소년들을 돌아보며 말했다.

"미안하다. 이렇게 빨리 수탑이 함락될 줄이야, 오산이었어……. 바로 다음 수를 쓰자. 녀석의 힘이 다 돌아오기 전에 『경전』을 모아야 해."

라스케니는 그렇게 말한 뒤, 고개를 끄덕이는 비스코를 곁눈질하며 옆에 있는 미로에게만 속삭이듯 중얼거렸다.

"방심한 나도 잘못이 있지만, 네 파트너의 위가 강했던 게 문제야. 아카보시의 위가 아니었다면 녀석이 이 정도로 힘을 되찾지도 않았을 테니까."

5

목(木), 화(火), 토(土), 금(金), 수(水), 청(錆)이라는 이름의 여섯 탑으로 이루어진 이즈모 육탑은 어느 일정 높이를 경계로 상층과 하층으로 구분되며, 선의 암리타를 포함한 지위가 낮은 승려들을 위한 거주구나 상업구는 하층에 위치한다.

입체적인 구조이기에 탐색하기 매우 힘들다는 걸 제외하면, 수상한 의식용품점은 물론이고 밥집에 술집, 끝으로는 창관까지 있어서, 신앙의 도시라고 하면서도 무척이나 세속적이라 이미하마 아랫마을과 별반 다르지 않았다.

하지만 상층부가 되면 상황이 매우 달라져서, 하층에서는 드러나지 않았던 여섯 탑의 특색이 진하게 드러난다. 각 종파의 맹세가 적힌 낙인이 여권 대신 쓰이며 출입이 엄격하게 제한되고, 하층처럼 탑과 탑을 잇는 통로도 완전히 막혀서 각 탑이 완벽하게 독립되어 있다. 이런 상층부의 보안은 육탑 검문소와는 비교도 되지 않을 만큼 엄중하다고 한다.

"원래는 여섯 명이서 켈싱하를 쓰러뜨린 동료잖아요. 어떻게, 저기…… 다시 한 번 협력할 수는 없는 건가요?"

"그게 그렇게 되지 않는 게 인간의 더러운 점이지. 지금은 어느 종파든 서로를 눈엣가시로 보고 있어서 발목을 잡아끄는 게 일상다반사야……. 은자(隱者)인 내 설득에 이제 와서 귀를 기울일 리가 없지."

"그야 그렇지. 종교가가 여섯 명이나 있는데 이야기가 통일될 리가 없어. 그 『경전』이라는 걸 가져오기만 하면 되는 거라면, 숨어들어가서 강탈하는 게 가장 빨라."

"비스코 님의 말씀대로 하는 게 확실히 빠르겠지만요."

소년들의 맞은편에 앉은 암리가 말했다.

"수탑이 무너진 지금, 각 종파도 켈싱하에 대한 경계를 강화해서 무척 엄중할 거예요. 숨어드는 건 무모하고…… 하물며 비스코 님이 아무리 강하셔도 장기가 빠져나간 그 몸으로는…… 죄송해요. 하지만 사실이니까요. 아무튼 네 종파를 상대로 싸우기라도 한다면 당장 버섯이 몸을 뚫고 나올 거예요."

"들었냐? 도둑질도 싸움도 안 된대. 망했어."

"세상에는 그 두 가지 말고도 방법이 있어. 마지막까지 들어보자."

"무척 심플한 방법이 하나, 있어요."

암리가 옆에 앉은 라스케니를 돌아보자 그녀가 끄덕였다.

"종파에 『입교』하면 돼. 아무리 경비가 엄중하다 해도 신도가 되려는 자에게 문을 닫는 건 어떤 종파든 금지되어 있어. 너희가 정식으로 네 탑에 입문해서, 덕을 쌓아 고위 승려가 되어 승정을 알현하는 거야."

엉뚱한 이야기에 어안이 벙벙해진 소년들을 바라본 암리가 싱글벙글 웃으며 소파 위에서 발을 파닥거렸다.

"충분히 덕을 쌓은 승려에게는 승정이 진언을 보여주는 게 통례에요. 그때 반드시 『경전』이 근처에 있을 거랍니다. 그걸 훔치는 거죠? 스승님?"

"뭐…… 그렇게 되겠지."

"되겠지, 좋아하시네. 중이 되라고? 나랑 이 녀석한테 덕이라는 게 한 조각이라도 있는 것처럼 보이냐?"

"비스코랑 같은 취급하지는 마. 나한테는 있으니까."

"뭐, 가보면 알 거야. 육탑의 종교는 너희가 생각하는 만큼 깨끗한 곳이 아니거든. 식인종 2인조의 번뜩임이나 운이 있다면…… 반드시, 돌파구가 보일 거야."

라스케니는 그렇게 말하면서 주술이 적힌 부적을 허리춤의 벨트에 넣고는 표정을 다잡았다.

"나는 나대로 부하들과 함께 켈싱하를 쫓겠어. 녀석이 어떤 수단으로 『경전』을 노릴지는 모르겠지만, 내버려 두면 반드시 선수를 뺏기고 말 거야. 너희만 믿겠어. 반드시 『경전』을 입수해줘."

"번뜩임도, 운도 없다면, 나는 어떻게 되지?"

"그야 죽겠지."

라스케니는 미소를 지으며 비스코의 강한 눈빛을 응시했다.

"두 개 다 있을 거야. 눈을 보면 알지. 지금까지 이 세상에서 살아남아 왔잖아?"

—그런 대화를 거쳐서…….

한 시간 뒤, 『금탑』의 하층과 상층의 경계, 탑을 다스리는 종파 『콘조신(金象信)』의 검문소에 두 소년이 모습을 드러냈다.

두 사람은 무심하게 경을 외우는 승려들의 줄에 서서 라사 로브를 깊게 눌러 쓰고 입교 수속을 기다렸다. 비스코는 만성적으로 덮쳐오는 기아감을 조금이라도 달래기 위해 말린 표고버섯을 질겅질겅 씹으며 짜증난다는 듯이 시선을 번뜩였다.

"설마 내가 중들의 동료로 들어가게 될 줄이야. 자비한테는 말하지 마. 무조건 웃을 거야."

"의외로 좋은 약이 될지도 몰라. 이 기회에 정말로 수행을 쌓아서 조금은 마음을 깨끗하게 하는 게 어때?"

"누구의 마음이 때투성이라는 거야, 인마!"

"무척 좋은 제안이라고 생각하지만—."

그런 두 사람 사이에, 딱 허리 부근 높이에서 로브 사이로 눈만 드러내고 있는 마트료시카 같은 아이가 갑자기 끼어들었다.

"지금부터 입교하는 종파는 그렇게 깨끗한 곳이 아니랍니다. 오히려 수행할수록 저속해질지도 몰라요."

아이는 대화가 끊긴 두 사람의 표정을 슬쩍슬쩍 바라보고는 씨익! 눈만 웃었다. 그 등을 들어 올린 비스코가 어이없다는 듯이 입을 열었다.

"……그래서, 이 녀석은 뭘 당연하다는 듯이 따라온 거야?"

눈앞에 매달린 마트료시카…… 아니, 암리는 두 소년 사이에서 한쪽 눈을 이리저리 움직였다.

"그야 당연하죠. 비스코 님의 배에는 지금도 녹이 점점 모이고 있으니까요. 하루에 두 번은 빨아내지 않으면 죽을 시기가 빨라지기만 할걸요."

"하지만 위험해! 너처럼 조그만 아이가 이런, 스파이 같은……."

"어머, 저도 선의랍니다. 자신을 지킬 방법 정도는 익히고 있어요."

암리는 검지로 천 마스크를 내리고는 소녀답지 않은 요염하고 아름다운 미소로 미로를 바라봤다.

"아니면…… 미로 님이 가진 속세의 의술만으로 비스코 님을 치료하실 수 있나요?"

"……으윽!"

"어이, 다음 사람."

냉정하던 미로의 머리에 화악! 피가 오르려던 차에 입교 접수자의 호출이 들려왔다.

재빨리 비스코의 손에서 벗어난 암리가 뚜벅뚜벅 걸어서 품에서 뭔가 부적 같은 걸 꺼내 보여주자 접수자는 고개를 끄덕이고는 손을 흔들며 암리를 통과시켰다.

"너희는 이쪽이야."

"이봐, 우리도 저 녀석의 일행이라고. 통과시켜 주지 않을 거냐?"

"안 돼. 오랜만에 온 젊은 남자잖니. 면밀하게 검사해야지."

짙은 립스틱과 아이섀도를 그린 여장 승려들에게 불려간 두 사람은 상층으로 가는 엘리베이터 앞에 서서 로브를 벗은 채 신체검사를 받았다.

"어머나~! 너 근육이 굉장하구나. 얼굴도…… 턱 좀 올려봐. 어머나~! 얘들아, 이것 좀 봐! 아직 꼬마지만 좋은 남자야~."

"어라, 얘 눈빛 굉장하네. 섹시해. 좀 더 노려봐줘."

"너희들 치사해! 나도 이런 비실이가 아니라 걔한테 인두질을 해주고 싶어."

비스코는 그들의 대화에 진저리를 치면서 눈가를 실룩였고, 미로는 미로대로 비실이 소리를 듣자 허리에 손을 대고 퉁명스러워졌다.

이윽고 두 사람의 어깻죽지에 콘조신의 엠블럼인 코끼리 낙인이 치익! 찍히자 목구멍 속에서 「윽!」 하고 작은 신음이 나왔다.

"꽤 난폭한 짓을 하네. 이 낙인, 나중에 세심하게 벗겨내야……."

"왜? 단도로 살을 통째로 파버리면 될 텐데."

"비스코의 몸하고 같이 취급하지 마!"

투덜투덜 작은 목소리로 말다툼을 하던 두 사람은 이어서 가져온 짐을 검사받았다.

"알고 있겠지만 우리는 상인을 위한 종파야. 가지고 올 수 있는 건 행운의 물건이나 장사 도구뿐이라고 저기 적혀 있지~?"

감사를 맡은 여장 승려가 파이프를 빼끔거리며 보라색 연기를 토해냈다.

“그런데, 이 활은 뭐야? 뒤숭숭해라~. 우리는 다툼의 불씨가 되는 물건은…….”

“파마궁(破魔弓)이야.”

비스코는 퉁명스럽게 말했다.

“제대로 된 행운의 물건이라고. 화살도 세트고. 뒤숭숭한 점은 없어. 복을 부르는 고양이 같은 거라니까.”

“어머~! 그런 변명도 가능하구나.”

승려는 뒤쪽 동료를 돌아보며 말하고는 유쾌하게 꺄아꺄아 웃었다. 이렇게 활기찬 입교자가 별로 없는지, 비스코를 괴롭히는 게 즐거워서 견딜 수 없는 모양이었다.

“좋아. 귀엽게 낳아준 부모님한테 감사하라고. 그럼, 이 부적을 들고…… 징수는 매달 10일과 20일, 상납금이 부족하면 내장으로 지불해야 하니까 그렇게 알고 있어.”

두 사람이 내용을 검토할 새도 없이 다양한 허가증에 도장이 쾅쾅 찍혔고, 승려들은 그것들을 한꺼번에 미로에게 떠넘겼다. 이후 담당 승려가 벽 스피커에 대고 뭐라 주언을 읊자, 엘리베이터 문이 확 열리면서 그 안의 번쩍거리는 장식이 드러났다.

“지옥 가는 길도 돈이면 다 된다고 하니까, 천국도 그렇겠지? 제대로 벌어야지.”

엘리베이터에 슬그머니 올라탄 암리와 억지로 떠밀려난 두 소년 뒤에서 엘리베이터 문이 기요틴처럼 닫혔고, 그제야 겨우 소년들은 모아둔 한숨을 토해냈다.

이윽고 큰 흔들림과 함께 엘리베이터가 움직이며 우웅우웅 하는 소리와 함께 상층을 향해 올라갔다.

"저기, 저게 덕을 쌓은 승려의 태도야?! 종교의 내실이 변변찮다고는 하지만, 너무 노골적인 거 아니야?!"

"이 금탑만큼은 특별해요. 콘조신이라는 종파는 돈을 신앙하는 종파. 여기의 승위(僧位)는 단순하게, 얼마나 지갑이 두툼한지로 정해지니까요."

"돈이 신이라……. 뭐, 정체 모를 다른 종파보다야, 아예 대놓고 정색하는 만큼 그나마 낫나."

쿠웅! 하는 커다란 흔들림과 함께 엘리베이터가 멈추고, 천천히 문이 열리자 마치 대낮 같은 눈부신 빛이 두 사람의 눈을 자극했다.

"우, 우와…… 굉장해!"

미로가 눈부심에 눈을 가늘게 뜨며 한숨과 함께 중얼거렸다.

두 사람의 눈앞에 펼쳐진 것은 그야말로, 황금의 도시였다.

이곳이 탑 내부라는 것을 잊어버릴 정도로 천장은 아득히 높은 데다 번쩍번쩍 장식되어 있고, 넓이 역시 작은 마을이라면 쏙 들어갈 정도였다. 어느 건물이든 번쩍번쩍 빛나는 금색으로 칠해져 있었고, 큰길의 돌바닥마저도 순금으로 되어 있는 모양이었다.

그 큰길을 붉은 사자춤 같은 것을 필두로 한 가면 쓴 예능인 집단이 큰북과 피리 소리에 맞춰서 활기차게 춤추며 다녔다. 추임새를 넣을 때마다 주변에서 동전을 던져서 그것들이 반짝반짝 공중에서 빛났다.

거리에 인접한 가게는 옷가게, 복갈퀴집, 제구용품점 같은 것부터 고독(蠱毒)을 위한 벌레를 다루는 흉흉한 가게나 문신을 새기는 포장마차까지 폭넓게 자리했다. 백전연마의 상인들이 맹렬하게 맞부딪히는 분위기가 문외한의 눈으로도 생생하게 전해져 오는, 그런 풍경이었다.

"그런데 암리, 덕을 쌓는 데 돈이 필요하다면 벌어야 하잖아. 하루 정도로 어떻게 그런 돈을 벌 셈이야?"

"어떻게냐니……."

뒤에서 닫히는 엘리베이터 문을 바라보던 암리가 말했다.

"그건, 모르죠. 저한테는 상인의 소양 같은 건 없으니까요."

"뭐엇?! 아무 방책도 없이 여기까지 온 거냐?!"

"그야, 여기서부터는 두 분의 일이잖아요. 자, 근사한 방안을 제시해주세요. 물론 저도 협력할게요."

암리가 입구에서 나와 싱긋 웃으며 말하자, 두 소년은 얼굴을 마주 봤다.

"어쩌지, 비스코. 나도 장사는 그다지……."

"이미하마의 명의가 뭔 소리 하는 거야. 수입을 고려하면 여기서 판다 의원을 할 수밖에 없어."

"그야 이미하마에서라면 손님이 있었지만, 여기 사람들은 모두 유복하고 청결해서 의사가 부족할 것 같지는 않아. 돈을 버는 사이에 비스코가 녹식이 되어버릴 거야!"

"음……."

비스코는 거리를 바라보며 목에 손을 대고 잠시 허공을 노려보다가…….

이윽고 뭔가가 번쩍 떠올랐는지 두 눈을 크게 뜨며 신음했다.

"뭔가 떠오르셨나요?!"

"……뭐, 자비는 화낼 것 같은 방법이지만 이쪽은 목숨이 걸려 있다고. 암리는 병원 내부를 정비해줘. 미로는 백신을 잔뜩 만들어 두고…… 찡그림버섯하고 푸른느타리버섯의 혼합이면 돼."

"아, 알았어! ……근데, 어쩔 셈이야?!"

"나는 잠시 주변을 돌아보고 올게. 바로 너희가 치료해야 할 병이 유행할 거야."

"네~, 다음 분~."

"이봐, 정말로 치료해 줄 수 있는 거지? 온몸이 가려워서 견딜 수가 없어. 이래서는 장사도 못 한다고."

"포자성 피부염으로 고생하시나 보네요. 아직은 백신 재고가 있어서…… 개당 2천 닛카로 나눠드리고 있답니다."

"2, 2천 닛카아?! 엉터리야! 너무 비싸잖아!"

"요망을 들어드리지 못해서 아쉽네요. 그럼 다른 곳으로 가보세요. 다음 분~."

"우와앗! 알았어, 알았어. 낼게! 낼 테니까 가려움 좀 어떻게 해줘!"

폐업한 병원 시설을 그대로 사용한 『판다 의원·육탑 출장

소』는 현재 금탑의 상인들이 몰려와서 온몸을 맴도는 가려움에 몸부림치며 대합실에 꽉꽉 들어차 있었다.

접수대에서는 간호복에 간호 모자를 쓴 암리가 요염한 애교를 흩뿌리며 환자를 상대하고 있었지만, 환자들은 모두 엄청난 가려움에 시달리고 있어서 암리를 볼 여유는 전혀 없는 모양이었다.

"암리, 지금 그 사람으로 백신이 떨어졌어! 조제할 때까지 일단 닫아!"

"실례, 지금 백신이 떨어졌답니다. 바로 만들 테니 잠시 거기서 가려워하고 계세요."

암리는 창구에서 대합실에 있는 환자들에게 부드럽게 말했다.

"어이, 웃기지 마!"

"언제까지 기다리라는 거야!"

환자들이 절규했지만, 암리는 전혀 거들떠보지 않고 접수대 셔터를 탁 닫고는 입에 쓴 마스크를 즐겁게 벗었다.

"대성황이네요! 역시 천하에 이름을 떨치는 아카보시&네코야나기 2인조, 번뜩이는 재치도 일류군요. 남은 환자도 전부 처리하면 오늘 한나절만으로도 승정을 알현할 수 있는 돈이 모일 거예요."

"응. 노림수가 잘 들어맞았어. 야, 미로. 나의 두뇌를 조금은 다시 봤냐?"

"다시 볼 리가 없잖아! 이런 거…… 나는 두 번 다시 안 할 거야! 우리가 환자를…… 만들다니……!"

현재 금탑 전역을 덮친 미지의 전염병은 피부가 오렌지색으로 짓무르는 피부염으로, 그에 동반하는 강렬한 가려움이 특징이다.

새로 생긴 『판다 의원』만이 그 백신을 개발했다는 입소문이 순식간에 퍼져 금탑 전역에서 환자가 몰려오고 있었다.

당연하게도 이건 비스코의 발상이었으며, 금탑 상층부의 공기조절 시스템에 간지럼버섯독을 집어넣어 포자를 뿌려버리는 악랄한 잔꾀였다.

"딱딱한 소리 하지 마. 반료지의 설법에서도 자주 그러잖아. 돈에 집착하면 몸에 습진이 생긴다고. 2, 3일 정도 지나면 가라앉는 데다…… 무엇보다 내 위가 걸려 있어."

"그러니까 하는 거잖아. 파트너를 위해서라고 생각하니까! 그야 수단을 가릴 수는 없지만…… 하지만, 나도 의사의 긍지를 꺾어가며 하는 거거든?! 비스코도 조금은 미안한 척이라도 해……!"

퍼엉!

"앗! 우오옷?!"

"윽?!"

바쁘게 제조기를 조작하던 미로의 귀에 굉음이 울려 퍼졌다. 곧바로 파트너를 돌아보자, 옆구리 주변에서 중간 크기의 녹식이 피어난 게 보였다.

"비스코! 기다려, 바로 상처를……!"

"어머, 안 되죠. 미로 님은 백신을 만드는 게 일이잖아요."

"암리, 그런 말을 할 때가—!"

"걱정하지 마시길. 비스코 님의 치료는, 제가 하겠어요."

간호복 차림의 암리가 마치 소악마처럼 눈을 살짝 치켜뜨며 미로에게 웃어 보이고는 비스코에게 성큼성큼 다가갔다.

"자, 비스코 님. 배의 녹을 빨아내겠어요. 어서 여기 누우셔서……."

"에엑? 또 그걸 하는 거냐?!"

"빨리든가, 죽든가 둘 중 하나예요. 자, 단념하시길."

병실 침대에 밀쳐 쓰러진 비스코가 미간을 찡그렸다. 암리는 복부에 피어난 녹식을 뽕! 하고 뽑고는 그대로 비스코의 배에 뚫린 구멍을 들여다봤다.

"……후후. 기대되네요……. 온, 암리타, 샤다, 스나우……."

암리가 뭐라고 진언을 외우자, 녹기둥이 두두두두두두 하고 솟구쳐 암리의 눈구멍 속으로 쫘아아악 빨려 들어갔다.

"끄에에엑! 기분 나빠!"

"……으끕! 푸하아~!"

녹을 다 빨아낸 암리는 순식간에 붉게 물든 몸을 떨면서 뜨거운 숨을 내쉬었고, 의안을 다시 끼운 후 비스코에게 몸을 기댔다.

"역시, 굉장한 생명력이네요……. 빨 때마다 타오르는 것 같아서, 저……."

"야, 끝났으면 떨어져! 그러니까 우와앗! 배에 손가락이! 우웩!"

"이런 굉장한 힘을, 여자아이한테 빨게 시키다니, 죄 많은 분이세요……. 저기, 비스코 님? 약혼녀는, 어떤 분이시죠? 비스코 님과 제대로 어울리는 분이신가요……?"

한숨을 내쉬면서 비스코의 뱃속 구멍을 빙글빙글 돌리는 암리를 본 미로의 표정이 점점 험악해졌고, 입술을 피가 나올 정도로 악물었다.

'저 녀석……! 파우라는, 여자가, 있는데도……!'

"와아아악! 그만 좀 하라고! 이 바보!"

견디다 못한 비스코가 암리를 밀쳐내 몸을 일으키고 허억허억 거친 숨을 몰아쉬며 미로의 책상으로 다가갔다.

"저, 정체 모를 꼬마라니까…… 확실히, 빨아내면 배는 편해지지만……."

"비스코."

"으응?"

"이번까지는, 잠자코 있겠지만. 다음에 바람피우면, 파우한테 말할 거야."

"……뭐어엇?! 뭐, 뭘 말이야?! 어, 뭐라고? 바람……?"

"암리, 백신 다됐어! 환자분 들어오라고 해!"

"네~, 기다리셨죠. 25번 환자분부터 들어오세요……. 꺄앗! 미시면 곤란해요! 순서, 순서를 지키세요……."

미로의 바늘 같은 말에 당황한 비스코는 거들떠보지도 않은 채 미모의 의사와 간호사는 차례차례 환자를 받았고, 폭리를 취한 버섯 앰플을 차례차례 팔아서 순식간에 닛카의 산을 쌓아 올렸다.

"복갈퀴집 나리…… 격조했습니다. 요즘 경기는 좀 어떻습니까?"

"아…… 염주집 주인장. 이거 어떻고 자시고도 없지요. 바로 어제 있었던 피부염 소동에 옳다구나 하고 가려움 방지 복갈퀴라는 걸 기획해 대량으로 만들던 도중에 병이 뚝 가라앉아 버렸지 뭡니까. 완성된 재고를 어떻게 할지 갈피를 잡을 수가 없어서……."

금탑 상층부에서도 한층 커다랗고 눈부신 금빛을 발하는 것이 콘조신의 총본산, 콘조구(金象宮)다. 신전 정면에는 콘조신의 상징인 외눈의 코끼리신(神)『가난자』의 신상이 자랑스럽게 서 있고, 그 발밑을 지나 안으로 들어가면 순금으로 만든 기둥이나 벽에 붙은 아름다운 보석이 형형색색의 빛을 발한다. 너무나 호화찬란해서 오히려 식상한 느낌조차 드는 경치였다.

그런 신전의 방 한곳에서…….

암막에 덮인 가운데 등불 하나의 불빛만이 비치는 정숙한 공간에서 호화로운 옷이나 장식을 걸친 상인…… 아니, 고승들이 차례차례 모여 소곤소곤 세상 돌아가는 이야기를 나누고 있었다. 이날은 상납금이 일정액을 넘은 신심 깊은 이들에게 교조가 직접 가난자 신의 신탁을 내리는…… 이른바 정례회의 같은 것이었다.

이미 십여 명의 고승들이 이 자리에 앉아 있지만. 이 회의에 참가하는 사람들은 옛날부터 대부분 변하지 않았고, 새로운 인물이 더해진다 해도 기껏해야 대표의 대가 바뀌는 정도가 대부분이었다.

그곳에—.

암막을 난폭하게 걷어낸 날카로운 눈이 그 내부을 돌아봤다. 무슨 일인가 하고 돌아본 고승들의 얼굴을 한 명 한 명 노려본 그 인물은 뒤를 돌아 파트너에게 뭔가 속삭이더니, 성큼성큼 두 명…… 아니, 조그만 일행을 포함해 세 명이 함께 방 안으로 들어왔다.

"몸 좀 웅크려봐, 인마. 돈만 세고 있으니까 지방이 떨어지지 않는 거잖아."

"죄, 죄송합니다…… 옆자리에 좀 실례할게요."

무례하기 그지없는 태도를 보이는 그 승려의 모습은 상처투성이 상반신을 드러내고, 허리에는 붕대를 감고 하카마를 걸쳤을 뿐인, 콘조신의 승려치고는 매우 간소한…… 말하자면 가난뱅이 승려의 모습이었다. 부호들이 모이는 이 회합에는 어울리지 않는 차림이다.

"뭐냐? 이 애송이들은. 위병은 뭐하는 거지? 제가 불러오죠."

"아니, 잠깐만요. 저건 그…… 판다 의원인가 하는 의사와 간호사입니다. 바로 어제 있었던 피부염 소동으로 족히 100만 닛카를 넘을 만큼 벌었다나……."

부호들의 대화를 가로막듯이 방 정면, 한 단 높은 강당의 안쪽 막이 열렸고, 조그만 그림자가 반짝이는 로브를 끌면서 조용히 걸어왔다.

키가 작은 여자였다. 금실로 수를 놓은 보라색 베일을 쓰고 있어서 표정은 알 수 없지만, 그 눈동자도 마찬가지로 금빛을 발하며 긴 눈썹을 깜빡깜빡 움직였다.

"대…… 대행님!"

고승들은 일제히 잡담을 그만두고 융단에 이마를 찧으며 엎드렸다.

품에 안은 얼룩여우의 흑백색 털을 어루만지던 그 『대행님』은 엎드린 부호들을 만족스럽게 돌아보다가…….

그 시점이 어느 한 곳에 멈추자, 움찔! 하면서 눈을 부릅뜨고는 몸을 굳혔다.

"야, 비스코!"

푸른 머리 일행이 황급히 소년의 머리를 눌렀지만, 소년의 시선은 변함없이 여자 쪽을 의심스럽게 쳐다보고 있었다.

"비스코 님. 저분은 아름다운 여성으로 보이지만, 콘조신의 권승정(權僧正)이시랍니다. 심기를 거스르면 기회를 놓치고 말아요."

"……흐음~?"

여자는 동요했다는 걸 들키지 않기 위해 헛기침을 하고는 강당 의자에 발을 꼬고 앉아 얼룩여우를 어루만지며 입을 열었다.

"오늘, 교조님은 가난자 신과 교신 중이십니다. 따라서 창금술(創金術) 및 신탁의 현현은 저의 진언으로 집행하겠습니다."

"대행님께서 창금술을……!"

"저 역시 가난자 신으로부터 피를 나눠 받은 몸. 창금 같은 시시한 술법을 사사로이 외우는 건 부끄럽습니다만…… 뭐, 여러분의 신심을 돕기 위해서라면 보여드릴 수도 있지요."

여자는 그렇게 말하며 얼룩여우를 발밑에 내렸고, 자기를 뚫어져라 바라보는 고승들 앞에서 조용히 진언을 외우기 시작했다.

"온, 가우나, 리비토레로. 온, 가우나, 토레로리비, 스나우……."

"……이 녀석들, 저쪽만 보고 있잖아. 좋아, 미로, 지금 이럴 때……."

"잠깐만, 비스코……! 저거!"

미로가 무심코 눈을 크게 뜨며 바라본 그 시선을 비스코도 좇았고…… 그리고 눈앞에서 일어난 이변에 굳어지고 말았다.

눈을 감고 이마 앞에 손을 든 여자의 손바닥에서, 순금 조각이 넘치듯이 흘러나와 차륵차륵 소리를 내며 강당 위에 쏟아졌다. 주언을 외우는 여자의 발밑에서 얼룩여우가 순금 샤워가 짜증난다는 듯이 금 조각들을 떨쳐냈다.

"차, 창금술이다!"

"금이다, 금의 비가 쏟아진다아!"

폭포수처럼 쏟아지는 순금을 앞다투어 긁어모으는 고승들을 보고 때가 됐다고 여긴 여자는 코웃음을 치고는…….

"나기, 스나우!"

소리 높여 주언을 외치며 손으로 하늘을 가르듯이 내저었다. 그러자 밀폐된 방에 한 줄기 바람이 불더니, 그것에 닿은 금 조각이 마치 모래처럼 무너져 바람 속으로 녹아내렸다.

"뭐, 이렇듯."

여자는 의기양양하게 양손을 짝짝 치면서 발밑에 있던 얼룩여우를 품에 안아 들더니, 금을 잃고 망연자실한 고승들에게 소리 높여 말했다.

"저만큼 신심이 있다면 돈을 만드는 것도, 빼앗는 것도 뜻대로 할 수 있지요. 속세의 시시한 장사에 일희일비할 일도 없어집니다. 하지만…… 당신들은 아직 수행을 할 때. 가난자님께서는 더욱 장사에 열을 올리고, 그 증거로 시주를 할 것을 바라고 계십니다."

예, 하고 납작 엎드린 고승들에 섞여서 고개를 숙인 미로는 앞선 장면이 도저히 납득이 가지 않는지 눈살을 찌푸리며 엄지로 입술을 매만졌다.

"……암리, 방금 그건 뭐야? 환각을 보여준 건가?"

"아뇨, 진짜 금을 만든 건지는 모르겠지만 저건 진언이었어요. 진언인 이상, 근처에 켈싱하의 장기……『경전』이 있는 건 틀림없겠죠."

"그러냐. 그럼 본인한테 물어보는 게 제일 빠르지 않겠어?"

"본인한테……?"

비스코는 가시 같은 붉은 머리 안에서 바늘 하나를 꺼내고는 미로를 향해 씨익 웃었다.

"자, 그럼 신탁을 내리겠습니다. 우선, 서열 1위는 거울집……."

여자가 거만하게 의자에 다시 앉아 고승을 부르던 그 순간—.

비스코가 바늘을 입에 물고 여자의 무릎 위에 누운 얼룩여우의 꼬리를 향해 푹 하고 날렸다. 바늘은 정확하게 노린 곳에 꽂혔고, 얼룩여우는 「캬옹~!」 하고 비명을 지르고는 자신을 어루만지던 여자의 손에 힘껏 이빨을 꽂았다.

"꺄악!"

의자에서 펄쩍 뛰어오른 여자의 갑작스러운 비명에 고승들이 당황했다. 여자는 물린 손을 후후 불다가 안고 있던 얼룩여우의 꼬리 주변에 조그만 버섯이 펑펑 피어나는 것을 보고 머리털을 곤두세웠지만, 그럼에도 필사적으로 고함을 참았다.

"대, 대행님. 무슨 일이신지……."

"아, 아뇨. 아무것도……. 신탁에 놀랐을 뿐입니다."

"하지만, 아무래도 부상을……."

여자는 식은땀을 닦으며 필사적으로 머리를 굴렸다. 신탁을 내리는 자리에 버섯을 가져왔다는 소문이 돌면 자신의 목이 위태롭다.

얼룩여우를 어떻게든 자기 등 뒤로 숨긴 여자는 가능한 한 평정심을 가장하며 말했다.

"오…… 오늘의 가난자 님은 신성한 샘에서 목욕을 하고 계시는 모양입니다. 지금 여쭙는 것은 무척 실례되는 일입니다. 따라서 오늘 회합은 이것으로 해산하겠습니다."

"네?! 신탁을 받을 수 없는 겁니까?!"

"그, 그건 너무하십니다! 저희는 분골쇄신하며 상납금을……."

"닥치지 못할까! 신께서 목욕하고 계신데, 잠시 괜찮으십니까? 라니, 괜찮을 리가 없지 않은가! 됐으니까 해산하라, 해산!"

엄청나게 험악한 여자의 모습에 눌려버린 고승들은 기어가듯 방에서 도망쳤고…… 뒤에 남겨진 것은 여자와 여우, 그리고 세 명의 소년소녀뿐이었다.

"아앗, 비스코 님, 무슨 짓을……!"

"비스코, 위험하잖아! 어쩔 수 없지, 일단 우리라도……."

"크, 크히히힛……. 너, 아직도 모르겠냐?"

비스코는 퉁명스럽게 팔짱을 낀 여자에게 다가가 후드와 로브를 확 벗겨버렸다.

"아…… 아아앗!"

로브 속에서 드러난 것은, 이색적인 화장이나 장식 탓에 다소 생김새가 다르긴 하지만, 두 사람에게는 낯익은 핑크색 땋은 머리를 한 해파리 소녀의 얼굴이었다.

"티…… 티롤!"

"남이 피땀 흘려가며 겨~우 돈이 열리는 나무에 달라붙어 있는데……."

티롤이 관자놀이에 핏대를 세우고는 잡아먹을 듯이 비스코에게 외쳤다.

"하필이면 왜 이런 곳에 너희가 있는 거야! 이 얼룩여우 어떻게 할 거야! 얘는 교조가 마음에 들어 하는 애라서 만약 다치기라도 하면……."

티롤은 거기까지 말하고는 자신의 험악한 분위기에 놀란 얼룩여우를 황급히 안아서 아기를 달래듯이 흔들었다.

"두…… 두 분은 아는 사이셨나요?! 콘조신의 권승정과!"

"핫, 질긴 인연이야. 오~, 그래그래, 베리야, 무서웠지…… 잠깐, 이 버섯 좀 어떻게 해봐! 누가 보면 내 목이 날아간다고!"

"꺄악꺄악 시끄럽네. 겨우 목이버섯 가지고. 애초에 왜 이런 곳에, 라는 건 우리가 할 말이야."

미로가 베리에게 항체 앰플을 주사하는 걸 본 비스코가 말을 이었다.

"아까 그 금을 만드는 술법도 그렇고, 여러모로 묻고 싶은 게 있어."

"티롤. 우리는 콘조신이 가진 『경전』이라는 걸 찾고 있어. 그게 없으면 비스코가 버섯이 되어 버려!"

"……버, 버섯이, 되어 버린다고?!"

"지나가던 묘한 영감이 내 배를 쑤셔서 위를 뽑아갔어. 배가 고파서 견딜 수가 없으니까…… 빨리 그 영감의 단서가 필요해."

티롤은 제각각이라 도무지 영문을 알 수 없는 두 소년의 호소와 땀이 맺힐 정도의 열기에 약간 기겁하면서 턱을 긁적이고는 한숨을 내쉬었다.

"뭐, 만났을 때부터 속이기 쉬운 녀석들이라고 생각했었지. 어느 사기꾼 종교가한테 무슨 말이라도 들은 거지? 나 참, 힘만 있는 바보는 이러니까~."

"앗, 이 녀석! 너 말이야, 우리는……!"

"아~ 그래그래. 됐으니까 보여줘 봐. 그 뽑힌 위라는 걸. 어차피 싸구려 마술로 속여 넘긴 게 틀림없으니까……."

티롤이 비스코의 붕대를 난폭하게 벗기자, 복부에 뻥 뚫린 구멍에 얇은 포자 막이 덮여 있고, 그 속에 비쳐서 맥박 치는 내장과, 위가 있어야 하는 위치에서 맥박 치는 녹덩어리가 보였다.

"……."

"티…… 티롤, 뭔가 알겠어?"

"그야, 시답잖은 마술이었다면 우리한테도 나쁜 일은 아니지만……."

"우와아아악!"

티롤은 잠시 굳었다가, 뭔가 괴물이라도 본 듯한 표정으로 몸을 젖히고는 비스코에게서 펄쩍 물러났다.

"네, 네 배 대체 어떻게 된 거야! 노, 녹슬어버렸잖아! 아니, 어째서…… 이런 꼴이 됐는데 어떻게 살아있는 거야?!"

"내 녹식 포자가 무한히 솟아나는 녹을 계속 먹어치우고 있는 것 같아. 단지, 그 덕분에……."

퍼엉!

마치 미리 짠 것 같은 타이밍에 비스코의 관자놀이에서 중간 크기의 녹식이 살을 뚫고 튀어나왔다. 듬직하게 피어난 그것을 황급히 뽑자, 관자놀이에서 피가 흘러내려 비스코의 뺨을 더럽혔다.

"위험했어, 눈에 필 뻔했잖아. 젠장, 점점 빨라지고 있어……."

"언제, 어디서 녹식의 항체 반응이 나올지 알 수 없어. 뇌나 심장에 피어버리면 그대로 끝장이야! 부탁이야, 티롤, 비스코를 구해줘!"

미로가 눈물을 흘리며 애원하는 표정을 본 티롤은 입술을 악물었고…….

"으이이이이익!"

목소리가 되지 못한 소리를 내지르고는 머리를 마구 헝클었다. 그리고 입가에 손을 대고는 삐익! 하고 손피리를 불었다.

그에 응하듯이 강당 뒤의 막이 열리며 다부진 무승 두 명이 뛰쳐나왔다.

"수상한 놈이다! 대행님, 물러나 주십시오."

"손대지 마라! 비천한 것들, 분수를 알려주마!"

호화로운 승복에 청룡도를 든 무승들이 티롤 앞을 가로막았다.

장신에 다부진 근육을 가진 무승 앞에서 비스코의 눈이 번뜩 빛났다. 목을 한번 뚜둑 꺾고는 상대의 눈을 뭉개버릴 듯이 빤히 노려봤다.

"……좋다 이거야. 너희가 그럴 생각이라면—."

비스코가 그 말을 끝내기도 전에 깡, 깡! 하는 흐릿한 타격음이 방에 두 번 울려 퍼졌다. 입을 쩍 벌린 두 소년 앞에서 흰자위를 드러낸 무승들은 그 화려한 몸을 푹 꺾으며 융단 위로 쓰러졌다.

"이 녀석들의 승복하고 피어스를 달면 신전 안을 돌아다녀도 아마 들키지 않을 거야."

티롤은 그렇게 말하면서 승려의 머리를 때린 천벌 받을 쇠지렛대로 어깨를 툭툭 두드렸다. 그리고 「우우……」 하고 힘없이 신음하는 한 명에게 만약을 위해 다시 한 방 때리고 나서 그것을 품에 넣었다.

"어, 어머나……!"

키만 따지면 자기와 별로 다르지 않은 조그만 여자아이의 대범한 행동을 본 암리가 입가를 가리며 놀랐다.

"비스코 님의 지인은 다들 과격하시네요……."

"너는 데려갈 수 없어. 교조는 여자아이의 냄새에 민감하니까 바로 들키거든……. 이 방에서 기다려. 너희 둘은 빨리 그걸 입고 내 방으로 가자."

"티롤!"

"이번만이야! 도움을 받은 건 두 번, 첫 번째 빚은 철인 때 갚았잖아. 이번이 두 번째, 이걸로 땡이니까!"

"티롤~, 어디에 있느냐. 곁에서 나를 돌보아라. 어디냐~, 티롤."

"코플로 님, 티롤은 여기에…… 아아, 안 돼요. 이렇게 어지르며 드시다니. 게다가 식사 때는 약을 제대로 드셔야죠."

"싫다. 써."

금색 천막 밑에 드러누운 교조는 온몸이 살로 가득 덮여 있었고, 당장 부러질 듯한 침대 다리를 삐걱삐걱 흔들며 떼쟁이처럼 날뛰었다.

"마시게 해다오, 티롤. 자, 언제나처럼, 가까이서……."

"어머, 너무 응석을 잘 부리신다니까……."

티롤은 교조에게서 시선을 돌리더니 일그러진 미소를 짓고는, 이 세상 모든 것을 원망하는 표정으로 물병을 들이키고 알약 몇 개를 입에 넣었다. 그리고 호위 무승 두 명을 금빛 눈으로 날카롭게 노려봤다.

황급히 뒤를 돌아본 푸른 머리 호위는 의미심장한 웃음을 참고 있는 붉은 머리 파트너를 팔꿈치로 찌르며 마찬가지로 등을 돌리게 했다.

"……으읍. 자, 이제 됐어요. 다음부터는 직접 드셔야 해요?"

"오오~. 티롤이여. 씁쓸한 약도 너를 통해 먹으니 감로로구나. 꿀과 같구나."

"호호호호……."

티롤은 웃으면서 교조의 턱(어디부터 턱인지는 모르겠지만)을 어루만지더니 얇은 로브를 휘날리며 무승 두 명을 데리고 안쪽 방으로 들어갔다.

"……케엑! 우웩! 최악이야! 차라리 에스카르고와 키스하는 게 낫겠어."

"고, 고마워. 티롤……! 덕분에 수면버섯 알약을 먹일 수 있었어. 화살독하고는 다르게 효능이 강하니까 어지간해서는 일어나지 못해."

"두 개만으로 괜찮겠어? 아직 잠들지 않은 것 같은데."

"몸이 크니까 시간이 걸리는 걸지도 몰라. 하지만 세 알은 두 번 다시 일어나지 못하니까."

비스코는 미로의 말에 일단 납득하고 거울 앞에서 이를 닦는 티롤을 곁눈질한 뒤 그녀에게 배정된 호화로운 침대에 털썩 앉았다.

"그나저나 너, 언제부터 주술사로 전직했어? 그 금을 만드는 술법, 그거 진짜라고 일행인 암리도 놀라던데."

"그거야 트릭이지. 성의를 보이면 가르쳐 줄 수도 있지만…… 지금의 너희는 상납금으로 빈털터리일 테니까~."

그렇게 말한 티롤은 문득 뭔가 떠올랐다는 듯이 이국적인 의상 차림으로 미로에게 기대더니 가슴팍을 손가락으로 빙글빙글 돌리며 말했다.

"미로를 24시간 빌려주는 건 어때? 그러면 가르쳐 줄지도~."

"티롤! 우리는 진지하다니까! 지금 그런 농담은……!"

"하룻밤 정도는 상관없잖냐? 익숙하지 않아?"

"후려 패버릴 거야! 이 바보 버섯!"

"아하핫! 뭐, 좋아. 외상으로 달아 둘게. 급박하다는 건 진짜 같으니까."

티롤은 미로에게서 스르륵 떨어져 호화로운 융단 위에 책상다리로 앉았다.

"잘 보라고."

티롤은 그렇게 말하며 눈을 감고 조금 전 신도들에게 들려준 진언을 살짝 읊었다.

"……온, 가우나, 리비토레로. 온, 가우나, 토레로리비, 스나우……."

그러자 들어 올린 오른쪽 손바닥 위에 순식간에 순금 조각이 솟아나 폭포수처럼 융단 위로 좌르륵 쏟아졌다. 두 사람은 이번에도 눈을 동그랗게 뜨고 그 광경을 못 박힌 듯 뚫어져라 바라봤다.

"이거, 진짜 금이냐……! 굉장해, 신자가 몰려들 만해!"

"뭉개봐."

"뭐라고?"

"네 힘이라면 별것 아니야. 이 금 조각을 뭉개보라고…… 이렇게, 손가락으로."

비스코는 의아한 표정으로 떨어진 금 조각을 들어서 티롤의 말대로 손가락 사이에서 뭉개봤다. 그러자 눈부시게 빛나던 그 조각은 바로 빛을 잃고 더러운 갈색 가루가 되어 융단 위에 흩어졌다.

"이, 이건……."

"녹이야!"

목소리를 억누른 미로가 말했다.

"녹가루야. 그, 그럼 이 금은, 전부……."

"그냥, 반짝반짝 빛나는 녹덩어리야."

티롤은 시시한 듯이 말하고는 다시 주언을 읊었다. 그러자 바람이 불어와 암막을 흔들며 빠져나갔고, 조금 전까지 있었던 금은 흔적도 없이 사라졌다.

“콘조신은 이 녹의 환상을 써서 마구 벌어들이고 있는 거야. 덕을 쌓으면 자유자재로 금을 만들 수 있다고 선전하면서. 하지만 별것 아니야. 똑같은 진언을 외우면 그 어떤 불신자도…… 나 같은 녀석도 똑같은 일을 할 수 있어.”

“누구나, 진언을 외울 수 있어?”

“무조건인 건 아니야. 우선은 그 주문의 문구를 알아야 해. 나는 그 뚱땡이 교조한테 들었지만……. 두 번째는 너희가 찾고 있는 그 『경전』이 가까이에 있을 것. 원리는 모르겠지만 그게 진언의 연료가 되는 것 같아.”

“과연. 그렇다면…… 역시 『경전』이 근처에 있는 거구나!”

“우리 교조는 의심이 많은 녀석이니까, 알고 있는 건 나밖에 없겠지만. 그 무식하게 큰 침대 밑에 실은 비밀의 방이 있어서—.”

“잠들었어.”

티롤의 눈앞에서 비스코가 문을 보며 갑자기 말했다. 그 뜬금없는 말에 눈을 깜빡이는 티롤 옆에서 미로가 조용히 일어나 문 너머를 엿본 뒤, 두 사람을 돌아보며 끄덕였다.

뱀처럼 문을 빠져나간 비스코를 바라본 티롤은 어이없다는 듯이 미로에게 속삭였다.

“……교조가 잠든 걸 무슨 수로 알아챈 거야? 역시 저 녀석 동물 아냐?”

“아하하! 귀가 좋을 뿐이야. 아까부터 문 너머의 호흡을 듣고 있었던 것 같으니까.”

“케엑! 나보다 훨씬 주술사 같아.”

교조의 무거운 몸과 함께 순금 침대를 셋이서 들어 올렸다. 침대 위치를 옮기자, 침대가 있던 자리 밑 금속 바닥에 손때가 묻은 흔적이 보였다.

"공동이 있어."

바닥에 귀를 댄 비스코가 말했다.

"티롤의 추측대로야. 숨기고 있다면 여기밖에 없어."

"아마 열쇠가 있을 거야. 우선 그걸 찾아서……."

티롤의 말이 끝나기도 전에 비스코가 바닥을 박차고 회오리처럼 옆으로 돌더니 그 기세를 살려 손에 든 청룡도를 있는 힘껏 바닥에 내리쳤다.

빠각!

굉음과 함께 순금으로 된 비밀 문이 찌그러지며 경첩이나 못이 이곳저곳으로 날아갔다. 비스코는 난폭하게 판을 걷어차고 바닥에 뻥 뚫린 공동을 노려봤다.

"……슬로프네. 고글에 열원은 보여?"

"아니. 함정의 기척은 없어. 누가 갈래? 아니, 가위 바위 보로 하자. 처~음~은~."

그 말을 무시하고 태연하게 슬로프에 뛰어든 미로를 퉁명스럽게 바라본 비스코가 티롤에게 손짓했다. 티롤은 인상을 찡그리며 아직까지 쿨쿨 숨소리를 내는 교조에게 이불을 덮어 준 뒤 황급히 비스코 뒤를 따라갔다.

"……콘조신의 교조니까 엄청난 재보라도 보유하고 있을 줄 알았는데."

미로가 손목에 찬 발광시계를 켜 슬로프 아래쪽 방을 비추며 중얼거렸다. 지하묘지를 방불케 하는 간소한 석실은 콘조신의 호화찬란한 모습과는 정반대로 어두침침한, 뭔가 끈적한 분위기를 풍겼다.

"이건…… 두루마리? 이것밖에 없네. 의외로 정말 신심이 두터운 사람인 걸까."

"옆에 있어 보면 그런 생각, 20초 만에 사라질걸."

비스코에게 달라붙어서 꺼림칙한 듯이 방을 바라보던 티롤이 말했다.

"저기, 당장 『경전』을 찾아서 도망치자!"

성큼성큼 방 안으로 나아가는 비스코와 티롤을 곁눈질하던 미로는 빼곡하게 들어찬 두루마리에 적힌 글자가 무척이나 신경 쓰여서 그중 눈에 띈 것을 들고 찬찬히 살폈다.

그곳에는 진언의 경을 기록한 것으로 보이는 난해한 글자가 빼곡하게 적혀 있었고, 언뜻 봐서는 이해할 수 있는 것이 아니었다.

'티롤의 말이 맞다면, 이걸 이해만 한다면 누구나 진언을 쓸 수 있는 건가……?'

미로가 두루마리를 펼치고 미간을 찌푸리며 약간 뒤로 물러나자…….

툭, 뭔가 부드러운 감촉이 등에 닿았다.

"앗, 미안. 비스코. 지금 그쪽으로—."

황급히 돌아본 미로를, 새빨갛게 충혈된 혼탁한 눈이 바라보고 있었다. 두꺼운 지방이 몇 겹이나 쌓인 턱 위에 자리한 입이 초승달처럼 미소를 짓고 있고, 진흙 같은 침이 주르륵 흘러내렸다.

'……으윽!'

미로는 자신을 붙잡으려는 두꺼운 팔을 피해 재빨리 물러나 그 이상한 남자와 거리를 벌렸다.

완만한 움직임으로 미로를 바라보는 것은, 틀림없이 조금 전까지 코를 크게 골며 잠들어 있던 교조였다. 그러나 이 고깃덩어리 같은 남자가 기척도 없이 버섯지기의 배후를 점하는 건 도저히 불가능하고, 무엇보다 풍기는 오라가 완전히 달랐다.

'선수를 쳐야 해! 하지만, 활을…….'

버섯지기의 싸움은 선수의 선수를 치는 것이 신조다. 특히 적에게 말을 시키지 말라는 것은 비스코에게 배운 대인전의 철칙이었다. 그러나 두 사람은 그 실마리가 되어 줄 필살의 버섯 활을 신전 입구에서 위병에게 빼앗기고 말았다.

"온, 샤다, 시리비. 온, 샤다……."

교조의 입이 열리더니 끈적한 목소리로 정체 모를 주언을 내뱉었다. 그때마다 끈적한 침이 흘러서 돌바닥에 뚝뚝 소리를 냈다.

"……나의, 다섯 번째 제자…… 마곤슈, 금만(金滿)의 코플로. ……신심 없고, 힘없는, 돼지였다. 그러나 재능이 없기에, 말을 번복하지 않는 남자로서, 중용했지……. 또한, 그 신심

없음이, 마찬가지로 신심 없는 상인들을 신앙의 길에 눈뜨게 했다. 그것 또한, 이 돼지의 공덕이며—."

말을 잇는 교조의 미약한 방심을 노린 미로는 반사적으로 물러나서 허리춤에 숨긴 단도를 뽑았다.

'마비버섯으로 재우겠어!'

둔중한 빛을 발하는 마비버섯독 단도는 섬광처럼 도약한 미로의 몸에 맞춰서 반달 같은 궤도를 그리며 쇄골에 파고들었다.

푸슉! 하고 뿜어져 나온 피가 미로의 뺨을 더럽혔다.

'……앗! 독이……?!'

그러나 강력한 마비독이었던 그 칼날은 교조의 피부 표면을 파고들었을 뿐, 마비버섯을 피울 기색을 전혀 보이지 않았다. 자세히 보니, 발군의 절삭력을 자랑하는 도마뱀 발톱 단도 자체도 어느새 너덜너덜하게 녹슬어서 위력이 죽어 버렸다.

'아뿔싸……! 아까 뭔가 진언을 외웠던 게……!'

단도를 살에 쑤셔 넣은 채 무심코 몸을 빼려던 미로의 목덜미를 교조의 팔이 뻗어와 붙잡았다. 그 뒤룩뒤룩 살찐 몸으로는 도저히 상상도 할 수 없는 어마어마한 힘이 미로의 목을 빠직빠직 조였다.

"『경전』은, 어디냐. ……크카캇, 대답할 수 없는가."

"커……헉!"

미로의 입에서 피가 한 줄기 주르륵 흐른 그 순간—.

옆에서 날아온 붉은 그림자가 마치 검호의 참격 같은 돌려차기를 날려 미로가 쑤셔 넣은 단도를 엄청난 기세로 차버렸다. 그 무시무시한 위력은 녹슨 단도로도 교조의 머리와 가슴팍을 모조리 찢어발겼고, 돌로 된 벽에 부딪혀서 둔탁한 소리를 냈다.

“센 척하지 말고 부르란 말이다, 이 바보야!”

“콜록, 콜록! 으……, 비스코, 뒤!”

비스코의 뒤에서 가슴팍이 찢겨 날아간 거체가 팔을 휘둘러 비스코를 내려쳤다. 즉시 돌아본 비스코가 청룡도 자루로 받아냈지만, 쿠웅! 하는 어마어마한 충격이 덮쳐와 밟고 있던 돌바닥에 빠직 균열이 갔다.

“……이놈……!”

“비스코!”

미로는 비스코의 악문 입 사이에서 피가 흐르는 것을 보고 말았다. 무적의 녹식도 내장을 침식하는 녹과 싸우는 데 힘을 쏟고 있어서 지금은 전력의 2할 수준도 발휘하지 못하고 있었다.

“크핫!”

그래도 비스코는 우렁찬 기합과 함께 위가 없는 몸을 채찍질하며 청룡도를 회오리처럼 돌려서 교조의 몸을 일자로 갈라버렸다.

어마어마한 선혈이 뿜어지며 소년들을 붉게 물들였다. 그러나 목이 떨어지고, 배가 찢어졌음에도 교조의 움직임은 멈추지 않았다. 피가 튀어서 눈이 가려진 소년 앞에서 찢어진 자신의 뱃속에 오른팔을 쑤셔 넣더니…….

푸확! 하고 자신의 장을 뽑아내 그것을 마치 채찍처럼 휘둘러서 비스코를 후려쳤고, 그것을 막으려고 뛰쳐나온 미로를 빙글 휘감아서 쾅! 쾅! 하고 방 이곳저곳에 후려치며 무수한 두루마리를 방 전체에 흩뿌렸다.

비스코는 단도를 뽑아 울부짖으며 교조의 오른쪽 발목을 날려버렸고, 서로 엎치락뒤치락하며 슬로프를 올라갔다. 가진 힘을 모두 발휘하지 못한 비스코는 마침내 상대의 무진장한 힘에 밀려 바닥에 등부터 쓰러졌고, 거대한 몸이 말타기 자세로 그 위에 올라탔다.

"크으…… 악……!"

『크크…… 크카카카캇…….』

비스코의 목을 쥔 교조의 찢어진 목 단면에서 납덩어리가 솟아올라 뭔가를 형성했다. 이윽고 그것은 낯익은 노인의 얼굴이 되어 그 턱수염 안에서 반달 같은 미소를 지었고, 녹이 부스럭부스럭 떨어지는 소리에 섞여 웃음소리를 냈다.

"영감…… 역시 네놈이었냐……!"

『뱃속이 녹슬었는데도 무시무시하구나, 아카보시. 아니, 무시무시한 것은 그 녹식의 힘이라 해야 할까……. 망설이고 있다. 그 암여우의 제안대로 한동안 놀려둘까 싶었지만, 그 녹식의 힘에는, 신격이 보인다. 발목을 붙들릴 수도 있지.』

"핫! 내 것을 갖고 싶냐? 그럼 뽑아가 보라고. 안쪽에서 물어 죽여주지."

『……. 역시 죽여 둬야겠다. 두 명의 신은 필요 없으니.』

"켈싱하—!"

교조의 팔이 비스코의 목을 꺾기 직전, 청룡도가 날아와 교조의 옆구리를 베며 자세를 무너뜨렸다.

『으음, 숨이 붙어 있었나.』

피투성이 얼굴에 남색 눈동자를 번뜩이며 미로가 몸을 돌린 교조를 향해 도약했다. 칼날처럼 덮치는 장 채찍의 공격을 간발의 차이로 피하고, 교조의 품에 파고들어 오렌지색으로 빛나는 녹식 앰플을 가슴팍에 깊이 꽂았다.

『무슨 독인지는 모르나, 꼭두각시에게 뭘 쓴다 한들 소용없는 짓이다.』

"그만둬, 미로! 그 녀석한테서 떨어져!"

교조는 몸 안에 들어간 앰플은 거들떠보지도 않고 커다란 손으로 미로의 안면을 붙잡아 판다 반점이 있는 왼쪽 눈에 엄지를 강하게 밀어 넣었다.

"으, 끄윽!"

『마침, 그 정체 모를…… 버섯의 지식을, 갖고 싶다고 생각했었지.』

꾸륵꾸륵, 교조의 엄지에서 녹의 소용돌이가 꾸물거리며 나와 미로의 눈으로 파고들었다. 미로는 그것에 겁먹지 않고 우렁찬 고함을 지르며 앰플을 마지막 한 방울까지 교조의 가슴팍에 주사했다.

『크카캇…… 아카보시가 위라면, 네놈은, 뇌를 빨아내주마…… 으?! 끄오오?!』

빠꿈, 빠꿈, 빠꿈!

말을 잇던 교조의 등에서 태양과 같은 색으로 빛나는 녹식이 무수하게 돋아났다.

『네놈! 이, 버섯은…!』

"역시나. 티롤의 술법으로 알았어…… 진언은, 녹을 다루는 기술!"

미로는 거친 숨을 내쉬면서 자신의 노림수가 적중한 것을 보며 강한 말투로 외쳤다.

"어떤 꼼수로 덮쳐온다 한들, 그 힘의 원천이 녹이라면, 무섭지 않아! 우리는 녹식이야. 개미로는, 개미핥기에게 이길 수 없어!"

『허튼소리……!』

교조의 목 위에 붙은 노인의 얼굴이 분노로 일그러지며 녹식에 먹혀가는 몸을 강제로 일으켜 세웠다. 그리고 떨어진 청룡도를 주워 미로를 향해 크게 휘둘렀고—.

빠꿈, 빠꿈, 빠꿈!

그때 태양 같은 색으로 빛나는 녹식이 온몸을 뚫고 피어나자 완전히 침묵했다. 버섯투성이가 된 거체가 휘청거리며 바닥에 털썩 쓰러졌다. 피 대신 선명한 녹가루를 뿌리며 그것 역시 천천히 녹식의 모판이 되어 갔다.

미로는 그 모습을 한동안 지켜본 뒤, 비스코의 상처를 살피려다…… 휘청거리며 그 품에 몸을 맡겼다.

"미로! 정신 차려……! 젠장, 눈을 당한 거냐?!"

미로는 반점이 있는 눈에서 피를 펑펑 쏟으며 비스코가 놓아준 녹식 앰플에 몸을 맡겼다. 눈 속에 남아 있는, 뭔가 둔하고 무거운 감촉에 신음하면서도 한쪽 눈에 밴디지를 감은 미로는 파트너에게 걱정하지 말라고 답하며 어떻게든 몸을 일으켰다.

"켈싱하가, 그 교조의 몸을 빼앗은 거야. 진언으로 그런 짓을 할 수 있다니…… 허세를 부려보긴 했지만, 상상 이상으로 버거워. 비스코."

"그런 소리 할 때냐! 바보! 움직일 수 있겠냐? 업어 줄까?"

"바보 같은 소리 하지 마. 폐 끼치지는 않겠다고, 했잖아."

비스코의 손을 빌려 일어난 미로 앞에서 비밀 슬로프를 슬금슬금 올라온 티롤이 그 자리의 모습을 보고 인상을 찡그렸다. 그 팔에는 뭔가 거대한 원통형 상자를 들고 있었고, 진언 같은 글자가 적힌 천이 그 위를 덮고 있었다.

"잠깐……! 너무 거창하게 저질렀잖아! 이 버섯 어쩔 거야!"

"영감이 묘한 술법을 써서 끼어들었어. 하지만 그게 『경전』이지? 이긴 건 이쪽이야."

"그야 그럴지도 모르지만! 이 상황에서 어떻게—."

항의하려던 티롤의 귀에 뚜벅뚜벅 바닥을 밟는 소리가 들렸다. 아무래도 소음을 들은 호위 무승들이 방문 앞에 모여 있는 모양이었다.

"교조님! 무슨 일이십니까!"

티롤은 소년들을 향해 입술에 손가락을 대는 동작을 취하고는 땀을 닦고, 문을 살짝 연 뒤 가능한 한 엄숙한 목소리로 무승에게 대답했다.

"뭔가요, 소란스럽게. 교조님은 명상 중이십니다."

"오오챠가마 님! 무례를…… 하지만 소음이 복도까지 들려온지라."

"복도까지, 들려온다, 는 건……."

티롤은 겨우 자신의 페이스를 되찾고 사람을 현혹시키는 평소의 재능을 멋지게 발휘하기 시작했다.

"저와 교주님의, 침실에서, 복도까지 소리가 들렸다고, 그렇게 말하는 겁니까. 천박하기 그지없는, 의심을……. 교주님께 부탁드려서, 목을 날려버려도, 됩니다만."

"그, 그그! 그런, 그런 일은, 결코……!"

"상대를 동정하겠어."

비스코가 눈매를 실룩거리며 파트너에게 속삭였다.

"저 입만큼은 매서운 독해파리나 다름없잖아? 용케도 참을 수 있네. 나라면 15분 만에 혈관이 터져서 죽었을 거야."

"티롤은 저래도 돼. 귀여운 게 무기니까. 뭐든 완력으로 해결하려는 건 비스코뿐이야."

"네 누님도 말이지."

비스코에게 반론하려던 미로는 시선 끄트머리에서 흩어진 녹가루가 살짝 떠오른 것을 봤다. 방 안에서 바람이 일어날 리가 없건만, 녹가루는 마치 의지를 가진 듯이 티롤의 발밑을 지나 문을 빠져나갔다.

"무례는 용서하겠습니다. 부하를 데리고 슬슬 돌아가시죠."

"네, 넷! 이거, 시, 시, 실례를, 시……."

"……응? 뭘 우물쭈물…… 빨리, 제 위치로……."

티롤은 시선을 들었다가 깜짝 놀라 굳어졌다. 조금 전까지 늠름했던 무승의 얼굴이 검붉게 일그러졌고, 그 콧구멍에 날벌레 무리처럼 녹가루가 차례차례 빨려 들어갔다.

"실, 부갸악!"

티롤의 눈앞에서 무승의 머리가 퍼엉! 하고 풍선처럼 터지더니 선혈이 뺨을 적셨다. 자지러진 티롤의 시선 너머, 뒤에서 대기하던 승려들도 마찬가지로 펑! 펑! 하는 소리를 내며 차례차례 머리가 파열됐다.

"……경전, 을……."

"……경전으을……."

턱 위쪽이 날아간 시체로 변한 무승들은 나불나불 움직이는 입만으로 중얼거리는 시귀가 되어 티롤을 붙잡으려 했다. 흰자위를 드러내며 뒤로 쓰러진 티롤과 경전을 안아든 비스코가 문을 열고 창처럼 발을 내질러 시귀들을 한꺼번에 날려버렸다.

"이것도 영감의 술법이냐!"

"틀림없어! 활이 있는 곳까지 달릴 수 있겠어?!"

"네가 할 소리냐!"

비스코는 티롤을, 미로는 경전을 각각 들고 시귀들을 걷어차며 신전 안을 달렸다. 달리는 두 사람 앞을 가로막듯이 긴 복도의 양옆이 차례차례 열리며 안에서 어마어마한 숫자의 시귀들이 튀어나왔다.

"왜 이렇게 숫자가 많아?!"

"겁만 주는 거야. 움직임이 너무 둔해. 아까 그 교조에 비하면 무섭지 않아!"

두 사람은 마치 바다처럼 밀려오는 시귀들의 머리 위를 뛰어넘어 신전 입구를 지났고, 둘이서 힘껏 문을 닫았다. 콰직! 하는 꺼림칙한 소리가 나며 팔 몇 개가 닫힌 문에 찢겨나가 바닥에 떨어진 것과 동시에 녹가루가 되어 공중에 녹아내렸다.

"이봐, 위병! 활을 돌려…… 아니, 너도 도망쳐! 내부는 시귀 투성이야!"

신전 입구, 짐 맡기는 곳에 있는 위병을 향해 비스코가 고함쳤다. 위병은 목만 빙글 돌려서 비스코를 바라보고는 끈적한 목소리로 답했다.

"짐을, 가져가실, 건가요오~."

"……너, 너, 그 목……?!"

"네~, 오래 기다리셨, 습니다~."

거대한 도끼를 휘두르는 커다란 몸집의 위병은 눈의 초점이 맞지 않았고, 입에서는 녹을 콸콸 쏟고 있었다. 그것은 이 위병 역시 이미 켈싱하의 손아귀에 떨어진 것을 의미했다.

"이 녀석도냐! 젠장!"

위병이 내려친 도끼에 발차기를 먹이자, 자루가 부러진 도끼날이 빙글빙글 공중을 날아 이윽고 위병의 머리에 푹 떨어졌다.

“비스코 님, 미로 님! 활은 여기에 있어요!”

“암리!”

짐 맡기는 곳의 카운터 밑으로 들어간 암리가 털썩 쓰러진 위병의 옆을 지나 활과 화살통을 짊어지고 뛰쳐나와 두 사람에게 던졌다. 활을 받고, 삐걱대는 문이 한계인 것을 본 두 사람은 타이밍을 맞춰 그곳에서 물러났다.

쾅! 하는 소리와 함께 문이 부서지고, 시귀들이 눈사태처럼 넘쳐 나와 세 사람을 향해 다가왔다. 그야말로 지옥과도 같은 광경이라 비스코조차 「으겍!」 하는 목소리를 냈다.

“신앙은커녕, 신도 부처도 없구만. 안 그래?”

“이미 콘조신은 켈싱하에게 제압된 거야…… 비스코, 앞!”

미로의 목소리에 시선을 앞으로 돌리자, 큰길의 가게란 가게에서는 역시나 시귀들이 튀어나오는 게 보였다. 켈싱하의 무시무시한 진언의 힘은 신전뿐만이 아니라 금탑 상층부를 완전히 지배한 모양이었다.

“뚫고 갈 수밖에 없어!”

“마침 잘됐네.”

강렬한 기아의 괴로움조차 걷어낼 만한 녹색의 빛이 비스코의 눈동자 속에서 빛났다. 밀려오는 시귀들을 향해 활을 당기며 웃자 어금니가 번뜩였다.

“계속 당하기만 하는 것도 성미에 안 맞아. 한번 영감의 간담을 서늘하게 만들어 주자고!"

"비스코, 너무 힘을 쏟지 마! 또 버섯이 피어버려!"

"힘 조절을 해가며 위력을 내라는 거냐. 핫! 어려운 소리를 한다니까."

전방에는 비스코, 후방에는 미로. 각각 다가오는 시귀들을 향해 활을 당기고 찰떡같은 호흡으로 화살을 쐈다.

푹—!

"케엑!"

섬광처럼 날아간 화살은 일직선으로 시귀 무리를 꿰뚫었고, 빠꿈, 빠꿈! 차례차례 버섯이 작렬하며 시귀 무리를 송두리째 날려버렸다.

"또 나올 거야. 가자, 비스코!"

"알았어! 암리, 이쪽이야!"

두 사람은 티롤과 『경전』을 다시 안아 들고, 뚫린 활로가 다시 시귀들로 메워지기 전에 암리의 손을 잡고 질풍처럼 순금으로 된 큰길을 달렸다.

"어깨가 결리네. 오늘은 끝이야. 자, 닫을게. 내일 또 와."

입교자 접수를 맡은 여장 승려가 목을 돌리며 말하자 위병들이 청룡도를 번뜩이며 접수대 앞을 가로막았다. 입교 희망자들은 미련이 남는다는 듯이 저마다 불만을 토로하다가 이윽고 성큼성큼 탑 하층으로 내려갔다.

"나 참~, 이놈이고 저놈이고 애타는 표정을 짓기는. 정말

싫어진다니까.”

“몸도 말린 미이라 같아. 인두질하기 좋은 녀석이 없네. 전에 그 빨간 애 같은 녀석을 또 만나고 싶어.”

“그때, 중 같은 건 그만두고 내 기둥서방이 되지 않을래? 하고 물어볼 걸 그랬어.”

“네 기둥서방~? 핫! 돼지라도 기르지 그래?”

“뭐야. 길러줬으면 좋겠어?”

“누가 돼지라는 거야!”

일과인 말다툼에 전념하던 승려들 사이로 내려온 엘리베이터가 쿵, 하는 소리와 함께 멈췄다. 승려들은 얼굴을 마주 보며 일단 휴전을 맺기로 했다.

“어머, 좋을 때 내려왔네. 오늘 탈락자는 누구일까…….”

농담을 나누는 그들의 눈앞에서 엘리베이터의 문이 쾅, 쾅! 하는 굉음과 함께 부풀어 오르더니, 세 번째 굉음으로 마침내 부서져서 지면에 불똥을 튀기며 접수대가 있던 넓은 방을 나뒹굴었다. 그와 함께 십여 마리의 시귀가 마치 종잇장처럼 날아가 지면에 부딪힌 것과 동시에 녹가루가 되어 무너졌다.

“꺄악! 뭐야, 이게?!”

엘리베이터에서 튀어나온 시귀 한 마리가 여장 승려 중 한 명에게 이빨을 박기 직전에 비스코가 돌려차기로 목을 후려쳐서 머리를 공처럼 날려버렸다.

“비스코 님! 끝이 없어요!”

“여기서 뚜껑을 덮겠어! 이놈들아, 비켜! 죽고 싶냐!”

남은 시귀들을 쓸어버리며 광장 중앙에서 선 두 버섯지기는 서로 등을 맞대고 엘리베이터를 향해 활을 당겨 아슬아슬할 때까지 힘을 담았다. 엘리베이터의 천장을 뚫고 무수한 시귀들이 우르르 쏟아져 나오자 승려들이나 위병들이 저마다 비명을 지르며 도망쳤다.

"미로, 새송이버섯으로 맞추자!"

"알았어!"

"2, 1!"

쉭—!

강궁이 두 줄기 섬광을 그리며 밖으로 쏟아지던 시귀들을 엘리베이터에 꿰어버렸다. 녹을 관통한 화살촉이 오렌지색 빛을 발했고, 다음 순간—.

빠꿈, 빠꿈!

어마어마한 기세로 발아한 새송이버섯이 엘리베이터 그 자체를 가득 메우며 천장을 뚫고 나왔다. 부쩍부쩍 계속 자라나는 새송이버섯은 아무래도 상층부까지 이어지는 공동을 가득 메워서 경로를 완전히 틀어막은 것 같았다.

"괴, 굉장해…… 이게, 버섯……!"

새송이버섯의 위용을 멍하니 바라본 암리를 곁눈질한 미로가 중얼거렸다.

"결국, 이 방법밖에 없었네……!"

"어쩔 수 없지. 그 영감의 선술에 비하면 훨씬 인도적이라고…… 가자."

기절한 티롤과 『경전』을 챙긴 두 사람은 암리를 데리고 바람처럼 하층 계단을 내려갔다.

그 모습을 지켜보며…….

"……최고로, 위험한 남자야."

"콘조신 때려치우고, 저 아이를 신으로 모실까."

여장 승려들이 멍하니 중얼거리며 뒤에서 덮쳐온 살아남은 시귀를 호흡을 맞춰 손등으로 때려눕혔다.

6

"코플로는 죽었나……. 욕망 덩어리였던 남자였지만 반면에 회유하기도 편한 남자였을 텐데……. 켈싱하는 무슨 일이 있어도 6인의 제자를 죽일 작정인 것 같군."

라스케니는 예전 동료였던 남자의 죽음에도 딱히 감회가 없다는 듯이 말하고는, 빼앗은 『경전』 용기를 의자에 앉은 새로운 손님 앞에 탁 올려놨다.

"호오~! 이게 『경전』인가! 진짜로 장기였구나……!"

"콘조신의 권승정, 티롤 공조차도 『경전』의 정체는 몰랐던 건가."

"그야 승정의 정부였을 뿐이니까……. 우왓, 움직이잖아! 기분 나빠~!"

싸늘한 냉기를 두른, 뭔가 형광색 액체로 가득한 원통형 유리관 같은 것— 책상 위에 놓인 그것 안에서 정체 모를 검붉은 것이 맥박 치는 걸 본 티롤은 흥미와 무서움이 뒤섞인 목소리를 내질렀다.

"이 비장(脾臟) 겉면에 경전의 문신이 빼곡하게 새겨진 게 보이지?"

라스케니는 눈을 가늘게 뜨고 유리관이 발하는 독살스러운 녹색을 바라보면서 티롤에게 말했다.

"아무래도 이게 켈싱하가 가진 힘의 비밀…… 이 경문 자체가 신도들의 기도를 흡수해서 힘으로 바꾸는, 일종의 진언이라고 해."

"자, 자기 장기에 문신을 새겼어?! 히에엑! 대체 뭐 하는 영감이야……!"

"……신에 가까워지기 위한, 범상치 않은 각오……. 평범한 사람은 할 수 없는 일이야……."

라스케니는 『경전』에 얼굴을 가까이 가져다 대고 그 미모를 형광색 빛으로 비추며 요염한 한숨을 한번 내쉬었다.

"……."

티롤은 평소에는 늘름한 라스케니가 보여주는 묘한 요염함에 약간 위화감을 느꼈지만, 그것을 들키지 않게끔 모르는 체하며 『경전』을 응시했다.

잠시 뒤, 라스케니가 정신을 차리고 병실 커튼 앞에서 팔짱을 낀 비스코에게 시선을 돌렸다. 커튼 너머에서 파트너의 아름다운 목소리가 일그러진 비명을 지를 때마다 비스코는 소리가 날 정도로 이를 악물었다.

"아카보시. 치료는 암리에게 맡기고 조금 쉬도록 해. 네 상처도 깊어. 조금이라도……."

"라스케니! 지금 저 녀석은 어떻게 되어 가는 거야?! 여기로 돌아오자마자 갑자기 괴로워했잖아……. 눈알이 녹에 당한 건가? 그러면 내 피를……!"

"진정해. 아카보시. 아마 켈싱하가 코플로의 시체를 통해 네코야나기의 사고(思考) 속으로 파고 들어가려 했을 거야. 하지만 침식이 얕을 때 멈췄어. 너 정도로 죽음에 이를만한 중상은 아니야. 하지만……."

"하지만, 뭔데!"

"그의 두뇌는 지금, 미약하게나마 켈싱하의 두뇌와 공유된 상태야. 아마 켈싱하는 네코야나기가 가진 버섯 기술의 지식을 원하고 있겠지. 한편 네코야나기의 머릿속에도 항상 켈싱하의 사고 일부가 흘러들어오고 있을 거야."

"그것의 어디가 경상이라는 거야, 인마!"

맹수가 울부짖는 듯한 비스코의 노성에 라스케니조차 약간 움츠러들면서 목덜미에 땀을 흘렸다. 인상이야 험악해도 식인종이라는 이명치고는 귀여운 소년이라며 얕보고 있었지만, 파트너가 위기에 처하자 그 기백은 그야말로 수라와도 같았다.

라스케니는 비스코를 진정시키고자 입을 열었지만, 그 목소리를 가로막듯이 병실 커튼 너머에서 미로의 절규가 들려왔다.

"우와악! 아, 아, 시끄러워! 오지 마아!"

“미로 님! 움직이지 마세요! 녹이 퍼지고 말아요!”

“그만둬! 너 같은 녀석이, 나를 건드리지 마!”

“꺄앗!”

커튼 안에서 작은 몸이 밀쳐나며 강하게 엉덩방아를 찧었다.

평소에 그렇게나 온화하고 다정한 미로의 돌변에 암리는 적잖은 쇼크를 받았는지 매달리듯이 비스코를 바라봤다.

“비스코 님…….”

비스코는 암리의 말을 기다리지 않고 황급히 병실로 들어가 침대에 구속된 미로에게 다가갔다. 미로는 매력 포인트였던 왼쪽 눈의 판다 반점 전체가 녹에 덮였고, 몸을 비틀며 날뛸 때마다 그곳에서 끈적한 피를 흩뿌리고 있었다.

“우와앗! 오지 마, 오지 마—!”

날뛰는 미로의 손톱이 비스코의 뺨을 찢으며 약간 피가 나왔다. 그럼에도 비스코가 아랑곳하지 않고 천천히 그 녹슨 피부를 매만지자, 미로는 서서히 진정하면서 이윽고 거친 숨만 내쉬게 되었다.

“…….”

“…….”

“비스, 코……?”

“나를, 알아보겠냐?”

“……미안, 나, 지금…….”

“누워 있어. 바보. ……어디 아픈 데는?”

“……으, 응……. 미안, 괜찮아…….”

“상태는 어때? 네가 이렇게 되다니, 어지간한 일은 아니잖아?”

“……뭔가가 들어와…… 내 안에, 계속, 경 같은…… 진언이 들려와서, 머릿속에 들어오려고 해서…… 그러니까, 저항해야…….”

“의식을, 빼앗기고 있는 거구나.”

비스코는 미로의 말을 들으면서 커튼 자락으로 엿보던 암리에게 곁눈질로 신호를 보냈다. 암리는 이야기를 듣고 고개를 끄덕이더니 커튼 너머에서 뭔가 라스케니의 지시를 구했다.

“……암리에게 방도가 있는 모양이야. 도와주고 올게. 바로 나을 거야.”

“비스코!”

미로는 일어서려는 비스코의 팔을 꽉 잡고 달라붙었다.

비스코는 잠시 파트너의 곁에 다시 앉아서 녹슨 판다 반점을 살며시 어루만졌다. 미로는 지금 보인 자신의 행동이 부끄럽다는 듯이 후회하며 몸을 떨고는 조용히 눈물을 흘렸다.

“미안, 비스코……. 내가…… 내가, 너를…… 지켜줘야 하는데…….”

“자만하지 마, 바보 자식아. 파트너는 평등하다고 했잖아.”

“…….”

“괜찮아. 너는 똑똑해. 바로 두려움의 정체를 밝혀내서 언제나처럼 날카로운 번뜩임을 되찾을 거야. 그때, 네 안의 적을 잘 파악하라고…… 네 안에 들어온 걸 후회하게 만들어줘.”

“…….”

“……하나는, 잘 보는 것. 또 하나는…….”

"……믿는 것."

"할 수 있겠냐?"

"응. 잘, 볼게. 그리고, 언제나 믿고 있어…… 너를. 너와, 나를……."

미로는 그렇게 말하며 코를 훔치고, 눈물을 걷어내고는 자신의 두려움을 끊어내기 위해 심호흡을 했다. 그리고 허리춤에 찬 앰플집에서 수면버섯독을 꺼내 그것을 자신의 목에 댔다.

"발목을 잡아서, 미안. 이제 괜찮으니까, 가봐……."

비스코는 고개를 끄덕이고는 침대에서 일어나 커튼을 지나려다가…… 한번 돌아보려고 했지만, 그만뒀다. 그 뒷모습을 본 미로는 수면버섯독을 자신에게 꽂고, 급속도로 잠에 빠져들었다.

"저, 미로 님에게 미움받은 걸까요."

탑 하층부, 빛나는 네온 밑에서 다양한 노점이 늘어선 상업지구를 걷던 암리는 고개를 수그리며 중얼거렸다. 평소의 천진난만한 웃음은 없었고, 마음이 여기에 없다는 듯이 살짝 입술을 깨물고 있었다.

"너무 버릇없었어요. 비스코 님의, 배를 빨아내는 데 정신이 팔려서…… 치료를 위해서라고는 하지만, 너무 스스럼없이 굴어서……. 그래서 미로 님도 화가 나신 거예요."

"너 말이야, 그건 단순히 영감한테 뇌를 당했기 때문이잖아. 그렇게 화를 잘 내는 녀석은 아니야."

"그래도, 비스코 님이 미로 님을 건드리셨을 때, 미로 님은 마치 병마가 어딘가로 가버린 듯이 안정을 찾으셨어요……. 그건, 어째서죠?"

"그야, 뭐……."

비스코는 육탑의 다양하고 별난 노점들을 신기한 듯이 바라보면서 아무렇지도 않게 말했다.

"파트너니까……라는 말밖에는, 해줄 수 없네."

"파트너, 라고요……?"

"설명하기 어렵네……. 가족이라고 생각하면 너도 알겠지? 아버지나 어머니가 간병해 주면 누구든 안심하잖냐. 그것과 비슷한 셈이야."

비스코의 말을 들은 암리는 다시 고개를 수그리며 가녀린 목소리로 중얼거렸다.

"……저는, 모르겠어요."

"……응? 야, 암리……."

"잊어, 버렸거든요. 가족 같은 건……."

멈춰 선 암리에게 뭐라 말을 해야 할지 몰라 비스코가 당황하던 그때—.

"네, 어서옵쇼! 죽이고 싶은 녀석이 있으신가? 우리 벌레는 다들 활기가 넘친다고~!"

노점 점주가 뒤숭숭한 호객 문구를 소리 높여 외쳤다. 그에 암리가 고개를 확 들고는 막 떠올랐다는 듯이 비스코의 손을 잡고 가게로 끌고 갔다.

"이럼 안 되죠. 미로 님에게 쓸 약의 원료를 사러 왔는데, 꾸물거릴 수는 없어요. 빨리 필요한 것들을 사고 치료하러 돌아가요."

노점 앞에 선 암리가 빤히 물품을 물색했다. 그 모습을 등 너머로 바라보던 비스코는 꺼림칙한 모양의 물건들에 질색하며 눈가를 찡그렸다.

"야, 그 정체 모를 뒤숭숭한 생물들은 뭐야? 지네인지, 뱀인지……"

"뒤숭숭한 거야 당연하죠. 이러지 않으면 효과가 없으니까요."

"애초에 여기, 무슨 가게야?"

"『고독집』이에요."

유리 상자 안에서 꾸물거리는 독충들을 보고 비스코는 말문이 막혔다. 비스코도 백전연마의 버섯지기로서 독충 같은 건 익숙하지만, 그걸 모아서 물건으로 팔고 있는 상황은 좀처럼 받아들일 수 없었다.

"형씨, 급한 용건이야? 댁이라면 저주해서 죽이기보다는, 직접 죽이는 게 빠르지 않을까?"

"시끄럽네. 그리고 죽이는 거 아니야. 치료하려는 거라고. 그게, 어어……"

"백고독(白蠱毒) 세트를 부탁드려요. 서두르고 있거든요."

"알았어. 송죽매(松竹梅) 등급은?"

"송(松). 돈은 여기요."

"호호오, 그거 큰일이구만. 누구한테 저주받은 건지는 모르겠지만…… 늦지 않으면 좋겠네. 그럼…… 이 바구니가 특급 백고(白蠱)야. 어쩔래? 손으로 잡는다면 싸게 해줄게."

"이 자식, 바보 취급하는 거냐!"

"와하하하! 기운찬 형씨구만. 마음에 들었어. 진흙벌레에, 오니 공벌레…… 그리마 구슬도 좋은 게 들어왔으니까 특별히 넣어줄게."

점주는 껄껄 웃더니, 그래도 친절하게 좋은 벌레를 골라서 일제히 싸우지 않게끔 구별해 놓은 상자에 조심스레 담았다.

그 손가락은 독충의 독으로 완전히 썩어버렸는지 철제 의수였지만, 벌레 다루는 솜씨는 무척 훌륭했다.

"아직 살 게 있어요. 자, 벌레를 들어주세요. 다음 장소로 갈게요."

"에엑?! 너, 쇼핑할 곳은 한 군데라고 하지 않았냐?!"

"스승님은 응급조치면 될 거라고 하셨지만, 납득할 수 없어요. 이렇게 됐으니 타협하지 않고 가겠어요."

암리는 비스코를 돌아보고는 작은 가슴을 펴며 씩씩거렸다.

"미로 님을 완벽하게 고쳐서, 저도 그, 파트너라는 게 되어 보이겠어요."

"으응? 너 말이야, 여러모로 오해하고…… 앗, 야, 기다려!"

암리가 거리를 폴짝폴짝 뛰어가자 공중에 뜬 금붕어등이 놀라서 도망쳤다. 그 예상 밖의 속도에 놀란 비스코는 구멍 뚫린 배를 신경 쓰면서 필사적으로 쫓아갔다.

"이걸로 도구가 완벽하게 모였어요!"

암리는 라스케니의 눈이 닿지 않아서 그런지 의원에 있을 때보다 훨씬 생기가 넘쳤고, 거리를 빙글빙글 돌면서 치료에 사용하는 주물 같은 것들을 사들였다. 한편 비스코는 등에 거대한 항아리나 향로를 짊어지고, 끝으로는 사삭사삭 꿈틀대는 독충들을 목에 매달고 있었기에 흥이 날 리가 없었다.

"야! 정말로 이거면 미로가 낫는 거냐?"

"세심하게 고르고 또 골랐어요. 치료는 어렵더라도, 의식을 유지할 수는 있을 거예요."

이미하마 거리에 종교와 속세를 더욱 응축한 듯한 육탑 하층부는 그런 저주용 가게 말고도 맛있는 하마 고기 같은 걸 훈제하는 향긋한 냄새가 풍겼다. 기아감에 시달리는 비스코에게는 견디기 힘든 광경이었지만, 녹슬어버린 임시 위로는 도저히 소화할 수 있는 게 아니었기에 일단 그 자리에서는 단념할 수밖에 없었다.

"돌아가기 전에 뭔가 배를 채우려고 했는데…… 이 상태로는 같이 식사할 수 없겠네요. 저, 기대하고 있었는데."

"바보 같은 소리 하지 마. 미로를 내팽개쳐두고 느긋하게 밥이나 먹을 수 있겠냐."

"마음은 이해하지만……. 어쨌든 독충의 독이 다 될 때까지 치료할 수는 없어요."

암리는 그렇게 말하며 비스코의 목에 걸린 미로 같은 구조의 고독 벌레통을 가리켰다. 벌레통 안에서는 독충들이 기운차게 우글거리며, 문자 그대로 죽일 기세로 서로를 먹어치우고 있었다.

“……게다가…… 부러웠는걸요……. 비스코 님이 언제나 미로 님과 즐겁게 대화하고 계셔서……. 그러니까, 저도, 그, 함께, 이야기를……”

암리는 하얀 뺨을 분홍빛으로 물들이며 비스코를 올려다봤지만…… 정작 비스코는 벌레통 안에서 사삭사삭 날뛰는 벌레를 들여다보고는 질색하며 눈가를 씰룩이고 있었다.

“비스코 님! 듣고 계신가요?!”

“어? 으, 응.”

“……너무해요. 저, 모처럼 용기를 냈는데……”

암리는 눈꼬리에 눈물방울까지 맺으며 뺨을 부풀리더니, 비스코에게서 등을 돌리고 토라진 듯이 길거리의 돌멩이를 걷어차며 걸었다.

“역시, 어디에도 없구나. 나와 함께 있어 주는 사람은……”

“야, 갑자기 왜 그래! 화났냐?”

“새끼손가락 손톱만큼도, 화나지 않았어요.”

“뭔지는 모르겠지만 사과할게. 미안하다. 하지만 너는 이미 나랑 미로를 위해 많이 협력해줬잖아. 이제 와서 새삼스럽게 그럴 필요 없어. 벌써 친구라고 생각한다고.”

“……친구……?”

암리는 그제야 입가의 힘을 풀고 돌아봤고, 기쁜 표정을 황급히 수습하고는 다시 한 번 비스코에게서 시선을 돌렸다.

"친구로는 불충분해요. 금방 어디론가 가버리잖아요."

"그게 뭐야?! 그럼 뭐가 좋은 건데?"

"……저를, 파트너로, 삼아 주실래요?"

"뭐어엇?!"

"저도 미로 님하고 똑같이, 비스코 님의 파트너가 되고 싶어요. 그러면 자연스레 미로 님하고도 파트너가 될 수 있잖아요. 셋이서 언제나 함께예요."

암리는 뺨을 붉히고 꽃처럼 웃으며 반짝반짝 빛나는 눈으로 비스코를 바라봤지만…… 비스코의 뭔가 연민이 담긴 복잡한 시선을 목격하자 바로 미소를 지우고는 고개를 수그렸다.

"……너무 오래 이야기했네요. 가요."

"암리. 버섯지기에게 파트너는 한 명이야. 네가 생각하는 것과는 달라."

"꾸물거리다가는 버섯이 피고 말 거예요. 이제, 잡담은……."

그렇게 말하려던 암리의 허리를 잡고, 비스코는 그 가벼운 몸을 들어 올려서 멍해진 암리를 길가에 놓인 벤치에 억지로 앉혔다.

"비, 비스코 님……?"

어리둥절한 암리의 정면에서 비취색 눈동자가 그녀를 바라봤다. 비스코는 한마디도 하지 않았지만, 암리는 자신의 마음속을 투과해 보는 듯한 그 눈빛에 무심코 눈을 돌리고는 자연스럽게 입을 열었다.

"……죄송, 해요. 너무 들뜨고 말아서……. 저, 가족이 없거든요. 그래서, 비스코 님과 미로 님이 오신 게, 기뻤어요. 마치 오라버니가, 두 사람이나 생긴 것 같아서……."

"가족이, 없는 거냐. 라스케니는 가족이 아니야?"

"……스승님이 사랑해 주는 건, 저 자신이 아니라…… 제 진언의 소질뿐이에요. 수행을 위해, 바깥과는 차단되어서……. 저는, 거기서 계속……."

혼자였다, 라는 말을 삼킨 암리는 비스코를 올려다보며 곤란한 듯이 웃었다. 그리고 어두운 분위기를 어떻게든 바꾸고자 억지로 밝게 행동했다.

"……그래도, 정말로 혼자였던 건 아니에요. 이제 곧, 아버님이 저를 데리러 와주실 거예요."

"네 아버지가?"

"얼굴도 몰라요. 하지만 무척 덕이 높은 승려님이라고 들었어요. 저의 힘이 강해져서, 육탑에서 비견될 자가 없어진다면, 분명 아버님이 데리러 오실 거라고……. 어머님도, 돌아와주실 거라고…… 스승님은, 그렇게 말씀하셨어요……."

"……."

"……딱히, 덕이 높지 않아도 돼요. 평범한 아버님이라도 상관없어요. 저는 그저, 가족을…… 행복한 가족을, 원할 뿐……. 지금 세상에서는, 사치스러운 소망이라는 건…… 충분히 알고 있지만요……."

조그만 가슴을 꼬옥 누르는 암리를 한동안 바라보던 비스코는 자신의 부족한 어휘 속에서 조금이라도 배려해 줄 수 있는 말을 골라 더듬더듬 암리에게 말했다.

"만약, 신이, 있다고 친다면……."

"……."

"너처럼, 겸허하게 뭔가를 믿고…… 기다리는 녀석에게, 나쁜 것을 주지는 않을 거야. 분명, 좋은…… 다정한 가족이, 네 곁으로 돌아오겠지."

"……정말로, 그렇게 생각하시나요?"

"내가 거짓말을 할 때는 세 번 이상 혀가 꼬여. 미로가 그러더라."

암리는 눈꼬리에 맺힌 눈물을 손가락으로 닦고 비스코를 보며 부드럽게 미소 지었다.

"기뻐요. 비스코 님은, 다정하시네요……. 이상해요. 외모하고는 반대예요."

"핫! ……라스케니는 둘째 치고, 너는 어쩌다 보니 그렇게 됐다고는 하지만 우리를 위해 목숨까지 걸었어. 답례는 반드시 할 거야. 우리가 할 수 있는 일이라면 뭐든 말하라고."

암리는 한동안 눈을 깜빡이다가, 이윽고 비스코가 무슨 말을 한 건지 이해하고는 입가를 장난스럽게 씨익 일그러뜨리더니 서로의 코가 닿을 만큼 가까이서 비스코의 얼굴을 들여다봤다.

"비스코 님이 하실 수 있는 거라면, 뭐든지 말해도 되는 건가요?"

"응. ……으응?! 왠지 불길한 기억이……! 야, 파트너는 못 시켜줘! 아까도 말했지만 파트너는 한 명…….”

“그럼, 제 가족이 되어 줘요. 비스코 님!”

암리는 그렇게 말하며 가느다란 양팔로 비스코의 목을 끌어안았다. 그리고는 그 조그만 몸 어디에 감춰놨는지 모를 엄청난 힘으로 머리를 조여 왔다.

“제, 오라버니! 기뻐요……! 이렇게, 이렇게나 다정하게 대해 준 사람, 처음이에요……. 하늘을 나는 매 같지만…… 그래도 다정한…… 제 최고의, 오라버니예요…….”

“바보 같은 소리 하지 마! 너, 자기가 무슨 소리를 하는지 알고서…… 끄오아아악! 아, 아파! 이, 이거 놔! 알았으니까—!”

“자, 오라버니. 어서 돌아가요. 저, 미로 님하고도 남매가 되고 싶어요……. 너무 근사하네요. 강한 오라버니와 다정한 오라버니. 하루 만에 가족이 둘이나 늘어나다니!”

암리는 얼굴 가득 기쁨이 넘쳐나는 모습으로, 그 가느다란 몸 어디에서 그런 힘이 솟아나는 건지는 모르겠지만 많은 짐을 든 비스코를 쭉쭉 당기며 앞으로 향했다. 비스코는 꽉 조였던 관자놀이를 비빈 후, 번쩍번쩍 튀기는 별을 눈앞에서 보며 가까스로 암리의 뒤를 따라갔다.

“……으, 끅……!”

“미로!”

“억지로 깨우면 안 돼요. 미로 님, 들리시나요?”

머릿속에 안개가 낀 것처럼 사고가 하나로 모이지 않는다.

왼쪽 눈은 뭔가 부적 같은 것에 덮여 있어서 뜰 수가 없고, 무겁고 둔한 아픔이 머릿속에 느껴졌다.

“비, 스코…… 어디……?”

“여깄어, 미로. 암리, 정말로 이제 나은 거냐?!”

“나은 건 아니지만, 침식은 막아냈어요. 미로 님, 일어나실 수 있나요?”

미로는 들은 대로 침대에서 일어나 무거운 머리를 붕붕 내저었고, 머리의 아픔은 있어도 몸은 자유롭게 움직일 수 있음을 확인했다.

“움직일 수 있겠냐? 아니, 무리하지 마. 자고 있어.”

“괜찮아, 몸은 움직여……. 근데 아직 머릿속에서 누군가가 떠들고 있어……!”

“역시, 완치하려면 켈싱하를 쓰러뜨릴 수밖에 없겠네요. ……뭐, 해야 할 일은 변함이 없어요. 어차피 비스코 오라버니의 위도 되찾아야 하니까요.”

“비스코의, 위…….”

미로는 휘청거리는 발걸음으로 비스코에게 기대서 멱살을 잡았다. 그 얼굴은 만성적인 두통으로 완전히 새파래져서, 아무리 봐도 멀쩡한 상태가 아니었다.

“비스코. 위는, 되찾았어? 어째서 아직도 이런 곳에 있는 거야……!”

“진정해, 바보야! 네가 이런 상태인데 다른 곳으로 갈 수 있겠냐!”

“나 같은 건 아무래도 좋아! 비스코, 너의 위를, 되찾아야…….”

“비스코 오라버니는…….”

암리는 완전히 변해버린 미로를 반쯤 무서워하면서도 최대한 미소를 지으며 말했다.

“미로 님을 위해 많은 물건을 같이 사다 주셨어요. 여기 향로처럼, 이런 커다란 것도…….”

“비스코, 오라버니, 라고……?”

미로는 그 푸른 눈에 어두운 불꽃을 피우며 무서워하는 암리에게 다가가 엄청난 속도로 목덜미를 붙들었다.

“꺼, 헉……?! 미로, 님……!”

“친한 척, 하지 말라고, 비스코에게……! 너, 뭐가 목적이야……. 비스코가 가진, 녹식의 힘을 원하는 거야? 처음부터, 그걸 목적으로, 접근한 거구나!”

“바보 자식!”

비스코가 미로의 옆얼굴을 힘껏 후려치자, 미로는 침대에 쓰러지고 암리는 바닥에 주저앉아 콜록콜록 기침했다.

“……아니에요……. 아니라고요……. 그런…… 단지, 저는…….”

자신의 작은 어깨를 끌어안으며 쪼그라든 암리는 두 눈에 눈물을 머금었다. 달려온 라스케니가 암리를 안으면서 비스코에게 고개를 끄덕였다.

“네코야나기는, 몸은 나았지만…… 정신이 아직 회복되지 않았어. 켈싱하의 기에 홀려서 극도의 인간불신에 빠진 모양이야.”

"알았어. 내가 타이를게."

"부탁하지. 지금의 그는, 아마 네 말밖에 듣지 않을 거야."

비스코가 고개를 끄덕이자 라스케니는 암리를 데리고 병실을 나섰고, 이후에는 파트너 두 명만이 남았다.

"……."

"……."

"……미로."

"……미안. 이러고 있을, 때가……."

"무리하지 마. 네가 어린애한테 손찌검을 할 리가 없어……. 아무리 생각해도 영감한테 머리를 당한 거야. 내 위를 되찾으면서 겸사겸사 영감도 때려눕히고 오겠어. 그때까지 참고 있어."

"싫어. 같이, 갈래……!"

"미로!"

"나는, 이상해진 게 아니야! 두통과, 잡음은 심하지만…… 암리는, 믿을 수 없어. 비스코에게, 접근하려 하고 있다고. 너는, 너무 다정하니까……."

"암리는 순수한 아이야. 진지하게 너를 치료해주려 하고 있어. 어째서 그렇게 생각하는 건데?"

"설명할 수 없어. 하지만, 파장이…… 기척, 이라고 해야 할까? 켈싱하에게서 흘러들어오는 그것하고, 비슷해. 무척이나……. 켈싱하는, 엄청, 간계에 뛰어난 녀석이야. 너의, 인정 많은 성격을 이용해서 파고드는 것 정도는, 간단히 떠올릴 거야……."

공허하게 허공을 노려보면서 이를 악물고 말하는 하얀 얼굴의 파트너는, 어떻게든 자기 생각을 정립하고자 필사적으로 싸우는 것 같았다. 지금까지 즉단즉결, 모든 판단을 단칼에 내리던 비스코는 여기서 처음으로 팔짱을 끼며 신음했다.

암리는, 조금 전에 잠깐 마음에 닿았을 때도 사악한 부분이 없는 순수한 아이라는 걸 알 수 있었다. 비스코의 사람 보는 눈은 빗나가지 않는다. 한편 파트너도 절대적으로 믿을 수 있는 유일무이한 존재고, 그건 다른 모든 것보다 우선된다. 그러나 켈싱하에게 뇌를 당한 건 사실이고, 지금의 모습 자체가 평소와는 완전히 동떨어져 있었다.

"오오~, 노골적으로 곤란하네~ 라는 표정인걸."

거침없이 침대 커튼을 열고 들어온 이는 해파리 머리 소녀, 티롤이었다.

"당연히 곤란하지. 믿음직한 파트너의 정신이 나가버렸으니까."

"나는 이상해지지 않았어!"

"워워~. 알겠어. 일단 미로의 머리든, 아카보시의 배든 간에 치료할 계획을 세우지 않으면 시작할 수가 없잖아."

티롤은 트레이드마크인 머리를 빙글빙글 매만지면서 말을 이었다.

"어서 다음 작전을 세우지 않으면 켈싱하 영감이 계속 다음 수작을 부릴 거야. 스피드가 생명인 버섯지기가 이런 곳에서 우물쭈물해도 되겠어?"

티롤의 가벼우면서도 지성이 담긴 속삭임에 미로도 약간 흥분을 가라앉히고 조용히 고개를 끄덕이고는 휘청휘청 침대에서 일어났다. 그리고 테이블에서 기다리는 라스케니와, 약간 무서운 듯이 움츠러든 암리에게 화살 같은 시선을 보내면서 난폭하게 테이블 앞에 앉았다.

"파트너가 불량해졌어. 티롤, 나는 어떻게 하면 되지?"

"평소에 너무 사람이 좋았던 거야. 나는 미로의 머리가 이상해진 게 아니라고 생각해."

"너도 무슨 소리야. 암리를 의심하는 거냐?"

"저 아이라기보다는, 저 라스케니라는 여자. 영 정체를 모르겠어."

티롤은 약간 눈을 가늘게 뜨고 비스코에게만 들리는 목소리로 속삭였다.

"뭐, 네 머리통으로는 생각해봤자 헛수고야. 나랑 미로한테 맡겨두라고."

"켁!"

티롤의 말투는 아니꼬웠지만 맞는 말이기는 했기에, 비스코는 투덜거리면서도 납득하고 둘이서 라스케니와 암리가 기다리는 테이블로 향했다.

육탑의 지도를 펼친 라스케니와 고슴도치처럼 신경이 곤두선 미로, 그걸 무서워하는 암리까지, 분위기는 험악했지만 일단 모두가 회의 자리에 앉았다.

"일 하나를 끝내자마자 미안하지만, 너희의 힘을 빌리지 않으면 우리도 손을 댈 수가 없어. 계속 작전 입안에 협력해줬으면 좋겠군."

라스케니는 지도에서 고개를 들고 일동을 바라보며 고민하듯이 턱을 어루만졌다.

"솔직히, 켈싱하가 그렇게나 힘을 되찾을 줄은 몰랐어. 처리하기는커녕, 내 부하들도 거의 절반이 당해버렸지."

"그 콘조신에서 나온 녹좀비들은 대체 뭐야? 그것도 그 영감의 술법이야?"

"시귀술은 켈싱하가 특기로 삼은 진언이 확실하지만…… 그만한 규모로 시귀를 만들어 내는 건 예전에 본 적이 없어. 녀석이 가진 역량의 끝이 보이지 않는 게 무엇보다 두려워."

"약한 소리를 들으려고 앉은 게 아니야. 뭔가 영감에게 통하는 방법은 없는 거냐?!"

"있어."

라스케니는 혈기를 완전히 되찾은 비스코의 얼굴을 바라보며 살짝 웃었다.

"예상 밖이었던 건 켈싱하의 힘만이 아니니까. 버섯지기의 힘이 그걸 격퇴할 정도였다는 건 솔직히, 생각하지 않았어."

라스케니의 시선을 받은 암리가 기쁜 듯이 품에서 체스말 같은 조그만 신상을 몇 개 꺼내 지도 위에 올려놨다. 라스케니는 그중에서 등에 불꽃을 짊어진 붉은 원숭이 신상과, 푸른 인어상을 골라 그것들을 토탑(土塔)이 있는 위치에 놓았다.

"버섯지기 두 사람은, 먼저……."

"아니, 라스케니. 혼자 가겠어. 미로는 여기서 쉬게 해줘."

"비스코!"

미로는 거기서 드디어 끓는점을 넘어섰는지 비스코에게 달려들어 멱살을 쥐었다.

"어째서……! 어째서 그런 소리를 하는 거야?! 언제든 내가 네 등 뒤를 지켜왔잖아?!"

"처음에 말했을 텐데! 버섯지기는 파트너가 죽으면 그대로 길동무야. 지금의 너는 머리를 당해서 언제 무모한 짓을 벌일지 몰라. 잠깐뿐이야. 얌전히 있어."

"나, 보다……."

미로가 으득 이를 갈았고, 그 눈동자에는 푸르면서도 어두운, 질투와 굴욕의 불꽃이 타올랐다.

"파트너인, 나보다, 이 정체를 알 수 없는 여자들을 믿는다는 거야……?!"

"너, 작작 좀……!"

"두 사람 다 그만하지 못해!"

자칫하면 그대로 맞붙을 것만 같던 두 사람을 라스케니의 커다란 덩치가 막았다. 미로는 가증스럽다는 듯이 팔을 떨쳐내고는 난폭하게 의자에 앉아서 고개를 수그렸다.

"……아카보시. 유감이지만 전력을 줄일 여유는 없어. 어찌됐든 버섯지기 두 사람은 이쪽의 가장 강한 패야. 개별적으로 움직여달라고 요청할 생각이었어. 남은 『경전』은 세 개, 이번에 두 개를 이쪽이 확보해두지 않으면, 경쟁에서 질 거야."

"나는, 혼자면 돼."

미로의 공허한 목소리가 라스케니의 말을 가로막았다.

이즈모 육탑

청탑 = 구 마쇼텐곤슈 총본산 ▶토탑 = 아케치슈 [승정: 칸드리]
목탑 = 쿄류도 [승정: 쿠구노츠] ▶금탑 = 콘조신 [승정: 코플로]
화탑 = 텐카토 [승정: 큐르몬] ▶수탑 = 스이오덴 [승정: 히루마레오]

"누구와도 함께할 생각은 없어. 너희를, 믿을 수 없으니까. ……하지만, 비스코를 고치려면 다른 방법이 없으니까, 협력하는 거야. 어디든 갈 테니까, 빨리 정해."

그에 입을 열려던 비스코에게 티롤이 귓가에 대고 속삭였다.

"뜻대로 하게 해줘. 몸은 움직이잖아? 혼자서 움직인다면 인간불신이 된 게 딱 좋다고."

"……."

"……그럼 우선, 토탑 말이다만."

라스케니는 크흠, 하고 헛기침을 한 후 붉은 원숭이신과 해파리신의 말을 골라 그것들을 토탑에 놓았다.

"뭐야, 이거? 원숭이……?"

"원숭이신 아그난의 상. 너를 의미하는 말인데, 마음에 들지 않나? 그리고, 이쪽이……."

"해파리의 신, 우바. 나라는 건가?"

"뭐라고……? 너랑 함께하라는 거야?!"

"싫으면 굶어 죽을래?! 으응?!"

"토탑의 아케치슈(明智宗)는 지혜를 덕으로 삼는 종파야. 빈말로도, 아카보시의 머리로는……."

표정을 한껏 찡그린 비스코를 바라보던 라스케니가 웃었다.

"미안하군. 하지만 나나 암리가 너를 따라가게 되면 지금의 네코야나기를 자극하게 될 거고…… 역시 지혜를 가진 사람이 반드시 서포트로 붙을 필요가 있어. 힘과 지혜를 모아야지만 공략할 수 있는 탑이야."

“지혜라……. 이 녀석은 그냥 잔꾀나 부리는 건데 말이지. 그래도 괜찮은 거냐?”

“잔꾀조차 낼 수 없는 활 당기는 원숭이보다야 낫지.”

티롤은 비스코의 독설도 익숙한 듯이 흘려내고는 그대로 라스케니에게 물었다.

“토탑의 아케치슈는 우리, 그건 알았어. 그럼 남은 두 탑은 어쩔 건데?”

“솔직히 하나는 포기할 수밖에 없어. 우리는 여기서 켈싱하로부터 『경전』을 지켜야만 해. 네코야나기는 목탑(木塔)이나, 화탑(火塔). 둘 중 하나를 노려야 하는데…….”

“……어라, 스승님. 그럼 이미 해답은 정해져 있네요…….”

암리가 판다를 본뜬 신상의 말을 화탑 위에 올려놓은 뒤 미로를 즐겁게 바라봤고…… 차가운 눈동자가 돌아보자 조금 움츠러들며 대답했다.

“목탑의 쿄류도(巨隆堂)는 애초부터 승위가 완전히 연공서열이라 파고들 틈이 없으니까요……. 그 점에서 화탑의 텐카토(纏火党)는 아름다움과 힘을 덕으로 삼는 종파. 외모가 아름다운 데다 사냥꾼인 미로 님에게는 안성맞춤인 탑이겠죠.”

“아항~, 그렇구만~.”

“아니, 티롤 공. 암리의 말이 옳기는 하지만, 텐카토는, 그게…….”

“여승정 큐르몬이, 여색가잖아?”

애매하게 답하려던 라스케니의 말을 턱을 괸 티롤이 이어

받았다.

“그러니까 지금은 비구니밖에 출세할 수 없어. 나는 금탑에서 승정의 내연녀 짓을 해왔다고. 그 정도야 알고 있지.”

“뭔가, 네코야나기를 잠입시킬 책략이 있는 건가?”

“책략이고 자시고.”

티롤은 자신을 의아한 듯이 바라보는 미로를 히죽히죽 응시하며 라스케니에게 속삭였다.

“저 예쁜 얼굴을 보고 그걸 생각하지 못한다면, 머리가 너무 딱딱한 거 아냐?”

장난스럽게 찡그린 티롤의 금빛 시선을 받은 미로는 아무래도 작전을 얼추 알아냈는지 고개를 짧게 끄덕이고는 스르륵 자리에서 일어섰다.

“기다려, 미로!”

파트너의 목소리를 들은 미로가 멍하니 멈춰 섰다.

비스코를 보려고도 하지 않았다. 아름다운 푸른 머리가 스르륵 흔들리며 새파래진 입술을 어루만졌다. 끊임없는 두통을 참고 있는 건지 눈 밑의 다크서클이 심해서, 평소의 순수한 미소는 흔적도 찾아볼 수 없었다.

“정말로, 갈 생각이냐……. 혼자서, 그런 머리로!”

“네 위보다는, 나아. 지금이라면 내가 더 강해.”

평소의 미로에게서는 상상도 할 수 없는, 차갑게 뿌리치는 듯한 말투가 비스코의 귀를 찔렀다.

“티롤에게서 떨어지지 마. 저 여자들이 어떤 방법으로 너를 옭아맬지 몰라. 너를 속이는 건 간단하니까. 정말로, 아무 생각도 없으니까……."

미로의 목소리는 말을 이을 때마다 어두컴컴한 열기를 띠었고, 눈동자도 점점 어둡게 번뜩였다.

"……아니, 걱정돼. 역시…… 지금 여기서……!"

"바보냐, 너!"

"이거 놔!"

눈에 명확한 살의가 깃든 것을 확실하게 느낀 비스코가 팔을 뻗어오자 미로는 그것을 힘껏 뿌리쳤다. 미로 자신도 지금 자기가 보인 살의는 역시 좀 지나쳤다고 생각했는지 콧잔등에서 땀을 흠뻑 흘리며 거친 숨을 몰아쉬었다.

"……미안. 이제, 갈게. 막지 마."

"미로! 켈싱하를 만나도 절대로 혼자 싸우지 마. 둘이 모이지 않으면 위험한 상대야!"

"명령하지 마. 네가 멋대로 한다면, 나도 멋대로 할 거야."

반론의 틈도 주지 않고 베란다에서 뛰어내린 미로를 바라본 비스코는 입술을 깨물었고, 입가에서 피가 살짝 흘렀다.

"미로를, 믿고 있잖아?"

"……응. 하지만……."

"저 녀석도 상처투성이였던 너를 믿고 있었어. 지금의 너와 같은 마음이었을 텐데, 조금은 파트너의 마음이 몸에 스며들었어? 응?"

"……."

"미로가, 실수할 것 같아?"

"아니, 성공하겠지. 저 녀석은, 반드시……."

"그럼 된 거야. 나 참, 너희는 이따금 꼬맹이가 된다니까."

티롤은 미로가 나간 허공을 바라보는 비스코의 등을 달래듯이 어루만졌고…… 불안한 듯이 두 사람을 바라보는 암리를 돌아보며 씨익 미소 지었다.

7

팔각형으로 이루어진 넓은 강당의 각 변마다 밝게 타오르는 화톳불이 놓여서 어두운 공간을 비추고 있었다. 때때로 불빛에 모여드는 커다란 날벌레가 그 불에 닿아서 작은 불덩이가 되어 날뛰다가 나무로 된 바닥에 떨어져 타들어갔다.

화탑 상층부는 대부분 비구니로 구성되어 있다는 걸 주로 주목하게 되지만, 종교 안에 과학을 받아들이는 게 일반적인 현대에서는 드물게도 선진 문명을 최대한 배제하는 것이 텐카토의 특징 중 하나다. 이 거대한 공간의 밝기를 불만으로 유지하며, 형광등 하나 보이지 않는 것도 그런 이유에서다.

그러나 언뜻 보기에는 시류를 역행하는 듯한 이 신앙 스타일이 그 신비성을 강화하고, 깨달음을 얻는 신자의 질을 높이는 것 또한 사실이었다.

강당에는 타오르는 불을 본뜬 얇은 옷을 걸친 비구니들이 조용한 목소리로 경을 되풀이하며 외우고 있었다. 100명은 될 법한 인원이지만, 어디를 봐도 아름답고 선정적인 미모의 비구니들이 늘어서 있어서, 그녀들이 엄선된 비구니라는 건 명백했다.

'……마약을, 피우고 있네…….'

미로의 후각은 강당 전체에 감도는 꽃향기 같은 냄새 속에 인간의 정신을 현혹시키는 약효를 맡았다. 직업상 마약 성분에 대한 백신을 맞은 미로에게는 효과가 약하지만, 주변을 보면 아름다운 비구니들의 얼굴에는 굵은 땀방울이 맺혀 있고, 입술을 떠는 사람도 있었다.

툭, 하는 소리를 내며 미로 옆에 있던 비구니가 바닥에 쓰러졌다. 미로가 황급히 부축해 주자, 비구니는 눈을 크게 부릅뜬 채 실신해 있었다.

"거기까지."

호위 무승(그들도 비구니였다)을 데리고 번쩍거리는 승복을 입은 승정이 강단 위에 나타났다. 미로는 주변을 따라 고개를 숙이면서 몰래 그 모습을 살폈다.

텐카토의 여승정, 큐르몬이 그곳에 있었다. 머리는 짧게 깎았고, 두 귀에서는 커다란 고리 모양 피어스가 빛났다. 차갑고 강한 눈빛이 요사하면서도 요염한 용모를 더욱 두드러지게 했다.

그러나 무엇보다 눈길을 빼앗는 것은, 그 얼굴 주변을 맴도는 세 개의 『가면』이었다. 아무래도 『희(喜)』, 『노(怒)』, 『애(哀)』를 각각 본뜬 것 같은 가면은 무슨 마술처럼 둥실둥실 떠서 일정 간격으로 승정의 얼굴 앞을 지나갔다.

『집령 호흡법을 마친다.』

가면 중 하나, 아마 『노』로 보이는 가면이 두꺼운 남자 목소리로 말했다.

『죽은 자에게는 지네를 물려 둬라. 이후 하급 승려를 시켜 도쿄까지 보낼 것이다.』

무승들이 강단을 내려가 절명한 비구니들을 안았다. 마찬가지로 미로 옆에서 실신한 사람을 들어 올리려 하는 것을 미로가 가로막았다.

"기다려 주세요. 이분은 아직 살아있어요. 제가 시술하면 소생시킬 수 있어요."

"집령 호흡법에서 실신은 죽음과 마찬가지. 명예로운 일이다. 방해하지 마라."

"살아남으면 더욱 신심을 깊이 다질 수 있어요. 공덕의 가능성을 없애버리는 것이야말로 불손한 게 아닌가요?"

"애송이가 허튼소리를……!"

미로와 무승 사이에 불온한 분위기가 흐르기 시작했다. 그때—.

콰앙! 사방의 문을 뚫고 무언가가 강당으로 침입했다.

비구니들의 비명이 강당에 울렸다. 차례차례 들어온 그 그림자는 전신이 녹슬어버린, 본래 텐카토의 무승들이었다.

매끄럽고 아름다웠던 몸은 무참한 구멍투성이가 되었고, 그곳에서 가느다란 녹가루를 연기처럼 흘리고 있었다.

'……시귀술!'

"……자객이 격퇴당했나. 늙은이 놈……. 어디서 그런 힘을……?!"

미로의 사고를 가로막듯이, 큐르몬 본체가 가증스럽다는 듯이 내뱉었다.

큐르몬의 부하였던 그것들은 주인에게 이빨을 드러내는 녹인형으로 변해 사방에서 일직선으로 큐르몬에게 돌격했다. 그것이 켈싱하가 진언으로 만든 것이라는 건, 한번 그것을 격퇴한 적이 있는 미로에게는 자명한 일이었다.

비구니들이 자기 몸을 방패로 삼아 큐르몬 앞을 가로막았지만, 시귀는 범상치 않은 완력으로 그 아름다운 몸을 찢어발겼다. 몸을 날린 시귀의 팔이 마침내 큐르몬의 목을 붙잡으려던 바로 그때—.

"온, 샤다, 리비, 바루라, 크나우……."

큐르몬의 푸른 립스틱을 바른 입술이 움직이며 살짝 진언을 중얼거렸다. 그와 동시에 찢어진 비구니의 몸에서 피가 창 같은 형태를 취하며 여러 줄기로 튀어나와 시귀의 온몸을 꿰뚫어 공중에 매달았다.

『……그렇지만, 이깟 것. 녹슬어버린 늙은이로는 나를 상처입힐 수 없다.』

『애』의 가면이 냉혹한 목소리를 냈다. 큐르몬은 표정을 바꾸지 않고 가느다란 손가락을 빙글 돌리면서 뭔가 인을 맺었다. 그러자 얼굴 주변에 뜬 가면 중 하나가 반달 같은 궤적을 그리며 날아가 미친 듯이 울부짖는 시귀의 목을 낫처럼 서걱 베어 날려버렸다.

큐르몬이 일으킨 진언의 기적에 비구니들이 무심코 경탄했지만, 시귀는 하나가 아니었다. 큐르몬 주변에서 무승들이 차례차례 쓰러지며 숫자가 줄어들었다.

『이놈…….』

『노』의 가면이 으르렁댔다. 몰려오는 시귀들을 쓸어버리며 그 철면피를 약간 분노로 물들인 큐르몬이 잠깐 빈틈을 보이자, 그 순간을 노리고 시귀가 주먹으로 일격을 날렸다. 명치에 한 방 얻어맞은 큐르몬은 진언을 외우지도 못한 채 시귀의 양손에 머리를 붙잡히고 말았다.

"꺼…… 으아……!"

혈관이 솟은 시귀의 팔이 큐르몬의 머리를 부수기 직전, 옆에서 뛰어든 하늘색 머리의 비구니가 단도를 번뜩이며 엄청난 절삭력으로 시귀의 팔을 날려버렸다.

"승정님! 마무리를……!"

"온, 샤레다, 바루라, 크나우!"

비구니의 목소리를 들은 큐르몬은 쉬어버린 목으로 어떻게든 목소리를 내 필살의 진언을 외웠다. 절명한 비구니와 무승의 몸에서 피의 창이 수없이 뻗어 나와 그 자리에 있는 모든 시귀에게 꽂혔다.

『……이놈. 쓸데없는 힘을 쓰게 하다니……!』

『노』의 가면이 중얼거린 것과 동시에 큐르몬이 가증스럽다는 듯이 인을 맺자, 세 개의 가면이 의지를 가진 듯이 표적을 향해 날아가 마치 원월륜(円月輪)처럼 시귀의 목을 족족 날려버렸다.

"승정님, 다치신 곳은……!"

모든 시귀를 처리하고 약간 진정되자, 무승들이 황급히 승정에게 달려갔다.

『다친 곳 따윈 없다. 몇 명 당했지?』

"십여 명 정도…… 하지만 시귀가 된 자들은 모두 저희 중에서도 엄선된 자객이었습니다. 힘을 잃었을 켈싱하가 어째서 그 정도의 힘을……?!"

『……모종의, 조력을 받은 게 분명하다.』

큐르몬은 그렇게 말하며 허공을 노려보더니 푸른 립스틱을 바른 입술을 엄지로 매만졌다.

"아니면, 그 암여우……."

"승정님?"

『상관하지 마라. 너희들로는 생각해봤자 헛수고다. 언제 습격이 와도 문제없도록 대비해라…… **거기, 멈춰라.**』

말을 끝내기 전, 큐르몬은 가면을 빌려 목소리를 내는 걸 그만두고 자기 입으로 직접 요염하면서도 예리한 목소리를 냈다. 그리고 앞선 시귀의 마수에서 자신을 구한 비구니가 살금살금 그 자리를 떠나려던 것을 불러 세웠다.

"수행하는 자리에 날붙이를 가져오다니. 계율을, 지키지 않은 것 같군?"

"……죄송합니다. 승정님."

여자치고는 낮은, 하지만 청량한 목소리가 답했다. 큐르몬은 고개를 수그린 비구니가 덮고 있던 면포를 걷고는 턱에 손을 대서 자신을 향해 들었다.

하늘색 머리와 비쳐 보일 듯한 하얀 피부가 가련한, 미모의 비구니였다. 아직 어려서 소녀다운 흔적이 남아 있지만, 동시에 소년처럼 심지가 강하고 의연한 느낌을 줬다.

화장으로도 숨기지 못한 녹슨 왼쪽 눈과 그 주변에 남은 검은 반점이 신기한 애교를 자아내며, 아름다움이라면 익숙해져 있을 큐르몬의 마음을 간지럽혔다.

"괘씸한 자입니다. 처형하도록 하겠습니다."

"아니. 쓸데없는 참견이었다고는 하나, 켈싱하로부터 나를 구했다. 불문에 부친다."

"예."

"……오히려, 포상을 내리도록 하지."

큐르몬의 얼음 같은 입술 끝이 약간 미소를 그렸다.

"앞선 움직임을 보건대, 거친 일에 소양이 있는 모양이다……. 오늘 밤 침실 호위를 이자에게 맡기도록 하마."

"승정님, 그것은 안 됩니다! 벼락출세한 자를 곁에 두시다니……."

그렇게 말한 무승의 머리 위로 숨어 있던 시귀 하나가 커다란 울음소리를 내지르며 덮쳐 왔다. 비명도 지르지 못하고 목덜미가 찢겨나간 무승의 몸을 향해 큐르몬의 가느다란 손가락이 아련한 빛을 발했다.

"온, 샤레다, 바우, 스나우……."

진언이 끝난 것과 동시에 어마어마한 충격이 공기를 가르며 시귀의 몸을 날려버렸고, 화탑의 벽에 콰앙! 하고 구멍을 뚫어서 그대로 머나먼 토탑 방향으로 쫓아버렸다.

"마침 잘됐군. 근위대가 하나 줄지 않았나."

진언을 날린 손끝을 후우, 하고 불고는 절명한 무승의 새파래진 얼굴을 내려다본 큐르몬의 냉혹한 입술에 살며시 미소가 감돌았다.

"임명 의식은 언제나 침실에서 거행한다. 죽은 비구니들을 정리하고 오너라."

"……분부대로, 하겠습니다……."

납작 엎드린 미로의 표정은 가려져서 볼 수 없었다. 그러나 미로는 머릿속에 계속 울리는 육탑의 경과 싸우면서도, 뜻하지 않게 찾아온 호기에 눈을 번뜩 빛냈다.

"그럼, 시작하겠습니다."

토탑 상층 최하부(즉, 입교자를 검문하는 곳)는 거대한 원형 홀로 되어 있어, 그 중앙에서는 현재 입교자 선별 시험이 진행되고 있었다.

홀 주변에는 많은 관람석이 설치되어 있었고, 시주만 하면 상인이나 승적(僧籍)이 없는 사람도 관람하는 게 가능했다. 오늘도 관람석에는 그럭저럭 많은 사람이 앉아 있었다.

그 사람들이 과연 뭘 보러 왔느냐면…….

"야차국(夜叉國)의……."

"이얍!"

낭독자가 한 마디 중얼거리자 한 명의 몸이 튕기듯이 움직여서 3미터 정도 떨어진 아래쪽 패를 잡았다. 그 젊은 붉은 머리 승려는 아연실색한 맞은편 승려를 번뜩 노려보고는 잡은 패를 낭독자에게 들어 보였다.

"『야차국의 악귀를 때려눕혀 짓밟다』, 맞지? 자, 엔미텐(炎弥天)의 패야."

"좋습니다. 위치로 돌아가세요."

카루타[#4]였다.

읽은 패에 대응하는 신불의 패를 따내야 하는 심플한 경기로, 아케치슈는 지적 유희를 공덕 수단으로 삼고 있기에, 이것은 반사 신경과 종교적 지식을 알아보기에는 일석이조의 입교 시험이라 할 수 있었다.

단지, 여느 때라면 덤덤히 진행되는 이 시험도 이번에는 낌새가 달랐다.

그야말로 양아치 같은 붉은 머리 승려가 어마어마한 반사 신경과 아크로바틱한 움직임으로 차례차례 패를 따내고 있었던 것이다. 새파래진 대전 상대들과는 달리 관객석은 크게 기뻐했고, 그 붉은 머리가 휘날릴 때마다 응원의 환성이 날아왔다.

『호오~! 과제가 과제다 보니 빠르게 끝장난 줄 알았는데,

#4 카루타(かるた) 일본의 카드 게임으로, 시가 적힌 카드를 늘어놓고 시의 첫 구절을 읽으면 다음 구절을 찾아내는 놀이.

너, 신불 카루타 같은 걸 할 수 있었구나? 의외로 학식 있네!』

비스코의 귓가에 착용한 소형 통신기에서 티롤의 목소리가 들렸다. 관객석에 숨은 티롤은 비스코의 고양이 눈 고글을 통해 상황을 볼 수 있어서, 고글을 쓰면 서포트를 받을 수 있다는 만전의 체제로 공략에 임하고 있었다.

『이것만 알고 있다고. 어린 시절에 다들 이걸로 자주 놀았지……. 버섯지기한테는 놀이가 별로 없었으니까. 그나저나 미적지근하구만. 이놈이고 저놈이고 다들 앉아 있잖아. 전혀 때리거나 걷어차지 않아.』

『너 말이야, 카루타를 격투기 같은 거라고 생각하는 거 아냐?』

『아니었냐?』

『…….』

"그럼, 다음으로 가겠습니다. ……별이 깨지며……."

낭독자가 다음 패를 읽기 시작했다. 그 순간, 뭔가 거대한 굉음이 들리며 관객석이 소란스러워졌다.

뭔가 사람 같은 것이 토탑의 벽을 뚫고 파편을 휘날리면서 일직선으로 중앙 경기장을 향해 날아온 것이다.

순간적인 판단으로 뛰어오른 비스코의 몸이 번뜩이며 망치 같은 돌려차기를 날리자, 그것은 되받아친 야구공처럼 도망치던 관객을 가까스로 피해 날아가 관객석에 머리부터 꽂혔다.

『우, 우왓, 지금 뭐야?!』

『금탑에서 봤던 녀석이야. 시귀, 라고 하던가?』

비스코는 겁먹은 티롤에게 작은 목소리로 말했다.

『영감이 벌써 눈독 들인 건가……? 하지만 걷어차기 전부터 죽어 있었는데.』

“대승도(大僧都)님, 이게 어찌 된 일입니까. 이 시체는 텐카토의 자객입니다. 설마 녀석이…….”

“네. 이건 시귀술, 켈싱하의 주특기입니다. 녀석이 드디어 본격적으로 움직였다면 저희도 승정님을 지켜야…….”

시험관 옆에서 조수로 보이는 고승들이 당황했다. 그에 시험관인 노승이 수염을 매만지면서 주변을 향해 일갈했다.

“허둥대지 말거라! 명색이 아케치슈의 가르침을 받은 자이거늘. 이 정도의 일로 시험을 멈추는 일이 있어서는 안 되느니. ……그대, 패를 잘 지켜 주었다. 그럼 조금 전 패부터 다시…….”

“다시 할 필요는 없어. 『별이 깨지며 떨어진 모래바다』잖아.”

“뭐라……?”

“잡았다고.”

비스코는 앞선 발차기를 날리던 잠깐의 틈을 타서 발가락으로 잡았던 사곡천(砂哭天)의 패를 손에 들고 팔랑팔랑 흔들었다.

“다음 패를 읽으라고. 왠지 비상 상황 같으니까 바로 끝내 주겠어.”

그 모습에 시험관과 고승들이 서로 눈을 마주 봤고, 이내 고개를 끄덕이고는 재빨리 남은 패를 모았다.

“……어이어이, 뭐야! 뭔가 심기라도 상했어?!”

“아니.”

시험관 노승은 벗겨진 머리를 긁적이며 비스코에게 대답했다.
"이 이상은 헛수고라고 생각했을 뿐이니라. 이번 입교자는 한 명…… 어어, 아카보시 비스코. 그대뿐이다. 다른 자는 다음 기회를 기다리도록 하여라."
"정말이야? 할아버지!"
"이 패를 들고 다음 층으로 올라가도록. 원한다면 바로 다음 시험도 받을 수 있을 것이다."
노승은 비스코에게 나무로 된 패를 건네주고 남은 고승 두 명을 향해 눈으로 신호를 보냈다. 신호를 받은 고승은 고개를 짧게 끄덕이고는 근사한 몸놀림으로 관객석을 올라 창문을 열고 탑 밖으로 나갔다.
"할아버지. 무슨 일 있는 거야?"
"아무 일도 없느니라. 지혜를 지향하는 데 불필요한 마음의 망설임이 있어서는 아니 되지……. 아무 염려 말고 공부에 힘쓰도록 하여라."
그렇게 말한 노승은 나이에 맞지 않는 몸놀림으로 자신 역시 탑 밖으로 뛰쳐나갔다.
『……흐으~응. 육탑도 의외로 나쁜 녀석만 있는 건 아니네.』
『그렇게 바로 남을 믿으니까…… 너보고 꼬맹이라고 그러는 거야. 자, 다음으로 가자!』
비스코는 환성을 내지르는 관객들에게 응해주듯이 자리에서 뛰어올랐고, 숨어 있던 티롤을 외투 속에 숨기며 그대로 상층으로 향하는 계단을 올라갔다.

'침실 호위라는 건, 다시 말해…….'

심플하지만 고급스러운 물건을 갖춘 큐르몬의 침실은 콘조신에서 코플로가 보여준 화려함과는 달리, 검은색을 기조로 한 차분한 색조였다.

큐르몬은 조금 전부터 칠흑의 침대 위에 앉아 기다란 파이프를 물고 보라색 연기를 뿜고 있었다. 의복은 이미 비쳐 보일 듯한 얇은 옷으로 갈아입었고, 얼굴 주변을 돌던 세 가면도 지금은 난로 위에 장식되어 불빛에 비치고 있었다.

'밤 시중, 이라는 건가……!'

텐카토 승정 큐르몬이 여색가라는 건 이미 티롤에게 들었다. 아름다운 비구니를 거느리고 마음에 든 자에게 총애를 준다…… 그런 소문도 라스케니에게 들었다.

'……기회이기는, 하지만…… 어떻게 빠져나가지…….'

"왜 그리 굳어 있느냐."

큐르몬은 문 앞에서 땀을 흘리고 있는 미로를 즐겁게 바라보며 성큼성큼 다가와 코끝에 얼굴을 가까이 댔다. 뭐라 말 못 할 요사한 향기가 미로의 코를 간지럽혔다.

'위험해……!'

여자가 봐도 꽤 완성도 높은 여장이라며 티롤에게 칭찬도 받았다. 그렇지만 이렇게나 가까이 접근한 상태에서 계속 속일 수 있으리라는 자신은 미로에게 없었다.

큐르몬의 손가락이 목을 타고 서서히 내려오자, 미로는 그 손을 붙잡았다.

"……승정님…… 손이 더러워집니다. 저 같은 비천한 자에게……."

"후후후……, 무서운 거냐?"

큐르몬은 미로의 몸에서 스르륵 떨어져 귀의 피어스를 빙글빙글 어루만졌다. 얇은 옷 한 장만 걸친 완벽한 몸매가 난롯불에 일렁일렁 비쳤다.

"후후, 염려할 것 없다. 바로 녹아내리는 안녕 속으로 인도해주마……."

큐르몬의 속삭임이 미로의 귀를 간지럽혔고, 옥구슬 같은 땀이 맺힌 바로 그때—.

쿠웅!

굉음과 함께 탑 전체를 뒤흔드는 거대한 흔들림이 덮쳐 왔다. 큐르몬은 즉시 몸을 돌려 불을 본뜬 승정 로브를 걸치고는 차가운 눈으로 침실 창문을 바라봤다.

"저건……!"

옆으로 달려간 미로의 눈에 들어온 것은, 업화와 함께 불타오르는 목탑의 모습이었다.

목탐은 원래부터 자연 거목의 공동을 이용한, 자연 그 자체 같은 구조가 특징인 탑이었지만, 지금은 그 가지는 물론이고 줄기조차도 넘실대는 업화가 번져 나갔고, 그 열기를 견디다 못한 승려들이 탑에서 뛰어내려 아득한 하층의 어둠 속으로 빨려 들어가는 너무나도 처참한 광경이 펼쳐졌다.

"목탑이 함락됐다. 쿠구노츠 놈, 켈싱하를 상대해서 패했나."

얼음 같은 목소리로 칫, 하고 짧게 혀를 찬 큐르몬이 짧은 진언을 외우자, 난로 불빛에 비치던 세 가면이 스르륵 떠올라 아름다운 얼굴 주변에 머물며 천천히 회전하기 시작했다.

"……승정님!"

미로가 즉시 큐르몬을 감싸자, 그 창문을 뚫고 승려의 시체가 날아왔다. 전신이 구멍투성이가 된 그 수법은 미로도 본 적이 있는 켈싱하의 기술이 틀림없었다.

"큐르몬 공. 실례를 용서하시길."

그 시체를 따라서 두 승려가 거침없이 창문으로 들어왔다. 한 명은 시체와 비슷한 나이대의 젊은 승려, 다른 한 명은 노승이었다.

"조금 귀찮은 일이 벌어졌습니다. 금탑, 수탑에 이어 목탑이 함락되었습니다."

『보면 안다.』

자기 방에 추악한 것이 들어왔다는 사실에 참을 수가 없는지, 『노』의 가면이 노골적으로 거칠게 말했다.

『흙으로 더러워진 저속한 중들, 무례하구나. 더러운 발로 내 방에 발을 들이다니.』

"큐르몬 공. 목탑은 함락됐으나 승정 쿠구노츠 공은 아직 살아계십니다. 여기서는 불화를 잊고, 세 종파가 하나가 되어 켈싱하를 쓰러뜨립시다."

"……."

큐르몬은 짜증난다는 듯이 입술을 깨물었지만, 아무래도 머릿속에 뭔가 타개책의 실마리를 떠올렸는지 차가운 표정을 되찾고는 흥 하고 코웃음 쳤다.

『쿠구노츠는 둘째 치고, 칸드리는 어떻게 됐나. 아마 화투패 놀이에 푹 빠져서 켈싱하의 기척도 깨닫지 못하고 있겠지.』

"결코 그렇지는 않습니다. 승정님도 이어서 오실 겁니다."

『핫, 세 종파가 하나가 되다니, 말은 잘하는군……. 텐카토 없이는 늙은이 하나 죽이지 못하는 허약한 종파놈들. 내 발목이나 잡아끌지 말라고 해라.』

『희』의 가면으로 조소한 큐르몬이 손가락을 딱 튕기자, 근위 무승들이 어둠 속에서 스르륵 나타나 양옆에 무릎을 꿇었다.

"……용케, 나를 시시한 부상으로부터 지켜냈다. 너는 방을 지키고 있어라……. 내가 돌아오는 대로, 계속할 수 있게끔."

큐르몬은 갈피를 못 잡고 서 있던 미로에게만 요사한 미소를 보이며 귓가에 속삭였다.

"이름을, 묻지 않았구나. 너는 뭐라 부르면 되겠느냐?"

"……네코야나기, 미로, 라고 합니다. 승정님……."

"후후후, 미로. 내 방을 맡기마. 확실히 지키거라……."

큐르몬은 전조도 없이 공중으로 몸을 날려 탑과 탑 사이를 잇는 얇은 전선을 타고 불타오르는 목탑 쪽으로 향했다. 근위대와 토탑의 승려들이 곧바로 뒤를 좇았다.

'켈싱하를, 쓰러뜨리러 간 건가……. 어쩌지, 나도 뒤를 좇을까……?'

미로는 잠시 자신의 행동을 망설였고…….

'……육탑의 룰에 삼켜지면 안 돼. 내가 원하는 건 비스코의 위지, 『경전』이 아니야. 여기서, 비스코의 위를 되찾겠어!'

빈방을 맡게 된 지금, 『경전』을 수색하기에는 절호의 기회일지도 모르지만, 자신의 할일을 다시금 확정한 미로는 소란을 틈타서 그림자처럼 큐르몬을 뒤쫓아갔다.

쿠우웅!

굉음과 함께 진동이 탑을 뒤흔들자 장기판 위에 있는 말이 덜덜 떨렸다.

승정 칸드리가 두 눈을 번쩍 뜨며 「카악!」 하고 일갈하자, 날뛰는 말이 그 자리에서 멈췄다. 이후에는 그저 숨을 삼키는 정숙과 창문에서 들어오는 불빛에 비쳐 일렁일렁 흔들리는 장기말만 남았다.

"……아니, 『카악!』이 아니지!"

그 바위 같은 거구의 승정 맞은편에 있던 비스코가 무심코 창밖을 가리켰다.

"저거 봐, 불타잖아! 불타고 있다고! 저 목탑!"

"신경 쓰지 마라! 사소한 일이다. 귀공이 마음을 쏟아야 할 것은 이 승부, 이 한 수뿐! 충분히 고민하여, 최선의 한 수를 두어라!"

아케치슈 승정은 네모난 얼굴에 혈관이 잔뜩 돋아난 채, 비스코조차도 눈이 핑핑 돌 정도의 굵은 목소리로 외쳤다.

"승정님. 실례합니다!"

육탑의 이변을 알아채고 복도를 지나 방을 찾은 부하 승려들도 귀신같은 형상으로 장기판을 노려보는 승정을 보고는 뭔가를 깨달은 듯이 낯빛이 새파래졌다.

이윽고, 한 승려가 결의한 듯이 승정에게 말했다.

"칸드리 님! 보시는 대로 목탑이 불타오르고 있습니다. 역시, 금탑을 멸한 켈싱하가 틀림없습니다."

"……."

"혀, 현재 쿄류도의 쿠구노츠 님, 텐카토의 큐르몬 님의 협력을 받아 켈싱하를 쫓고 있습니다! 부디, 칸드리 님도 조력을……."

"알았다. 이 승부가 끝나는 대로 가겠다고 전하거라."

"하, 하지만……."

"진검승부, 도중이지 않느냐아아앗!"

승정 칸드리의 분노한 손가락이 보(步)의 말을 들어서 비스코의 각행(角行) 앞에 어마어마한 힘으로 내리치자, 시모부키 계수나무로 만든 최고급 장기판에 빠직! 하고 거미집 같은 균열이 생겼다.

"지혜를 겨루는 신성한 장에서 무례는 용납할 수 없다! 꺼져라!"

"예, 옙!"

납작 엎드리며 떠나가는 승려들에게서 칸드리로 시선을 옮긴 비스코는 눈매를 씰룩였다.

'뭐…… 뭐야, 이 녀석은!'

처음 본 칸드리는 우락부락한 육체에 온화한 표정이 그야말로 좋은 사람 같았던, 이 육탑 안에서는 드물게도 호감을 가질 수 있는 인물이었다. 시험을 통과한 비스코의 도전을 주변의 반대에도 불구하고 흔쾌히 받아들이는 등, 행동에도 여유가 느껴졌다.

그런데…….

비스코의 장기 실력이 아무래도 범상치 않다는 걸 알게 되자 낌새가 돌변했다. 온몸에 검붉은 혈관이 돋아났고, 근육은 부풀어 올랐으며, 인왕(仁王) 같은 얼굴에서는 증기처럼 숨을 뿜어냈다.

"시시한 방해가 들어와서, 실례가 많았군. 자, 귀공 차례다."

"아, 알고 있어……."

비스코는 칸드리의 기백에 약간 밀리면서도 고양이 눈 고글을 다시 쓰고 장기판을 노려봤다.

『……야, 티롤. 지금 나는 이기고 있는 거냐? 말이 좀 적은데.』

『됐으니까 닥치고 두라고. 어어, 그렇게 나왔다면, 다음에는…….』

비스코의 장기 실력이라고 말했지만, 당연히 그렇지는 않았다. 비스코가 고양이 눈 고글을 통해 티롤에게 대국 상황을 모두 보냈고, 그녀가 오른쪽 귀 안쪽의 소형 통신기로 지시를 보내고 있는 것이다.

『좋아. 각은 버려도 될 것 같아. 4삼보(步)로, 은(銀)을 잡아서 승격해.』

『보…… 보? 보가 어느 건데?』

『이제 좀 익히라고! 너, 얼마나 한자에 약한 거야?!』

비스코도 나름 필사적이었다. 티롤에게 일단 교습을 받긴 했지만 장기말에 뭐라고 적혀 있는지 모르기 때문이다. 폭포수처럼 땀을 흘리면서 티롤의 말에 따라 가까스로 수를 두고 있었다.

탁, 하고 놓은 토금(と金)의 소리가 장기판에 울려 퍼졌다.

"우오오오오!"

고고고고, 공기가 흔들리며 칸드리에게서 어마어마한 박력이 솟구쳤다.

비스코는 무심코 「와악!」 하고 외치며 눈을 크게 떴고, 위압감에 눌리자 녹식이 몸에서 퍼엉, 퍼엉! 하고 피어났다. 황급히 녹식을 뽑는 비스코에겐 눈길도 주지 않은 칸드리는 경악해서 눈을 크게 뜬 채 장기판을 바라봤다.

"어떻게 이런, 수를…… 기, 기린아……!"

『야, 티롤! 이 녀석 무서워! 위압감에 녹식이 반응하고 있다고! 장기로 죽는다는 말은 들어본 적 없어! 네가 대신해줘!』

"안 된다고. 사기니까."

티롤은 비스코와 칸드리가 불똥을 튀기는 승정의 방보다 한층 아래에서 바닥에 누워 어떤 소형 단말을 조작하고 있었다. 비스코가 보내준 대국 정보를 소형 단말에 입력해서 다음 수를 도출하고 있는 모양이었다.

"보난자라는, 장기에 반드시 이길 수 있는 컴퓨터야. 발굴한 뒤에 아무나 별난 걸 좋아하는 사람한테 팔려고 갖고 있었는데…… 이야~, 뭐가 어떻게 도움이 될지 모른다니까~."

『아무튼 빨리 끝내줘! 이 녀석, 빨간 걸 넘어서서 보라색으로…….』

"그래그래~. 다음 수로 끝이야. 왕장(王將) 오른쪽에 비차(飛車)를 놓으면, 외통수네!"

『비, 비차…….』

"거기, 제일 커다란 말!"

『이, 이걸, 왕장? 의, 오른쪽? 오른쪽에…….』

"네가 보기에 오른쪽! 아아, 진짜! 낙승이어야 하는데 전혀 긴장을 풀 수가 없잖아!"

비스코는 티롤의 노성을 들으면서 땀에 젖은 손끝이 부러질 정도의 힘을 담아 비차를 잡았고, 따아아아아악! 하고 말을 두는 경쾌한 소리가 홀에 울려 퍼졌다.

그대로 정적이 찾아왔다……. 5초, 10초…….

『야…… 야, 이상한데? 내, 내가 뭔가 잘못했냐?』

『에엑? 아니, 이거 제대로, 외통수인데…….』

빠각!

굉음이 들렸다. 갑자기 칸드리가 머리를 내리쳐서 이마로 사각형 장기판을 두 쪽으로 쪼개버렸다. 사방팔방으로 흩어진 장기말 중 하나가 비스코의 코끝을 때렸고, 즉시 물러난 비스코가 허리춤의 단도에 손을 댔다.

"뭐야, 너! 결국 붙을 거냐!"

"승정님……."

"……뭐, 뭐라고?"

"계속, 기다리고 있었습니다. 이날을……."

고개를 든 칸드리의 표정에는 이미 분노가 사라졌고, 그저 황홀한 표정을 지은 채 두 눈에서 폭포수 같은 눈물을 흘리고 있었다. 그 너무나도 갑작스러운 돌변에 비스코는 오히려 얼이 빠져버려서 그저 입을 쩌억 벌릴 수밖에 없었다.

"진정으로 지혜로운 분께 승위를……『경전』을 양도해야 한다고 매일 생각하고 있었는데, 오늘의 승부는 아케치의 신께서 점지하신 것이 틀림없습니다."

칸드리는 그렇게 말하면서 두 쪽이 난 장기판 속을 뒤적거리더니…… 놀랍게도 주술천에 감긴 조그만 원통형 물건을 그곳에서 꺼냈다. 금탑에서 본 것과 똑같은 모습에 그것이『경전』이라는 것은 쉽게 연상할 수 있었다.

칸드리는 우락부락한 바위 같은 손으로 아연실색한 비스코의 양손에 그『경전』을 확실하게 들려 주고는 개운하게 말했다.

"지금 이 순간부터, 아무쪼록 저희를 이끌어 주십시오……. 아카보시, 승정님."

8

"오오…… 모, 목탑이…… 목탑이 불탄다!"

"어쩜 이리도 불길한…… 온, 큐르베이로, 켈하샤……."

한편, 육탑 외부.

수탑의 붕괴부터 시작하여 육탑의 이변이 계속되자 주변 종교 거리 사람들의 마음은 공포에 휩싸였고, 그저 열심히 경을 외우는 이들이 넘쳐났다.

그런 와중에, 무너지는 목탑의 모습을 창문을 통해 바라볼 수 있는 어느 노점 객석에서…….

“이봐, 아저씨들. 마음을 모르는 바는 아니지만, 이제 그만 독경은 관두고 손님한테 밥을 내오라고! 벌써 30분이나 지났잖아!”

흉악한 눈초리에, 커다란 소라껍질을 모자 대신 뒤집어쓴 소년이 점주에게 외쳤다. 한편 음식점 점원들은 사과를 하면서도 마음은 여기에 없다는 듯이 뭔가를 썰다가 탑을 바라보고, 뭔가를 끓이면서 또 탑을 바라보는 등, 도저히 요리를 할 상황이 아니었다.

“켁! 신심이 깊은 건 좋지만, 정도라는 게 있다고!”

“신앙심이 두터운 게 시마네 현민의 본성인 거겠지. 너도 아까 금붕어등을 덮치면서 어부의 본성이니 뭐니 그랬잖아. 그거, 하마터면 외교 문제가 될 뻔했다고.”

“그렇게 이야기를 바꾸지 말라고. 프람.”

너츠는 짜증난다는 듯이 빈 배를 매만지면서 정면에 앉은 뿔조개 모자를 쓴 귀여운 여자아이에게 퉁명스럽게 말했다.

“그럼 애초에 가게를 쉬면 되잖아. 어중간하게 장사하기는. 모처럼 시마네 주변까지 왔는데, 맛있는 밥 한 끼 정도는 기분 좋게 먹고 싶다고."

아이다운 모습과 약동하는 생명력이 눈동자에 깃들어 있는 이 두 사람이야말로, 이미하마 자경단이 자랑하는 기력 넘치는 신(新) 단장 너츠와 부장인 프람이었다. 자경단 제복을 입은 늠름한 모습의 두 사람은 그래도 약간 지루한 듯이 똑같은 타이밍에 하품을 했다.

"그나저나 자경단, 언제까지 대기해야 하지? 지사님은 뭘 하시는 걸까? 정말이지, 시마네 현청의 회의도 끝났으니까 당장 돌아가서 이미하마의 악어만두 먹고 싶어."

"시마네 요리를 먹을 수 있다면 쉬는 것도 좋아 보였는데 말이지. 근데 거리가 이런 꼴이어서야 도저히……."

"아, 잠깐만! 전화 왔어! 여보세요, 지사님?"

품에서 개구리 전화기가 개굴개굴 울자 프람이 황급히 그 배에 귀를 가져갔다.

"이제 용건 끝나셨나요? ……어, 이구아나를 보내서 경계를 서라고요?!"

"뭐라고?! 시마네와 전쟁이라도 할 생각이야?!"

"그런데, 지사님, 지금 어디에…… 아, 잠깐, 기다……!"

허둥대는 프람을 제쳐놓은 채, 개구리 전화기는 그 이후 한마디도 하지 않았다. 아연실색한 프람은 도저히 납득할 수 없다는 듯이 인상을 찌푸렸다.

"뭐야, 어떻게 된 거야? 지사님은 어디 계시는데?"

"……저기."

프람이 가리킨 곳을 눈으로 좇은 너츠가 입을 쩌억 벌렸다.

"저 안에서, 종교전쟁이 시작돼서, 나가고 싶어도 나갈 수 없대. 어째서 이런 일이……."

"유…… 육탑, 안에 있다고?! 호위 한 명도 없이?!"

"우리가 방심했어! 성가신 건 시마네의 본성도, 어부의 본성도 아니야."

프람은 체념한 듯이 의자에 풀썩 앉아서 턱을 괴었다.

"그 어떤 위험한 곳이라도 뛰어드는, 지사님의 성격이야……. 어쩔 수 없지. 어차피 우리 말을 들어 주는 사람도 아니고."

9

육탑 전체가 흔들리고, 무언가가 작렬하는 소리가 상층에서 들리며 탑의 잔해가 하층을 향해 후두둑 떨어졌다. 아니, 건물만이 아니라 비명을 지르며 떨어지는 인간들이 끊이지 않는, 옆에서 봐도 아비규환 같은 상황이었다.

"젠장! 영감이 날뛰고 있네……! 미로가 걱정돼, 이제 가자!"

"안 돼요! 뱃속에 녹이 고여 있다고요. 바로 빨아내지 않으면 길거리에서 버섯이 튀어나오고 말 거예요!"

토탑을 공략한 비스코와 티롤(그리고 어째서인지 비스코의 측근을 자칭하는 칸드리)은 비스코의 뱃속에서 허용량을 꽉 채운 녹을 빨아내기 위해 일단 선의 암리타까지 돌아왔다.

지금도 비스코를 뚫고 나오려는 녹식을 억누르는 게 필수라고는 하지만, 점점 긴박해지는 상황인지라 비스코는 파트너가 걱정돼서 안절부절못했다.

"누워 있으라는 거냐! 이런 아수라장에서……!"

소리를 치려던 비스코의 어깻죽지에서 뽕! 하고 빛나는 녹식이 살을 찢고 피어올랐다. 깜짝 놀라 그걸 바라본 비스코의 상반신을 티롤이 병원 베란다 위에 억지로 눕혔다.

"혈압 좀 억누르라고 했잖아. 네가 지금 이대로 가면 내가 미로한테 죽을 거야."

"티롤 님, 고맙습니다! 자, 오라버니. 단념하세요."

"그건 상관없지만, 위생 같은 건 괜찮아? 이런 잡균이 엄청 많을 것 같은 곳에서 속을 드러내는 건 너무 위험할 것 같은데……."

"그야, 침대까지 오지 않으시니까요……. 괜찮아요. 다른 분이라면 몰라도 비스코 님이니까요."

"그런가. 뭐, 아카보시니까."

"어디를 근거 삼아서 납득한 건지 말해봐, 인마!"

불만스럽게 몸을 뒤튼 비스코의 몸을 억누른 티롤을 향해 고개를 끄덕인 암리가 의안을 벗었다.

"다행이네요. 마침 배가 고플 무렵이었거든요……. 온, 샤다, 암리타. 온 샤다, 암리타, 스나우……."

쿠오오오오오! 하는 굉음이 일어나며 비스코의 배에서 녹기둥이 솟구쳐 암리의 눈구멍으로 빨려 들어갔다. 세 번째였기에 비스코도 역시 익숙해지긴 했지만, 약간 힘없이 눈을 뜨자 눈앞에서 씨익 웃고 있는 티롤과 눈이 마주쳐서 무심코 놀라고 말았다.

"뭐, 뭐야, 너! 뭐가 웃긴데?!"

"아니~? 천하의 식인종 아카보시도 내장이 휘저어질 때는 그런 표정을 짓는구나~, 싶어서. 평소에 너한테는 쓴맛을 보고 있으니까. 모처럼 기회가 왔으니, 네가 쓴맛을 보는 모습을 차분히 봐두고 싶었거든."

"너, 너 이 자식…… 뱃속이 썩은 건 네 쪽이잖아!"

비스코는 티롤의 말을 듣고 얼굴을 새빨갛게 붉히며 몸을 틀었지만, 배에서 녹이 빠져나가는 도중이어서 제대로 움직일 수가 없는 데다 티롤의 허벅지에 머리를 두고 있어서 얼굴 방향조차 돌릴 수 없었다.

"자자~, 날뛰지 말라고. 응~? 아파? 괴롭니? 으응~?"

"너, 너 이 자식! 끝나면, 반드시…… 티롤! 비켜, 위다!"

"꺄하하하! 고전파였냐! 됐으니까 얌전히……."

그 순간 비스코는 시술 중이던 암리를 밀쳐내고 티롤을 안아서 방 안으로 내던졌다.

"꺄앗! 비, 비스코 님……?!"

비스코의 생명력에 닿아서 황홀해져 있던 암리를 안고 비스코가 간발의 차이로 물러나자, 콰아앙! 하는 굉음을 내며 무언가가 낙하해 베란다에 콰직, 떨어지며 엄청난 선혈을 주변에 흩뿌렸다.

"……어머, 이게 무슨 일이……! 비스코 님, 살았네요."

“웨엑~! 웨에에에에엑!”

“이런, 남은 녹이…… 비스코 님, 나머지는 여기에 토하세요. 매너는 조금 안 좋지만, 찬밥 더운밥 가릴 수는 없으니까요.”

우웩, 우웩 녹을 토해내는 비스코 뒤에서 머리에 작은 혹이 생긴 티롤이 조심조심 베란다를 들여다보며 떨어진 누군가를 찬찬히 살폈다.

“으에엑! 뭐야, 이거? 시, 시체가…… 게다가 새로운 게 떨어졌어.”

“아카보시 님! 무슨 일이십니까!”

“기다려, 칸드리! 아직 이야기가…… 앗! 이, 이 녀석은!”

““쿠구노츠!””

방에서 말다툼을 이어가던 라스케니와 칸드리 두 사람이 동시에 목소리를 높였다. 이미 피로 물든 걸레짝처럼 되어 버린 시체로도 신원을 판별해낸 모양이다.

“알고 있는 거냐, 칸드리. 이 녀석은 뭐야?”

“이 녀석은 예전에 켈싱하를 쳤던 우리 여섯 승려 중 하나, 목탑 쿄류도의 승정, 쿠구노츠가 틀림없습니다. 노령이지만 강력한 선술을 지녀서 힘을 잃은 켈싱하에게 밀릴 리가 없다고 생각했는데……. 으으음, 녀석이 이 정도로 힘을 되찾았다는 것인가.”

“그러니까 그렇게 말했잖아! 돌머리!”

라스케니가 웬일로 강한 말투를 써서 칸드리에게 울부짖었다.

“코플로에 이어서 쿠구노츠가 죽었다면, 지금은 켈싱하와 큐르몬이 일대일로 붙는 상태야. 켈싱하가 이기면 그걸로 끝. 큐르몬이 이겨도 야심가인 그 여자가 제2의 켈싱하가 되어 군림할 게 뻔해. 당장 우리가 가서 녀석들이 가진『경전』도 빼앗아야 한다고!"

"『제2의 켈싱하』인가……."

칸드리는 바위 같은 몸으로 팔짱을 끼며 라스케니를 노려봤다.

"너는 어떠냐. 네가 진심으로 아카보시 님의 위를 고치는 게 목적이라면…… 그 후,『경전』은 어쩔 셈이냐? 너는 큐르몬을 나쁘게 말하지만, 내 입장에서는 너도 비슷한 셈이지. 네가 불사승정의 자리를 원하지 않는다고 누가 보증하지?"

"……듣자 듣자 하니까, 네놈……!"

"그만둬, 다 큰 어른들이 말이야. 그러니까 선수를 뺏기는 거라고."

물어뜯는 듯한 목소리가 베란다에서 들렸다. 엄청난 양의 녹을 다 토해내고 한숨 돌린 비스코가 혼탁해졌던 눈동자를 녹색으로 번뜩였다. 그 피부는 평소의 혈색을 되찾아서, 본래 상태로 돌아가는 것처럼 보였다.

"뭐, 됐어. 어차피 내가 쓰러뜨릴 상대야.『경전』을 가져올 테니 그 후에는 너희들끼리 마음대로 다퉈 보라고."

"아카보시 님. 켈싱하는 지금 두 개의『경전』을 되찾았고, 그 힘은 강대합니다. 저를 데려가 주십시오. 목숨과 바꿔서라도 지켜드리겠습니다."

이즈모 육탑

▶**청탑** = 구 마쇼텐곤슈 총본산 ▶**토탑** = 아케치슈 [승정: 칸드리]
▶**목탑** = 쿄류도 [승정: 쿠구노츠] ▶**금탑** = 콘조신 [승정: 코플로]
▶**화탑** = 텐카토 [승정: 큐르몬] ▶**수탑** = 스이오덴 [승정: 히루마레오]

“필요 없어. 나 혼자 갈 거야.”

“아카보시 님!”

“비스코 오라버니의 말이 맞아요. 칸드리.”

비스코에게 약간 눌린 듯이 침묵한 칸드리에게 암리가 어딘가 자랑스럽게 말했다.

“육탑의 법 안에서는, 더 이상 켈싱하가 가진 진언의 힘을 상대할 적수는 없어요. 육탑 밖의 힘…… 버섯지기의 기술 말고는 켈싱하를 격파할 방법은 없을 거예요.”

비스코에 대해 기쁜 듯이 말하는 암리를 보고, 그동안 표정을 거의 무너뜨리지 않던 라스케니의 얼굴이 약간 험악해졌다. 그것을 전혀 깨닫지 못한 비스코는 외투를 걸치고 활을 짊어지면서 쿠구노츠가 떨어진 아득한 상공을 노려봤다.

“미로와 합류해서 나와 그 녀석이 영감을 처리하겠어. 칸드리와 라스케니는 여기서 『경전』을 지켜. 영감이 술법을 써서 멀리서 공격해 올지도 모르니까.”

“아카보시, 진짜로 혼자 갈 거야?! 몸, 제대로 움직여?!”

“지금 그걸로 힘이 돌아왔어. 녹식이 날뛰고 싶어 한다고.”

비스코가 활을 당겨서 연속으로 새송이버섯 활을 쏘자, 탑 벽에서 차례차례 새송이버섯이 벽을 뚫고 나와 계단처럼 피어났다.

“안 됩니다, 역시 따라가겠습니다! 무슨 일이 생기기라도 하면……!”

“파트너 말고는 방해된다고! 버섯을 모르는 녀석은 바로 휘

말린단 말이야!"

"비스코 오라버니……!"

암리가 눈을 반짝이며 비스코의 허리에 달라붙었다.

"저는, 저는 필요해요! 치유의 힘이 언제 필요해질지 모르니까요. 네? 데려가 줘요…… 분명 도움이 될 거예요!"

"안 된다, 암리! 너는 여기에 남아라!"

스승의 말에도 돌아보지 않고 반짝반짝 빛나는 암리의 하나 남은 눈동자와 눈을 맞춘 비스코는 딱 2초만 망설이다가 결국, 그녀에게 목을 잡으라고 했다. 그리고 가장 가까운 새송이버섯을 향해 앵커 화살을 쐈다.

"떨어지면 죽는다, 암리!"

"꺄앗~!"

생기 넘치는 암리의 목소리를 귓가에서 들으며, 비스코는 앵커를 감으며 도약해 엄청난 스피드로 상층을 향해 올라갔다.

"큐르몬 님! 쿄류도의 쿠구노츠가 패해서 죽었다는 보고가 들어왔습니다!"

『쿠구노츠가……? 그럼, 『경전』은?』

"역시, 빼앗겼다고밖에는……. 이미 두 개의 『경전』이 녀석의 몸에……. 그렇다면 녀석의 힘이 더욱 늘어났을 겁니다. 일단 화탑으로 돌아가 총력전 태세를 갖추는 편이……."

큐르몬은 탑 사이를 잇는 발판 위에서 입술을 깨물고 「이 놈……」 하고 살짝 중얼거리고는 『노』의 가면으로 부하 어쌔신들에게 목소리 높여 고함쳤다.

『나는 일단 화탑으로 돌아가 남은 암살대를 움직이겠다! 너희는 계속해서 켈싱하를 쫓아라! 목을 가져온 자에게는 권승정의 자리를 주겠다!』

""""예!""""

어쌔신들은 대답과 함께 탑 이곳저곳으로 흩어졌다. 큐르몬은 분노로 눈가를 실룩거리면서 탑에 걸쳐진 전선을 밟으며 화탑으로 돌아갔다.

"이건, 어떻게 된 일이냐……?!"

두 호위를 데리고 방에 도착한 큐르몬이 본 것은, 이곳저곳이 심하게 어지럽혀진 침실의 참상이었다.

"이 꼴은 대체 뭐냐! 미로! 미로는 어딨나!"

"큐, 큐르몬, 님……"

방을 지키라고 맡겼던 미로를 규탄하기 위해 거칠게 외친 큐르몬은 전신이 상처투성이가 되어 무릎을 꿇은 미로의 모습을 보고는 곁으로 달려갔다.

"무슨 일이 있었지?! 이 상처는 대체……."

"켈싱하가, 큐르몬 님의, 부재중을, 노렸습니다……. 근위분들도 가세하셨지만, 켈싱하의 창 앞에서, 족족……."

"뭐라고? 녀석이 여기에?! ……아니, 용케 살아남았구나. 미로."

"도망치고 말았지만, 큰 부상을 입혔습니다. 그 상처라면 당장은 움직일 수 없을 터……. 『경전』은 물론이고 방에 있는 것은, 먼지 한 톨, 빼앗기지…… 않았습니다.”

“수고가 많았다. 이 큐르몬, 그 충심을 결코 잊지 않으마.”

“과분, 하신, 말씀…….”

뚝뚝 피를 흘리는 미로의 몸을 침대에 눕힌 큐르몬은 그 창백한 귓가에 달콤하게 속삭였다.

“나는, 강하고…… 아름다운 자를 항상 곁에 두지. 미로…… 너의 아름다움, 강단, 충의…… 모두 내 곁에 두기에 어울리는구나…….”

큐르몬은 조금 전까지의 분노도 잊고, 반쯤 황홀하게 중얼거리고는…….

“온, 리비, 아스팔, 샤다, 카르나…….”

약간 음량을 높여서 진언을 읊었다. 그러자 잠시 뒤, 호위 근위 두 명이 고통스러운 목소리와 함께 목덜미를 눌렀고, 이윽고 엄청난 양의 선혈을 입에서 뿜어냈다. 선혈은 미로의 입이나 상처 부위로 빨려 들어가듯이 흡수되어 순식간에 온몸에 있던 상처를 치료했고, 창백해진 얼굴도 약간 불그스름함을 되찾았다.

“치유의 기적이다. 켈싱하 그 늙은이가 침실에서 내게 말해 준, 진언이지…….”

큐르몬이 검지를 빙글 돌리자, 세 가면이 쓰러진 근위대의 몸 위에 떠올랐다.

근위대는 그 잠깐 사이에 미이라처럼 메말라버렸다. 절명한 것은 명백했다. 세 가면은 각각 그들의 승복을 당겨서 들어

올리고는 타오르는 난롯불에 시체를 던져버렸다.

"이것이, 치유술……!"

흔적도 없이 치료된 자신의 몸을 돌아본 미로가 경악한 목소리를 냈다. 그것을 보고 살며시 미소를 지은 큐르몬의 풍만한 몸이 그 위를 덮었다.

"큐, 큐르몬 님! 안 됩니다. 이, 이런……."

"오늘은 진언을 너무 많이 썼다……. 미로, 경건함도 지나치면 무례가 된다. 나를 치유하고, 즐겁게 하는 것도 근위대의 임무. 그렇지 않은가?"

"그, 그건……!"

큐르몬의 푸른 입술에서 붉은 혀가 나와 끈적하게 춤추며 미로의 목덜미에 닿았다. 미로가 이를 악물고 목소리를 참는 것을 본 큐르몬이 요염한 미소를 보였다.

"하, 하지만, 언제 켈싱하가, 돌아올지……."

"크크크. 우리가 녀석의 오장을 빼앗은 것도, 이 침소에서…… 녀석이 내 몸에 흠뻑 빠져 있던 도중이었지. 녀석의 찢어진 배에서 코플로는 비장을, 쿠구노츠는 간장을……."

"……."

"녀석은 자신이 직접 불사를 내려준 6인의 제자에게 발목을 붙들린 내장 빠진 늙은이에 불과하다. 지금 덮친다 한들…… 이미, 내 진언의 힘을 당해낼 수는 없다."

큐르몬은 충고에 귀를 기울일 낌새를 보이지 않고 미로의 귀를 부드럽게 물고는 뜨거운 한숨과 함께 중얼거렸다.

"미로. 목숨을 걸고 방을 지켜낸 것은 장한 일이었다. 그러나 켈싱하가 아무리 화탑을 뒤져본들 소용없는 짓. 이미 『경전』은, 녀석이 노리는 곳에 없어."

"……앗, 그, 말씀은……!"

"내가 녀석에게 빼앗은 장기는, 허파."

큐르몬은 어둠 속에서 몸을 일으키고 로브를 걷어 그 풍만한 가슴을 미로 앞에 드러냈다. 가슴 중앙에는 일직선으로 찢어진 수술 흔적이 생생하게 남아 있었다.

"이미 내 몸 안에 이식해서, 정착시켰지……. 이제 와서 녀석의 수중에 들어갈 일은 없어. 녀석은 물론이고, 다른 누구에게도……."

"……『경전』을, 이미 몸 안에……!"

"내 숨결은, 진언의 숨결……. 바라는 자에게, 영원한 아름다움을 줄 수 있다."

큐르몬의 코끝이 미로의 코끝에 닿자, 귀에 단 고리가 딸랑, 소리를 냈다.

"나의 것이 되어 살아가거라. 미로…… 영원한 아름다움을 그대에게 줄 테니……."

항의하려던 미로의 입을, 큐르몬의 입술이 잡아먹을 듯이 막았다. 큐르몬의 혀는 마치 뱀처럼 꿈틀대며 가녀린 『소녀』의 혀를 옭아매며 유린했다.

이제까지 수많은 비구니를 포로로 만들고, 꼭두각시로 바꿔 온 마성의 입맞춤이었다. 큐르몬은 자신의 『경전』에서 나오는 매료의 한숨을 미로의 허파에 가득 불어넣어 주며 입을 떼려 했고…….

자신의 몸이, 안겨있는 팔에 완전히 억눌려 있다는 것을 깨달았다. 입맞춤을 하던 혀로는 항의도 하지 못했고, 큐르몬은 힘을 줘서 몸을 일으키려 했다.

순간, 혀끝에 격통이 스쳤다. 길게 뺀 혀끝이 이빨에 꽉 눌렸다. 너무나 갑작스러운 일에 당혹스러워하던 큐르몬의 눈앞에서, 소녀였던 것의 기척이 서서히 어두침침하게 변해갔다.

"크, 크, 크크크…… 크카카카……."

눈앞의 무언가가 큐르몬의 혀끝을 물면서 재주 좋게 웃었다.

"네…… 네노믄……! 설마……!"

"네년은 항상, 신중한 여자였지. 내 장기를, 자기 몸 안에 넣어두고 있었을 줄이야……."

손가락으로 큐르몬의 혀를 꽈악! 하고 강하게 비튼 소녀가 사악한 미소를 지었다.

"하지만, 마침 잘됐다고도 할 수 있겠군. 네년은, 네년만큼은, 나와 같은 고통을 맛보여주겠다고 정해 놨었으니……."

"온! 바우! 스……!"

큐르몬의 진언보다 소녀의 움직임이 훨씬 빨랐다. 소녀는 다시 큐르몬에게 깊이 입맞춤을 하고는 그 풍만한 몸을 어마어마한 힘으로 끌어안았다. 뼈가 빠직빠직 부서지고, 내장이 차례차례 피를 토하자, 입에서도 엄청난 양의 피가 솟구치며 큐르몬의 아름다운 피부를 붉게 더럽혔다.

"으, 끄으으으윽!"

"온, 샴다, 무드싱하, 스나우. 배신의 응보를, 받아라…… 큐르몬. 더러운 걸레 같은 년."

소녀는 조용히 진언을 읊으며 큐르몬의 입 안쪽을 힘껏 빨아올렸고…… 마침내 검붉은 색의 끈적한 장기를 입 안에서 주르륵 끄집어냈다.

불빛을 반사하며 번들번들 빛나는, 그 문신투성이 장기야말로 『경전』 중 하나…… 켈싱하의 허파였다.

"이것으로, 허파가 돌아왔다……."

"커, 헉……!"

큐르몬은 입에서 피를 뿜어내며 침대에 철퍼덕 엎어졌지만, 그럼에도 경이로운 집념으로 떨리는 오른팔을 소녀에게 뻗었다.

"지, 지옥에서……."

"으응?"

"이 원한, 지옥에서, 반드시…… 갚아주고야 말겠다……! 켈……싱하……!"

손톱을 세운 큐르몬의 손가락이 소녀의 얼굴 피부를 잡아당기자, 가짜 피부가 주르륵 벗겨지고, 그 아름다운 얼굴 속에서 이를 드러내며 웃는 노인의 얼굴이 나타났다

"죽어가면서도 어리석은 여자로다. 그 지옥의 신이, 바로 나이건만."

얼굴이 드러나자, 그때까지 가늘고 아름다웠던 소녀의 몸이 순식간에 녹가루가 되어 떨어지며 본래 켈싱하의 육체가 드러

났다. 이미 두 개의 『경전』을 손에 넣은 켈싱하의 몸은 노인으로 보이지 않을 만큼 다부진 근육을 갖고 있었다.

큐르몬은 타오르는 증오를 담아 승리를 뽐내는 켈싱하의 얼굴을 노려봤고…… 그 원한이 얼굴에 달라붙은 채 쓰러져서 마침내 숨이 끊어지고 말았다.

"……늙은이 쿠구노츠와는 달리 다소 손맛이 있을 줄 알았다만, 변화의 진언 하나 간파하지 못할 줄이야. 독사의 후각도 썩어버린 것 같군."

켈싱하는 발밑에 쓰러진 큐르몬의 시체를 내려다보며 「일찍이, 아내였던 여자이건만…… 의외로 별 감회도 솟지 않는군」이라고 혼잣말을 하고는, 검지를 자기 목에 꽂아서 가슴팍까지 크게 찢었다.

검붉게 꿈틀대는 몸 안에는 완전히 녹슬어버린 장기들과, 빛나는 위가 들어 있었다.

"간장, 췌장, 그리고 허파를 되찾았다……. 남은 이장(二臟)이 누구의 손에 들어갔든, 이미 내 진언의 힘에 대적할 자는 없으니……."

큐르몬에게서 빼앗은 허파를 눈앞에 든 켈싱하가 진언을 자아내려 했다.

그 입에, 푸욱—!

한 줄기 화살이 꽂혀서 목을 뚫고 뒤쪽 벽에 꽂아버렸다. 켈싱하의 얼굴이 콰직 일그러지면서 쥐고 있던 『경전』을 떨어뜨렸다.

"우욱?!"

뒤쪽 벽에서 빠꿈, 빠꿈! 하고 피어나는 선인장버섯의 바늘을 피한 켈싱하는 큐르몬의 침실을 뛰쳐나와 탑 사이를 잇는 전선 위에 착지했다.

"……으음, 네놈은!"

이를 가는 켈싱하의 눈앞에 푸른 머리를 휘날리며 나타난 이는 식인 판다, 네코야나기 미로였다. 이미 여장을 푼 그 모습은 아름다우면서도 날카로운 버섯지기다운 풍모였고, 끊임없는 두통이 덮쳐 오는 와중에도 녹슬어버린 푸른 눈동자를 활활 불태우고 있었다.

"……이 육탑에서 대체 누가 내게 활을 당기는가 했는데, 네놈이었나, 애송이."

"……늦었구나……!"

미로는 켈싱하의 말을 무시한 채 큐르몬의 무참한 시체를 보며 살짝 눈을 찡그렸다. 그리고 푸르게 빛나는 눈을 번쩍 뜨고 켈싱하의 정면, 전선 위에 착지했다.

"뇌를 주물러 놨는데도 용케 몸이 움직이는군. 칭찬해 주고 싶으나, 감히 신에게 활을 당기다니, 역시 하등한 야크샤는 구제할 수가 없도다."

"구제할 수 없는 건 너야. 켈싱하."

미로는 눈에서 흐르는 선혈을 닦아 내고 분노로 떨리는 시선으로 켈싱하를 꿰뚫었다.

"나로 변신하다니, 시시한 술법을……. 나의…… 사람을 치유하기 위한, 의사의 손을 써서, 그 사람을 죽인 거냐!"

"크크카카……! 큐르몬은, 침소에서 내게 그 정도의 정욕을 보인 적이 없었다. 너 같은 야들야들한 몸이 어디가 좋은 건지…… 꽤 재미있는, 체험이었다."

"……나를, 얕보고 있구나."

미로의 푸른 눈동자가 약간 어두워지며, 그 입술에서 웃음을 눌러 죽인 목소리가 새어 나왔다.

"아카보시의 똘마니 따위가 뭘 할 수 있다는 거냐? 라고 말이지……. 마음대로 얕보라고. 하지만 말해두는데, 죽어가는 파트너보다는 내가 더 강해."

미로는 등에서 녹색 활을 스르륵 뽑아 켈싱하를 겨눴다.

버섯지기를 모르는 인간이라도 한눈에 그 위풍당당함을 알아볼 수 있는 숙련된 자세— 일류 버섯지기라는 걸 과시하는 듯한, 자신감 넘치는 모습이었다.

'……이 녀석……!'

자신의 인식을 고쳤는지 켈싱하의 몸이 즉시 뱀처럼 꿈틀대며 손에 든 창 같은 쇠파이프를 미로를 향해 일직선으로 던졌다.

"온, 샤다…… 크헉!"

그걸로 눈을 속이고 진언을 외우려던 노인의 코끝을 한 줄기 섬광이 꿰뚫었다.

미로가 날린 버섯 화살이 날아오는 쇠파이프를 마치 종잇장처럼 찢어버리고 그대로 켈싱하의 안면을 뚫어버린 것이다.

켈싱하의 머리가 풍선처럼 터졌고, 휘청거리는 몸이 가까스로 버티면서 전신에서 분출되는 녹의 분수가 응고되어 다시 형상을 갖췄다.

"끄오오……! 이 꼬마가……!"

"온, 샤다, 바큐라, 스나우…… 『임의의 대상을 구속한다』, 인가."

"윽?! 네놈! 말도 안 된다! 어째서 진언의 조성을……?!"

"어째서, 냐고?"

미로는 녹슨 왼쪽 눈을 툭툭 두드리더니 켈싱하를 보며 살짝 웃었다.

"내 뇌 속에 들어와 놓고서는, 너만이 나를 관찰하고 있는 줄 알았어? ……나도 **잘 봤다고**. 네 진언의 전조, 법칙…… 말의 의미까지."

켈싱하의 몸이 움찔 경직되며 전신에서 비지땀을 흘렸다. 여차하면 뇌부터 조종할 수 있겠다며 얕보던 소년에게 반대로 자신이 가진 진언의 비밀을 들키고 말았다.

"……제정신을 잃은 척하던 모습은, 연극이었나?! 뇌 속의 나를, 기만하기 위해!"

"버섯지기에게 중요한 건, 두 가지. 잘 보는 것, 그리고 믿는 것."

미로는 냉혹한 눈동자로, 살짝 열린 입술에서 불꽃 같은 숨결을 토하며 켈싱하에게 두 번째 화살을 당겼다.

"지금의 내게는 두 가지나 있어. 네가 아무리 재생한다 해도 상관없어. 힘이 다할 때까지 꿰뚫어주마. 켈싱하."

"이, 이놈…… 계집애 같은, 야크샤, 따위가……!"

"불사승정 켈싱하는, 지금부터…… 그 여자 같은 꼬마에게, 흠씬 얻어맞을 거야."

미로는 비스코가 언제나 그러듯이, 눈앞의 적을 물어뜯듯이 웃어 보였다.

"잠들지 못하게 해주겠어. 빌어먹을 영감탱이."

비스코는 새송이버섯과 와이어 화살을 구사해서 나선을 그리며 높은 탑을 올라갔다. 그 목에는 암리가 꽉 달라붙어 있었고, 그 곱슬곱슬한 짧은 머리를 바람에 휘날리면서 지나가는 경치를 보며 눈을 반짝였다.

"비스코 오라버니는 매처럼 빠르네요! 이렇게 맴돌면서 다섯 탑을 볼 수 있다니, 무슨 쇼 같아요……."

"육탑 중에 세 탑이 무너졌는데? 핫, 후줄근한 볼거리구만."

"비스코 님은 미로 님과 일본 이곳저곳을 여행하고 계시죠?"

암리는 비스코의 귓가에 대고 꿈꾸듯이 중얼거렸다.

"부러워요……. 저도 해가 가려진 탑 안이 아니라…… 언젠가는, 넓은 세계로 나가보고 싶어요……."

순수함 속에 약간 덧없는 기운을 품은 암리가 중얼거렸다. 비스코는 그것에 전혀 아랑곳하지 않고 눈에 들어온 탑 한곳, 음식점 창문에 걸려 있는 훈제 하마 고기 하나를 들고 그대로 다음 탑으로 뛰어갔다.

"어머! 오라버니, 무슨 짓을……!"

창문에서 비스코를 향해 고함치는 음식점 주인장을 뒤에서 바라본 암리가 비명을 질렀다.

"그건 상품이에요……. 돈을, 내야 하는데요."

"공짜로 육탑의 병을 제거해주고 있다고. 하마 고기 정도로 불평하지 마."

비스코는 몸을 날리면서 훈제 고기를 잡아 뜯어 순식간에 먹어치웠다.

"그리고 아까부터 위의 상태가 돌아오는 게 느껴져. 먹으면 먹을수록 힘이 솟아."

"……신기하네요. 아직 치료는 충분하지 않은데. 어쩌면, 켈싱하가 약해진 걸지도…… 아앗, 또!"

다섯 개가 놓인 소간 만두를 손에 든 비스코에게 암리가 항의하며 외쳤다. 비스코는 순식간에 만두 네 개를 먹어치우고는 그중 하나를 암리에게 건넸다. 암리는 뾰로통한 표정을 지었지만 그것을 받아서 조그만 입으로 먹었다.

"먹잖아."

"훔친 건 비스코 오라버니, 저는 무죄예요."

"핫!"

암리의 대답에 싫지만은 않은 미소를 돌려준 비스코의 머리 위에서—.

이미 숨이 끊어진, 얇은 옷을 입은 텐카토의 어쌔신이 후웅! 하고 바람을 가르며 떨어졌다.

"저건 텐카토의 근위대예요! 승정 큐르몬도, 어쩌면 이미……!"

"그럼, 벌써 미로와 영감이 싸우고 있을 거야! 서두르자!"

비스코는 힘을 되찾아가고 있는 몸을 채찍질하며 새송이버섯 화살을 벽에 쏘면서 탑 상층을 향해 한층 속도를 높였다.

"……방심할 수 없는 건, 그 녀석의 영문 모를 재생력이야."

비스코는 속도를 늦추지 않은 채, 미간에 약간 주름을 잡으며 자신의 위가 뽑혔던 밤을 떠올렸다.

"팔을 뽑아도, 다리를 날려버려도 아무렇지도 않게 원래 형태를 만들어……. 나한테도 비슷한 힘이 있지만, 영감은 격이 달라. 머리를 날려버려도 돋아났다고."

"비스코 오라버니의 육체가 가진 건『재생』의 힘. 켈싱하의『복원』은 다른 거예요. 켈싱하는 육체의 손상을『경전』에 보존해 둔 녹으로 변환해서 복원하고 있어요. 육체의 손상이 심각하다고 뇌가 판단한 경우, 자동적으로 복원되도록 진언의 매크로를 짜놓은 거예요."

"음?"

암리가 전혀 이해할 수 없는 말을 꺼내자 비스코는 눈을 휘둥그레 뜨며 침묵했지만, 그래도 어떻게든 올라가는 스피드를 유지했다.

"비스코 오라버니도 이해하실 수 있게 설명하면…… 켈싱하는 목을 날려버려도『경전』안에 있는 녹의 힘이 다하지 않는 한, 문자 그대로 불사신인 거예요."

비스코는 암리의 말을 듣고, 가슴 한편으로 파트너의 안부를 걱정하며 약간 속도를 높였다.

"아니. 말만 들어 보면 확실히 괴물이지만, 이 세상에 무한

한 힘이 있을 리가 없어……. 그 『경전』 안의 녹은 어디서 나오는 건데?"

"비스코 오라버니…… 미로 님의 말처럼 똑똑하지 않은 건 아니시네요."

"그 자식, 무슨 소리를 한 거야!"

"『경전』에 녹을 충전하는 건 신앙, 이라고 배웠어요."

암리는 지금까지 화색이 넘치던 목소리를 확 낮추면서 비스코의 귓가에 속삭였다.

"사람이 살아가는 힘, 매달리는 힘, 무언가를 믿는 힘…… 저는 『진화의 의지』라고 배웠지만……. 생명이 살아가려 하는 의지가, 이 세상에 녹을 낳는다고 해요."

"진화의, 의지가……?"

"네. 육탑은, 그 안에서 『신앙의 힘』을 선택했어요. 이 육탑에서 불사를 원하는 모든 인간의 기도, 욕망…… 외우는 경한 구절에 이르기까지…… 그런 신앙이 모두 『경전』 안에 녹이 되어 모인다고…… 들었어요."

"……켁! 자신을 위해서 바친 불사의 기도를 영감 한 명이 제멋대로 쓰고 있다는 건가? 이렇게나 거창한 탑까지 지어 놓고서는, 한심한 이야기구만."

어이없다는 듯이 말하는 비스코의 옆얼굴을 암리가 신기하게 바라봤고…… 이윽고 조용한 목소리로 비스코에게 물었다.

"비스코 오라버니는, 그…… 녹식이 가진 불사의 힘을 버리기 위해 여행하고 계신다면서요."

"뭐야, 갑자기. 라스케니한테 들었냐?"

"신기한 분이네요. 누구나 녹을, 죽음을 두려워하며 이 육탑에 달라붙어 있는데……. 이미 불사를 손에 넣으신 비스코 오라버니가 어째서…… 그걸, 버리시려는 거죠?"

비스코는 자신을 바라보는 암리의 반짝반짝 빛나는 눈빛에 무심코 그쪽을 돌아봤고, 코를 한번 스윽 훔쳤다.

"약속을, 했으니까."

"약속……?"

"좀 예전에, 파트너하고. 그 녀석이 기억하고 있는지는, 모르겠지만."

비스코는 속도를 약간 줄이면서, 예전을 떠올리며 살짝 눈을 가늘게 떴다.

"파트너는, 죽을 때까지 함께냐고, 그 녀석이 물어봤었지. 나는……."

암리가 숨을 삼키며 다음 말을 기다리자, 비스코는 조금 거북한 듯이, 그럼에도 확실하게 대답했다.

"응, 이라고 했어. ……버섯지기에게 그런 규칙은, 없는데 말이지."

"……하, 함께……."

암리의 목소리가 경악으로 물들었고, 이내 조심조심 말을 자아냈다.

"미로 님과, 함께 죽기 위해…… 그걸 위해, 불사를 버리신다는 건가요……!"

"한 번 약속을 깼었어. 내가 먼저 죽어버려서…… 그랬더니, 그 녀석, 엄청 울더라고."

비스코는 암리의 말에 근질근질한 건지 인상을 찡그리면서 변명하듯이 더듬더듬 말을 자아냈다.

"울기도 했고, 화를 냈어……. 이제, 두 번 다시 두고 가지 말라고. 그러니까……."

비스코는 나름대로 필사적으로 다음 말을 생각했지만, 말이 서툰 식인버섯은 그 이상의 말을 찾지 못한 모양인지 거기서 입을 다물고 말았다.

암리는 보라색 눈을 깜빡이면서 식인종 아카보시의 상처투성이 옆얼굴을, 그 문신을, 아무 말 없이 빤히 바라봤다.

'……아카보시 비스코.'

'다정한, 매야.'

'그저 똑바로 날아가는 날개와 마음만이, 당신을 긍지 높고 용맹하게 반짝여 주는 거구나.'

암리의 눈동자가 하나의 의지를 품고 반짝이며, 비스코의 안광에 넋을 잃고 있던 그 순간—.

퍼엉, 퍼엉!

"꺄악! 비스코 님!"

"……큭! 몸에 힘이 돌아오면 돌아올수록…… 녹식의 기세도 강해지고 있어!"

비스코는 이를 악물고 오른쪽 가슴에 핀 커다란 녹식 줄기를 뽑아냈다. 살을 찢고 쭈욱 뽑힌 녹식에는 비스코의 끈적이는 피가 흠뻑 달라붙어 있었다.

"갈비뼈를 당했어. 다음은, 허파에서 필 거야."

"비스코 님! 다시 뱃속을 빨아내요. 조금이라도 조치를 취해야……!"

"아니, 이제 됐어. 미로가 부르니까."

비스코의 눈은 죽음을 눈앞에 두고서도 비취색으로 불타올랐다.

"……가자. 뒈져도 영감을 때려눕힌 뒤에 뒈져야지."

죽을 고비에 몰리자 오히려 힘이 늘어난 비스코의 몸에서 오렌지색으로 빛나는 포자가 조금씩 솟아나 주변을 따스하게 물들였다. 그것은 암리에게, 아직 이름 없는 신화를 목격하는 것처럼 아름답고 장엄하게 비쳤다.

'당신의, 이런 모습을 보게 되면…….'

'그 다리에, 족쇄를 걸 수가 없어.'

'나도…….'

'아니. 분명, 그게 누구라 한들…….'

달리는 비스코의 목을 붙잡은 암리는 한동안 눈동자를 떨었고…… 비스코의 목에 팔을 감고서 꼬옥 끌어안았다.

푸슝, 푸슝, 푸슝!

미로는 쇠파이프 창을 들고 맹렬하게 쫓아오는 켈싱하를 조소하듯이 전선 위를 오가며 화살을 쐈다.

완력으로는 비스코와 비교했을 때 떨어지지만, 그 활은 켈싱하의 두 수, 세 수 앞을 읽으며 정확하게 팔이나 다리를 꿰뚫었다.

뿅, 빠꿈!

"크우웃—!"

아픔과 분노가 뒤섞인 포효를 내지른 켈싱하는 차례차례 피어나는 버섯을 살과 함께 뜯어내면서 무시무시한 집념으로 미로를 향해 창을 휘둘렀다.

"카앗!"

"칫!"

미로의 단도가 창끝을 떨쳐냈다. 그대로 당긴 화살은 간발의 차이로 켈싱하의 목을 스치고 뒤쪽 탑에 작렬해서 붉은느타리버섯독을 피웠다. 켈싱하는 버섯이 피어난 목덜미의 살을 스스로 후벼 판 뒤, 이마에 푸른 핏대를 세우며 이를 갈았다.

"다음 진언을 찾고 있어? 다 들린다고, 켈싱하!"

"온, 샤다, 바루라, 크나우!"

뒤로 물러난 켈싱하가 울컥한 듯이 진언을 외웠다. 그러자 아무것도 없던 공중에 갑자기 녹슨 표창이 무수히 나타났고, 그것들이 일제히 미로를 덮쳤다.

"하앗!"

미로는 외투를 던지고 그것을 향해 화살을 날렸다. 외투를 뚫은 와이어 화살촉은 그대로 거미집 모양의 하얀 망처럼 펴져서 녹슨 표창을 모조리 그 안에 휘감아버렸다.

"『임의의 대상을 베어버린다』. 그건 아까도 간파했어."

"네 이놈, 꼬마아아—!"

갑작스러운 일이었기에 미처 움직이지 못한 켈싱하의 몸을 강철거미독이 휘감았다. 미로는 그 홀쭉한 몸에 힘을 잔뜩 주고는 와이어를 조종해 강철거미줄을 힘껏 옆으로 휘둘렀다.

"이야아아아아아압——!"

쿠우우웅! 굉음을 내며 켈싱하의 몸이 거미줄과 함께 화탑 상층부에 꽂혔다. 그리고 벽에 드득드득 쓸려 내려가다가 마침내 화탑에 뻥 뚫린 큐르몬의 침실 베란다에 떨어졌다.

"하악, 하악, 하악……!"

확실한 감촉을 느낀 것과 동시에, 억누르지 못한 땀이 단숨에 뿜어져 나왔다.

'……아슬아슬했어. 도발이 통해서 다행이야……!'

역량으로만 따지면 자기보다 켈싱하가 훨씬 높다는 것은 미로의 눈으로도 명백했고…….

그렇기에 교활하게 작전을 짰다. 사실은 암리의 치료로 나아가던 왼쪽 눈의 병을 가장했고, 켈싱하의 드높은 자존심을 노려서 그가 얕보도록 행동했으며, 그 진언을 족족 물리치면서 시종일관 우위에 서서 싸우는 데 성공했다.

'아니, 아직이야. 위를 되찾아야……!'

자력으로 강철거미줄을 찢어버린 켈싱하가 큐르몬의 방으로 스르륵 기어들어 가자, 미로도 땀을 닦고 전선 위를 달려 쫓아갔다.

“허…… 허파만…… 허파만, 삼킬 수 있다면……”

전신의 뼈가 부서진 켈싱하가 바닥을 질질 기어갔다. 미로에게 호되게 당해버린 몸은 조금 전까지의 경이로운 재생력을 잃었다. 그뿐만 아니라 근육질이었던 몸은 이 잠깐의 시간 사이에 완전히 쇠약해져서 일개 노인으로 변해버렸다.

그는 조금 전 미로의 화살에 맞아 날아간 『경전』을, 땅을 기어가며 찾았다.

“네, 이놈, 꼬마…… 갈기, 갈기, 찢어…….”

말을 잇던 켈싱하가 큐르몬의 침대 밑에 선혈과 함께 떨어진 『경전』을 발견하고 얼굴을 활짝 빛냈다.

“이, 있다! 있다아!”

가느다란 몸을 비틀면서, 피에 미끄러지면서도 가느다란 팔을 뻗어 경전을 잡으려고…….

빠꿈!

그 순간, 침대 틈에 박힌 만가닥버섯 화살이 켈싱하의 가느다란 몸과 함께 침대를 날려버렸다.

“히익, 와아악!”

벽에 부딪혀서 버둥거리는 노인 앞에 또각, 하는 버섯지기의 신발 소리가 닿았다.

“이게 『경전』…… 진언의 힘의 숨겨진 비밀이라는 건가.”

미로는 켈싱하의 허파를 눈앞에 들어 올리고 진언 문신이 빼곡하게 새겨진 그것을 흥미롭게 바라봤다.

“내 머릿속에서 계속 떠들고 있는 건…… 이거지?”

미로는 허파에 새겨진 문신에서 일종의 법칙성을 확인하고 그것을 보고자 눈을 가늘게 떴다.

"……이건, 경이 아니야. ……추측이지만, 뭔가 프로그램 같은 게 적혀 있어. 신앙이라는 영역 속에 녹을 다루는 기술이 숨어 있는 거야."

"……크, 크큭. 똑똑하구나……."

켈싱하는 쇠약해진 눈으로 지혜의 빛을 번뜩이며 미로를 날카롭게 올려다봤다.

"……머리 회전이 빠른 꼬마로다. 네놈이 간파한 대로, 특정한 소리 나열을 통해 녹을 다루는 기술…… 그것이 진언이다. 일찍이 그 예지에 도달한 것은 나를 제외하고는……."

퓨웅, 바람을 가르고 날아간 화살이 켈싱하의 뺨을 스쳐서 살짝 피가 터졌다. 미로는 『경전』을 품에 넣고 다음 화살을 활에 매겼다.

"너와 너무 많이 떠들고 싶지는 않아. 어디서 진언을 섞어 올지 모르니까."

'쿠로카와 같은 말투라서, 더 싫긴 하지만.'

그렇게 중얼거린 미로는 말을 이었다.

"질문에만 대답해. 너는 이 녹을 다루는 기술을 어디서 손에 넣었지?"

"읽어낸 것이다."

켈싱하는 미로를 노려보며 자랑스럽게 말했다.

"아득히, 100년을 넘은 옛날부터…… 신에게 바치는 경문으로밖에 존재하지 않았던 『경전』의 법칙을 알아챈 것이, 바로 나다. 육탑은, 인간이 신에게, 녹의 힘을 바치는…… 목장에 지나지 않았다. 그렇기에 그 힘의 방향을, 바꾼 것이다……. 신에게서, 내게로……."

'신앙의 방향을, 자신 쪽으로 바꿨다……?! 내장에 경문을 새기는 것으로……!'

미로는 표정을 무너뜨리지 않도록 노력하면서, 눈앞에 있는 노인의 무시무시한 재능과 집념에 일종의 감탄을 느꼈다. 사악한 승정이지만, 이 세상을 뒤덮은 녹의 비밀에 가장 가까이 다가간 인간 중 한 명인 것은 틀림없었다.

"어째서, 신앙으로 녹이 생겨나지? 녹은 생물에게 병을 옮기는 죽음의 인자 아니었어?"

"아니. 녹은, 진화의 인자. 진화에서 굴러 떨어진 자가, 견디지 못하고 죽을 뿐이다."

"……."

"녹을 뛰어넘으면 그것은 힘이 되어, 생물의 진화를 촉진한다. 이 세상에 흩어진 무수한 이형 생물들을 보지 못한 것이냐? 그것이야말로, 원하는 모습이 되기 위해 녹의 힘을 받아들인 차세대 생명. 아직도 녹을 뛰어넘지 못한 인간 놈들보다 훨씬 고상한 생명이다."

"인간 놈들이라……. 자기는 다르다고 말하고 싶은 거야?"

"그래, 다르다. 녹을 다루는 기법. 인간의 진화 그 자체다. 나는 이미, 인간이라는 과거를 벗어던지고, 신에 다가가고 있노라."

'……이 녀석이 하는 말이 사실이라면…… 진언을, 녹을 다루는 기술을 내가 알 수만 있다면, 어쩌면 이 일본에서, 녹병을……!'

그것이 이 상황에서 너무나도 위험한 발상이라는 건 알고 있지만, 그래도 의사로서의 본성이 앞서고 만 미로는 여전히 당긴 활을 쏘지 못하고 있었다.

"사람에게서, 녹을 빼앗아서 치료할 수도 있는 건가?"

"죽이지 않고 말인가? 가능할지도 모르지. 하지만, 그런 진언은 모른다."

"어떤 진언이든 다룰 수 있는 거 아니었어?"

"그 진언의, 소리를 안다면 말이지. 하지만 흥미가 없다. 그런 시시껄렁한 술법을 찾느니, 똥을 누고 뒤를 닦는 진언을 찾겠다."

미로는 어금니를 악물고 분한 듯이 얼굴을 일그러뜨렸다. 켈싱하는 자신에게 약간 흐름이 넘어온 것을 깨닫고는 땀으로 범벅이 된 얼굴에 하얀 이를 살짝 드러냈다.

"그럼, 비스코의 불사 체질은……!"

"아카보시는, 불사가, 아니다."

켈싱하는 미로의 말을 미리 읽고는 거친 숨을 내쉬며 대답했다.

"그놈의 힘은 녹의 진화와는 완전히 다른 것이며, 재생의 힘이 바닥을 모를 정도로 강해서, 노화를 지연시키고 있을 뿐이다. 목을 날려버리면 아마 죽겠지. 육체가 없어지면 끝이다…… 하지만……."

비스코 이야기가 나오자 조금 침착함을 되찾은 켈싱하의 눈동자에 어두운 불꽃이 깃들었고, 눈앞의 미로조차 잊어버린 듯이 중얼중얼 목소리를 낮춰 중얼거렸다.

"하지만…… 하지만, 녹과는 정반대이면서도 무한히 솟아나는 이 녹식의 힘은, 무시무시한 것이다……. 이 위 하나만으로도, 1만이 넘는 신자의 기도 1년치를, 고작 하루도 걸리지 않고 만들어낸다……! 역시, 아카보시는…… 나만이 가져야 하는 신격을, 이미 몸에 내포하고 있는 것이다. 처리해야 해…… 반드시……."

"자만하지 마, 켈싱하!"

미로가 분노와 초조함을 드러내며 외쳤다.

"비스코를 되돌려놓을 수 없다면 이제 볼일은 없어. 비스코의 위를 돌려줘!"

"『경전』과, 교환하자. 품에 넣은 허파를 내놔라."

"기고만장하지 마."

미로가 푸른 눈을 번뜩이면서 약해진 켈싱하를 노려봤다.

"너를 죽이고 나서 배를 갈라도 된다고. ……마취버섯독 단도야. 아픔은 없어."

미로는 가슴팍에서 보라색 단도를 뽑아 그것을 켈싱하 앞으로 던졌다. 거친 숨을 내쉬며 미로를 노려보는 그 시선을, 활을 당기면서 냉철하게 되받아쳤다.

잠시 뒤, 켈싱하는 복종을 드러내듯이 고개를 숙이고는 그 단도를 배에 대고, 한번 숨을 내쉰 뒤…….

"샤아앗!"

순식간에 미로의 화살을 읽고 옆으로 뛰었다. 곧장 발사한 미로의 화살은 켈싱하의 허벅지에 꽂혀 거기서 뿅! 하고 버섯을 피웠지만, 켈싱하의 움직임은 멈추지 않았다.

"온! 샤다, 리비, 바……."

푸욱!

한층 강한 화살이 지금 막 진언을 외우려 한 켈싱하의 혀를 날려버리고 그 목덜미를 관통해 벽에 꿰어버리듯이 뚫어버렸다.

"경고했다고. 나는……!"

빠꿈, 빠꿈, 빠꿈!

미로는 노인의 몸에서 붉은느타리버섯독이 피어나는 모습을, 약간 회한에 잠긴 표정을 지으며 지켜봤다. 노인의 몸은 버섯이 피어나는 기세로 몇 번이나 튀어 올랐고, 몇 초 뒤에는 그대로 완전히 움직임을 멈췄다.

미로는 자신의 품에 넣어둔 『경전』을 끌어안으면서 수많은 치유의 지식, 녹의 비밀을 알 기회를 잃어버린 것…… 그리고 무엇보다, 의지를 가진 사람을 죽이고 말았다는 죄책감에 고개를 숙이고 입술을 깨물었다.

'……어쩔 수, 없었어. 죽일 수밖에 없었어……. 이걸로, 비스코의……'

"리비, 바루라."

그때, 뭔가 따스한 숨소리 같은 것이 미로의 귓가에 들렸다. 미로는 순간 어리둥절했다가 튕기듯이 물러났고…….

그 품에서, 푸슉!

사방팔방으로 뻗은 녹의 창 같은 것이 몸을 꿰뚫었다. 미로는 낙법도 취하지 못하고 바닥에 쓰러졌고, 자기가 뿜어낸 피에 주르륵 미끄러졌다.

『경전』을 매개로 삼은 공격이었다.

미로가 품에 넣어둔 허파 그 자체에서 날카로운 녹창이 성게처럼 튀어나와 부드러운 피부를 찢어버린 것이다. 격통 속에서 필사적으로 몸을 다잡았지만, 그 틈을 노리고 덮쳐 온 켈싱하의 돌려차기가 하얀 목을 가차 없이 후려쳐서 벽까지 날아가 흰 연기를 피워 올렸다.

'대역…… 처음, 부터……!'

쏴버렸던 켈싱하의 시체를 본 미로의 입에서 선혈이 꿀럭 쏟아졌다. 화살에 맞아 벽에 꽂힌 그 시체는 지금은 노구가 아니라, 여승정 큐르몬의 것으로 변해 있었다.

"그 여자도, 네놈도…… 야크샤들은 어째서 똑같은 수법에 걸리는 것이냐?"

다가오는 켈싱하의 기척을 느끼며 필사적으로 일어서려던 미로의 다리가 자신이 흘린 엄청난 양의 피에 주르륵 미끄러졌다. 켈싱하는 그 앞에 서서 으득 이를 갈았다.

"버러지 놈."

퍼억! 켈싱하의 무거운 발차기가 미로의 명치에 꽂혔다. 미로는 상상을 초월하는 고통에 호흡조차 제대로 하지 못했고, 그저 필사적으로 주먹을 움켜쥐고 이를 악물었다.

켈싱하는 미로의 목을 들어서 그 아름다운 판다 얼굴을 눈 앞으로 당기더니, 씨이이익 하고 사악함을 한데 굳힌 듯한 미소를 지었다. 그리고 아직도 미로의 몸을 꿰뚫고 있는『경전』을 잡아서 꾸깃꾸깃 난폭하게 비틀었다.

"으아아아아악! 끄악, 아아아악!"

"불사승정은…… 아니, 마쇼텐 켈싱하는 관대하다. 그렇게나 무례한 행동, 하물며 활까지 겨눈 너에게도, 복종할 것을 허락하마. 무릎을 꿇고 칭송하라. 영원한, 복종을 맹세한다고."

"누가, 누가! 너 같은 놈에게……!"

"크카캇……! 그래도 좋다. 바로 굴복해도, 시시하지……. 이렇게? 아니면, 이렇게? 뭐가 제일 아프냐…… 외치기만 해서는, 모르지 않는가."

"끄아아아악! 꺼어어억, 끼아아악—!"

미로의 아름다운 목소리가 처참하게 울려 퍼졌고, 목에서 터져 나온 피가 비명에 섞여서 꿀럭꿀럭 입에서 쏟아졌다.

미로가 고문 끝에 의식을 잃어가자, 그에게 꽂혀 있던『경전』이 겨우 몸에서 주르륵 빠져나와 검붉은 피에 번들거리며 빛났다.

빛을 잃어가는 미로의 눈동자 앞에서 켈싱하는 진언을 중얼거리며『경전』에서 튀어나온 녹의 바늘을 없앴다. 그리고 턱이 빠질 듯이 입을 크게 벌리고 그 안에『경전』을 천천히 집어넣어 삼켰다.

"……이걸로 겨우, 세 개의『경전』이 돌아왔다."

켈싱하는 만족스럽게 자기 가슴을 어루만지며 전신에 힘이 가득 차오르는 감각에 취했다. 그리고 어쩔 방도도 없이 그 모습을 바라보는 미로의 얼굴을 다시 한 번 눈앞으로 들어 올렸다.

"이미 네놈의 내장은 너덜너덜하게 찢겨서 쓸모가 없지. 내버려 두면, 죽을 거다……. 마쇼텐 켈싱하가 내리는, 불사의 기적이 없다면."

"……."

"이 육탑의 인간들은 그저 기도만으로 불사를 향수하고자…… 매일 양손을 비벼가며 『경전』에 녹을 보내기만 할 뿐인, 어리석은 것들이다. 예속된 돼지에 지나지 않는다. 하지만, 너는 아니다. 내 지배 속에서 나를 엿보고, 자력으로 진언의 수수께끼에 도달했다. 살려둘 가치는 있지."

"……."

"기뻐해라……. 내가 복위한 뒤, 녹의 힘으로 불사를 부여해 새로운 승정으로 삼아 주마. 이미 무릎을 꿇을 힘도 없겠지. 살고 싶다면 한마디만 해라……. 마쇼텐 켈싱하를 신으로 섬기며, 영원한 충성을 맹세한다고……"

미로는 공허한 표정으로 그것을 멍하니 들었고, 켈싱하가 짜증을 내기 시작할 때쯤 겨우 입을 열었다.

"신, 은……."

"그래, 말해라……. 신은, 마쇼텐 켈싱……."

"신은, 이미, 있어."

갑자기 미로의 목소리가 또렷해지자, 켈싱하는 저도 모르게 입을 다물고 눈을 크게 떴다.

"바닥을 모를 정도로, 강하고. 절대로, 꺾이지 않고. 조금 바보지만, 누구보다도 다정한……. 그런 신이, 내게는 있어. 다른 곳에 신앙을 바칠 여지 따위는, 조금도, 없어. 내 마음은 모두, 이미, 그 사람에게, 바쳤다고."

"……나를, 제쳐놓고……. 지금, 죽어가는 너를 구해줄 나를, 제쳐놓고! 너를 구할 수도 없는 자를, 여전히 신이라 부르는가!"

"구원을, 바라는 게, 신앙이라면…… 나는, 그런 건 필요 없어."

미로는 창백해진 얼굴에 살며시 미소를 지으며 단언했다.

"나는 아무것도 바라지 않아. 그저, 바치기 위해, 그걸 위해 살아가고 있으니까. 그걸 위해 목숨을 잃는다면 그래도 좋아. 그를 위해 싸우고, 그러다 죽을 수 있다면……."

켈싱하는 너무나도 투명한, 죽음을 각오한 소년의 너무나도 존귀한 마음 앞에서 말문이 막히고 말았다. 누구나 자신 앞에 엎드려 불사를 갈구하는 가운데, 이 소년은 사라져가는 자신의 목숨과 그 너머를 조용히 바라보고 있었다.

켈싱하의 기나긴 인생 속에서 처음으로 마주한 해후였다.

"어리석은 놈……! 죽음을 각오하고, 그렇게 나온단 말인가! 지옥 밑 불바다에서, 지금의 말을 후회하거라!"

"죽음을, 각오했다고……?"

미로는 공허하게 중얼거리며 살짝 웃었다.

"그건 틀렸어, 켈싱하. 시간 초과야. 이긴 건, 나야."

미로가 남긴 공허한 말의 의미를 이해하지 못한 켈싱하가 고개를 갸웃했다.

그 옆구리에—.

콰악!

방의 벽을 뚫고 날아온 화살이 번개처럼 꽂혀서 그 몸을 벽으로 힘껏 날려버렸다.

곧바로 만가닥버섯이 마치 반탄력처럼 힘차게 벽에서 피어나 전신을 부숴버릴 듯한 기세로 켈싱하의 몸을 반대쪽으로 튕겨내 다시 맞은편 벽에 처박았다.

"윽?! 끄아아아악!"

어마어마한 충격에 전신의 뼈가 부서진 켈싱하는 흐릿한 신음을 내며 버둥거렸고, 자신을 내려다보듯이 선, 자신을 뒤덮은 그림자를 보고 부들부들 떨었다.

"집념이 강한 게, 너뿐만이라고 생각하지 말라고, 영감."

"아……카……보시……!"

"죽이기 전에, 파트너에게 저지른 짓을 그대로 갚아주겠어. 일어서, 영감……. 어디에 구멍이 뚫리고 싶은지, 말해보시지."

"카아악—!"

켈싱하는 몸을 일으키며 물러났고, 손에 든 쇠파이프 창을 자신의 배에 힘껏 꽂았다. 그에 비스코의 입가에서 울컥 피가 쏟아지자, 켈싱하의 땀투성이 얼굴에 사악한 미소가 떠올랐다.

퍼엉, 퍼엉!

비스코의 등에서, 옆구리에서, 지금까지 나온 것 중에서 가장 커다란 녹식이 살을 찢고 피어났다. 위를 공격받자, 마침내 녹식의 항체 반응이 통제를 잃고 숙주인 비스코조차 아랑곳하지 않은 채 피어나기 시작한 것이다.

그러나—.

비스코는 충격에 흔들리고 입에서 피를 쏟으면서도, 비취색으로 반짝이는 두 눈을 찬란하게 빛내며 고통의 신음 소리 하나 내지 않았다. 한 발짝, 또 한 발짝 자신을 향해 거리를 좁혀오는 귀신과도 같은 위용에 전율한 켈싱하는 목구멍 속에서 작은 비명을 내질렀다.

"거기면, 되는 거냐?"

"으, 으그극, 으끄윽!"

켈싱하가 창으로 녹식 위를 후벼 팔 때마다 비스코의 입에서 피가 흘렀다. 푸확! 커다란 녹식 하나가 다시 가슴에 피어났다. 그럼에도 비스코는 눈 하나 깜짝하지 않고 태연하게 켈싱하의 얼굴을 응시하며 성큼성큼 다가왔다.

"오, 오지 마라, 오지 마…… 꺼, 꺼헉!"

마침내 창을 후벼 파던 켈싱하의 입에서도 피가 뿜어져 나왔다. 비스코는 버둥거리는 켈싱하의 창을 쥔 오른손을 움켜쥐고는 그것을 있는 힘껏 비틀었다.

"끄갸악——!"

"창은, 이렇게, 찌르는 거야. 영감…… 허리에 힘이, 없다고."

"미친 거냐! 네, 네놈의! 네놈의, 위란 말이다! 아카보시—!"

"그러니까, 더 좋은 거 아니야. 네놈이 얼마나 아픈지, 나도 알 수 있다고……. 미로는, 좀 더 크게 외쳤어……. 내 귀가, 피를 뿜을 만큼……."

"그, 그만둬라! 그만, 끄아아악, 꺼호오아악—!"

비스코는 켈싱하가 도망치지 못하도록 그의 목덜미를 잡아 그 이마에 자기 이마를 밀어붙였다.

퍼엉, 퍼엉, 퍼엉!

온몸에서 끊임없이 녹식이 돋아나 내장을 찢고, 뼈를 꺾었지만, 비스코의 몸은 여전히 힘이 늘어나고 있었다. 서로가 흘린 피가 서로의 가슴팍을 진홍으로 물들이는 처절한 광경이었다.

단지, 그 눈만이 달랐다. 공포에 물들어 떨리는 켈싱하의 눈은 어둡고 탁했고, 결연하게 파트너의 적을 노려보는 비스코의 눈은 결의의 빛으로 가득해서, 아픔조차도 빛으로 바꿔 녹색으로 반짝였다.

"인내심 대결로 가볼까, 영감. 내가 뒈질 때까지 기다리면 네놈의 승리라고."

"오, 온! 카루다, 우르싱하—!"

"윽?!"

아픔을 견디다 못한 켈싱하가 피가 섞인 진언을 토해내자, 갑자기 배에 꽂힌 창이 푹 빠지면서 비스코의 손으로 들어왔다.

창끝에는, 태양 같은 빛으로 반짝이는 비스코의 장기가 오렌지색 포자를 주변에 흩뿌리며 밝게 비치고 있었다.

"앗, 내 위!"

"죽어라, 아카보시잇!"

비스코가 정신이 팔린 잠깐의 틈을 노리고 켈싱하의 돌려차기가 목덜미에 꽂혔다. 칼날처럼 살에 파고들어 피가 뿜어져 나왔지만, 비스코의 강철 같은 근육을 끊어낼 수는 없었다.

자신의 발차기가 목에 꽂힌 채 비스코가 쇳덩어리조차 꿰뚫을 듯한 시선으로 노려보자, 켈싱하의 전신에서 땀이 확 솟구쳤다.

"주…… 죽을, 것이다……. 목만, 목만 날려버린다면……."

"이런, 다 녹슨 발차기로?"

비스코의 눈빛이 녹색의 꼬리를 그리며 녹식투성이인, 태양빛으로 빛나는 몸이 회오리처럼 공중에서 세로로 돌며 도끼 같은 발차기를 날렸다. 자신의 발차기와 마찬가지로 목을 노린 비스코의 발꿈치가 훌륭하게 꽂히자, 켈싱하의 몸은 어마어마한 힘에 밀려 바닥에 내리꽂혔다.

불사승정의 육체는 바닥을 부수면서 커다란 균열을 만들었고, 그 반동으로 공처럼 높이 튀어 올라 천장에 반신이 박힌 시점에서 멈췄다.

'뼈, 뼈가…… 보, 복원이, 좇아갈 수가 없다.'

인간을 넘어서는 완력을 자랑하는『녹식』비스코가 날린 필살의 일격을 맞은 켈싱하는 천장에 매달린 채 고통스러운 비명을 질렀다.

"비스코 님! 지금이라면, 녀석에게서『경전』을 되찾을 수 있어요!"

비스코보다 늦게 방에 다다른 암리가 외쳤다.

"명치에 구멍을 뚫으세요! 거기서 빨아낼게요!"

"알았어!"

"윽?! 너, 네놈, 설마……! 이놈, 하늘에 침을 뱉는가!"

쿠확!

비스코의 활에서 공기를 가르며 날아간 닻버섯 화살이 켈싱하의 노성조차 지워버리면서 그 배를 뒤쪽 천장과 함께 뚫어버렸다.

"온, 샴다, 콘, 젠, 무드싱하, 스나우!"

푸욱! 켈싱하의 명치에서 부풀어 오른 닻버섯이 암리의 진언에 반응해 켈싱하의 체내에서 세 개의 『경전』을 토해냈다. 힘의 원천이 단숨에 빠져나가자 켈싱하는 원념 어린 신음을 내질렀다.

"우오오오오오오오! 네 이놈, 네 이노옴—!"

"또 내장 빠진 놈으로 역행해버렸네, 영감."

"『경전』을 내놔라! 나의, 오른팔로 삼아주마! 아카보시!"

"핫! 그런 부분은 존경스럽다니까."

그렇게 내뱉으며 발사된 비스코의 닻버섯 화살이 이번에는 켈싱하의 가슴을 꿰뚫었다. 곧바로 쿠확, 쿠확! 하고 온몸에 거대한 닻이 피어난 켈싱하의 몸은 갑자기 발생한 어마어마한 중량에 이끌려 바닥에 떨어졌고…….

콰앙, 콰앙, 콰앙, 콰앙!

굉음을 내며 탑 바닥을 뚫고, 하얀 연기를 피워 올리면서 아래층 바닥조차 그 중량으로 뚫어버리며 아래층으로, 더 아래층으로 내려갔다. 그것은 화탑 그 자체를 뚫고 그대로 땅바닥까지 도달할 기세였다.

"아카보시이이이이이이이이—!"

"지옥에서 거미줄이라도 기다리고 있으라고."

멀어져 가는 켈싱하의 원념 어린 목소리를 들은 비스코는 목을 뚜둑 꺾으며 목덜미에 난 녹식을 뽑았고…… 버섯 범벅이 되어 버린 자신의 몸을 내려다보고는 조용히 숨을 내쉬었다.

'……여기까진가.'

비스코는 온몸에 피어난 버섯 중, 왼쪽 가슴에서 피어난 녹식의 뿌리가 심장 깊숙이 뿌리를 내린 것을 알아챘다.

찢어진 살의 상처를 수복하기 위해 녹식은 더욱 활성화될 것이다. 비스코는 자신의 죽음을 일찌감치 깨닫고는 다시 한 번 목을 뚜둑 꺾었고, 그제야 생각났다는 듯이 벽 쪽에 쓰러진 파트너 곁으로 달려갔다.

그 옆에는, 암리가 눈에 눈물을 가득 담고 피투성이가 된 미로를 바라보고 있었다.

"……암리."

"비스코 님……!"

암리는 참지 못하고 비스코의 품에 달라붙었고, 넘치는 눈물이 비스코의 옷을 적셨다.

미로의 피투성이 몸 주변에는 비어버린 앰플 용기가 수없이 굴러다녀서, 미로 스스로 마지막까지 자신의 생명을 포기하지 않았다는 것이 엿보였다.

그리고, 반대로 말하자면…… 그것이 이루어지지 않았다는 것도…….

비스코는 미로의 몸 상태를 한눈에 알아봤다. 모든 감정을 가슴 속에 밀어 넣고, 천천히 몸을 수그려 조용히 눈을 감은 미로의 등을 안아 들었다.

"……미로."

"……."

"듣고 있냐?"

비스코의 품에서, 파트너의 따스한 피가 끈적하게 흘렀다. 미로는 피를 펑펑 쏟아내는 새빨간 몸으로 비스코에게 안긴 채, 그와 눈을 맞췄다.

그 녹색의 빛을 인식한 미로는 눈을 깜빡거리더니, 아버지에게 안긴 아이처럼 부드럽게 미소를 지었다.

"……들, 려. 비스코……."

"……안 될 것 같냐?"

"……응. ……미안해. 노력해, 봤지만……."

"……."

"……아, 비스코도, 이제……."

"이미, 세상은 한 번 구했어……. 충분해. 여기가 종점이야, 미로."

"비스코……, 미안, 미안해……. 나, 너만큼은……."

"괜찮아, 우리는 활과 화살이야……. 약속은 한 번 깼지만,

이제 그런 짓은 하지 않아. 언제까지나 함께야, 미로."

"……."

"……."

"……분명……."

"……."

"……분명 우리는, 지옥행이야……."

"그럼 바늘산을 넘어보자고. 뭐든 넘어갈 수 있어. 우리라면……."

"……응. 비스코……."

미로는 입에서 꿀럭꿀럭 피를 흘리며 곤란한 듯도 하고 기쁜 듯도 한 복잡한 표정으로 비스코에게 머리를 기대며 붙잡은 손을 강하게 맞잡았다.

비스코는 그런 파트너의 직성이 풀릴 때까지 잠시 지켜본 뒤, 숨을 삼키며 두 사람을 바라보던 암리에게 몸을 돌려 태연하게 말했다.

"그렇게 됐으니까, 우리는 여기까지야. 시체는 내버려 둬도 되지만, 그대로 놔두면 위험할걸. 아마 우리를 모판으로 삼은 버섯이 엄청난 기세로 피어날 거야."

"그, 그런, 그런 건……!"

암리는 굵은 눈물방울도 날려버릴 만큼 허둥대며 비스코에게 달라붙었다.

"너, 너무 갑작스러워요! 아직, 아직 분명, 뭔가……!"

"나도 시간 초과 같으니까. 마침 잘됐어."

비스코는 그렇게 말하더니 뭔가 떠올랐다는 듯이 암리가 들고 있는 자신의 위를 가리켰다.

"맞다. 그것도 너한테 줄게. 이제 필요 없어졌어."

"비, 비스코, 님……!"

암리는 비스코의 너무나도 달관한 생사관보다는, 이렇게 단호하게 동반 죽음을 결의할 수 있게 하는 파트너의 유대를 보고 마음속의 부드러운 부분이 엉망으로 휘저어져서 굵은 눈물을 흘렸다.

'파트너는, 한 명뿐…….'

'이어진, 하나의 생명이라는 것.'

'당신은 그걸, 파트너라 부르는 거군요.'

'한결같지만, 아름답지만. 그래도…….'

'그런 건, 너무 서툴러요. 비스코 님……!'

굵은 눈물이 암리의 뺨을 타고 물방울이 되어 떨어졌고…… 그것이 암리가 손에 든 비스코의 위에 닿자 오렌지색 포자가 화악 피어났다.

암리는 나풀나풀 퍼지는 녹식 포자에 잠시 눈을 빼앗겼다가…….

'비스코 님의, 위…… 위……?!'

갑자기 뭔가 번뜩이는 생각이 떠올라 몸을 굳히더니, 황급히 눈물을 닦고 조금 전 켈싱하가 토해낸 『경전』을 서둘러 모은 뒤 두 사람을 돌아봤다.

"비스코 님, 한 가지, 방법이…… 아앗! 뭐 하시는 거예요! 스톱, 스토~옵!"

암리는 이미 배에 단도를 대고 있던 비스코의 팔을 황급히 당기고 허억허억 숨을 내쉬었다.

"뭐냐니. 전통을 따르는 거라고. 이럴 때는 배를 가르는 거 아니야?"

"너무 단호하잖아요! 저기, 비스코 님! 포기하기는 일러요. 저, 딱 하나. 딱 하나, 굉장한 방법이 떠올랐어요."

"뭐야, 이제 와서. 이제 충분해. 너는 빨리 도망쳐. 언제 피어날지 모른다고."

"비스코 님."

암리는 마주 보지 않으려는 비스코의 얼굴을 강제로 돌리고는, 진지한 눈으로 비취색 눈을 노려봤다.

"녹의 힘과, 비스코 님의 힘…… 녹식의 힘을 흘려 넣어서, 미로 님을 소생시킬 비법이 있어요. 비스코 님은 치유력이 지나치고, 미로 님에게는 부족해요. 잘 조합하면, 두 사람 모두 살아날 수 있을지도 몰라요."

"내 생명을, 미로에게……?!"

"녹식의 힘을 흘려 넣는다는 건……."

암리는 진지한 표정으로 비스코에게 또박또박 전달했다.

"성공한다면, 미로 님도 비스코 님과 똑같이…… 반(半) 불사의 몸이 되어 버릴지도 몰라요. 그래도, 괜찮으신가요?"

암리의 말에 비스코는 잠깐 말이 목에 걸렸지만, 점점 호흡이 약해지는 파트너에게 시선을 돌린 뒤, 다시 한 번 암리를 돌아보며 끄덕였다. 암리는 이미 그 대답을 예견하고 진언 영창을 시작했다.

"우르, 샤레다, 쇼우키."

암리는 여느 때보다 더욱 진지한 표정으로, 온몸에 땀을 흘리면서 진언을 자아냈다.

"쇼우키, 애드, 콘, 젠, 무드, 암리, 비스코……."

암리의 입에서 진언으로 보이는 단어가 나올 때마다 켈싱하에게 들어 있던 세 개의 경전이 옅은 보라색 빛을 발하며 공중에 두둥실 떠올랐다. 그뿐만 아니라 암리와 비스코의 몸, 비스코의 위 주변에까지 정체 모를 보라색 오라가 감돌기 시작했다.

"……진언이, 녹식을 부정하고 있어요……! 열어젖혀야……! 이, 정도라면……!"

"야……야! 뭐야, 이게?! 내 몸이……!"

"재림의 진언은 본래, 다섯 개의 『경전』이 모이지 않으면 할 수 없어요! 막대한 양의 녹이 필요하니까요!"

얼굴을 찡그린 암리가 진언을 계속 읊으면서 괴로운 듯이 가슴을 눌렀다.

"하지만, 지금 수중에는 『경전』이 세 개밖에 없어요. 그러니까 비스코 님과 저를 『경전』 대신으로 삼는 거예요……!"

"나와…… 너를?! 암리, 이 바보야, 너……!"

"비스코 님, 미로 님의 손을 잡아주세요! 이판사판, 이번 한 번뿐이에요!"

비스코가 그 말에 따라 파트너의 손을 꽉 잡자, 암리는 수라와 같은 필사적인 표정으로, 의안에서 폭포수처럼 피눈물을 흘리면서 마지막 진언을 토해냈다.

"쇼우키, 샤다! 콘, 젠, 무드, 암리……."

"그만둬, 암리! 네가 죽는다고!"

"애드, 비스코, 스나우!"

암리의 진언이 끝난 그 순간—.

푸확! 비스코를 중심으로 바람이 불며 비스코의 혈관이 두근! 끓어오르듯이 맥박 쳤다. 심장이 경종 같은 소리를 내며 끓어오르는 피를 전신에 보내자, 비스코의 피부가 태양처럼 눈부신 오렌지색으로 빛났다.

"뭐…… 뭐야, 이게!"

그렇게 외친 비스코의 머리카락이 불꽃처럼 빛나며 흔들렸다. 일찍이 비스코가 죽음의 늪에서 기어 나왔을 때 녹식이 보여 주었던 부활의 기적 그 자체였다.

태양이 된 비스코의 피부는 온몸에 퍼진 녹식을 포자로 분해했고, 이내 버섯투성이 몸이 깨끗하게 수복되었다. 그로 인해 생겨난 빛나는 포자는 붙잡은 손바닥을 타고 미로의 몸으로 흘러 들어갔다. 녹식 포자는 처음에는 탐색하듯이 슬금슬금 미로에게 다가갔다가, 이윽고 미로가 숙주의 일부라는 것을 인식하자 둑이 터진 듯 미로의 몸을 덮기 시작했다. 미로에게서 흘러나온 피를 먹어치우며 순식간에 전신에 스며든 포자는 엉망진창이 된 미로의 내장을 어마어마한 속도로 수복해나갔다.

"……괴, 굉장해! 미로, 들리냐! 야!"

"……."

"안 되겠어, 기절해서…… 야, 암리! 이제 됐어, 진언을 멈춰!"

암리는 눈과 코에서 피를 뿜어내며 진언을 계속 외우고 있었다.

"암리…… 너, 너……!"

무시무시하게도, 암리는 정신을 잃었는데도 진언을 계속 외우고 있었다. 어린 소녀답지 않은 무시무시한 집념에 감탄한 비스코는 미로를 끌고 암리에게 다가가 안아 들고는 귓가에 대고 외쳤다.

"암리, 죽지 마! 돌아와, 암리이잇!"

"……헉!"

암리의 눈동자에 빛이 들어오자, 불어오던 바람이 바로 멈췄다. 주변의 잔해가 날아가 깔끔해진 큐르몬의 침실에서, 두 사람의 거친 숨이 울려 퍼졌다.

"아, 암리! 눈에서 피가……! 안 돼, 너, 머릿속이……!"

"……비스코, 님. 미로, 님을…… 부디……."

"바보야! 우리는 괜찮았는데, 어째서 네가……. 아직 어린애인 네가 죽을 필요는 없었다고!"

"그래, 암리! 괜찮아, 지금 바로 찡그림버섯 앰플을 놔줄게. 뇌에 대미지가 있는 것 같으니 달걀버섯 앰플도 놔줄게. 의안이 있는 곳이 조금 찢어졌으니까, 나중에 꿰매자."

"그래. 지금 미로가 바로 약을……."

비스코는 그렇게 말하려다가 으응? 하고 고개를 갸웃하더니, 옆에서 부지런히 암리를 치료하는 파트너의 모습을 보고 잠시 멍해졌다.

"혀 내밀어봐. 아~. 그래, 좋아. ……그때는 그렇게 난폭하게 대해서 미안해, 암리. 조금 연극을 할 필요가 있어서……자, 일단 끝이야!"

미로는 순식간에 암리의 치료를 마친 뒤 멍하니 자신을 바라보는 비스코를 돌아봤고, 그 표정을 의아한 듯이 응시하다가 싱긋! 미소 지었다.

따악!

"아얏! 뭐, 뭐 하는 거야?!"

"뭘 태연하게 부활하고 앉아 있어! 멍청아! 심장에 안 좋잖아!"

"어, 억지 부리지 마! 비스코가 한 거잖아!"

"아니, 잠깐만, 너 머리카락이……?!"

놀랄 일이 많았지만, 무엇보다 비스코가 시각적으로 놀란 것은 미로의 머리색 때문이었다. 몇 분 전까지는 하늘색이었던 미로의 머리색이 지금은 빛을 반사하며 반짝이는, 훌륭한 에메랄드그린으로 물들어 있었던 것이다.

"머리카락이 어쨌는데? ……우와아앗! 뭐야, 이거?!"

큐르몬의 방에 있던 깨진 거울을 파트너의 눈앞에 들이대자, 미로는 자기 머리를 엉망으로 헝클면서 경악했다.

“녹식의, 오렌지색 색소가 섞인 거네. 조금 낯설긴 하지만…… 딱히 상관없지 않냐? 그렇게 소란 부릴 건 없잖아.”

“그, 그래도 싫어! 이, 이런, 불량배 같은……!”

“어디를 기준 삼아서? 파란색은 괜찮은 거냐? 응?”

“콜록, 콜록……! 두 분, 사이가 좋으신 건 상관없지만, 서둘러야 해요.”

미로의 치료로 의식을 되찾은 암리는 버섯지기 콤비의 기운찬 모습에 안도하면서도 서둘러 일어나며 말했다.

“일단 조치는 취해놨지만, 곧바로 텐카토의 무승들이 몰려올 거예요.”

“맞다, 위를 되찾아야지! 미안, 내가 켈싱하를 쓰러뜨릴 작정이었는데…….”

“어벙하기는. 영감한테는 이겼어. 위는 있다고, 여기에.”

“이겼……, 에에엑?! 이겼다고?!”

미로는 에메랄드색 머리를 흔들며 펄쩍 뛰고는, 창끝에서 빛나는 비스코의 위를 보고 하아아아, 하고 깊은 안도의 한숨을 내쉬었다.

“다, 다행이다. 나만 살아남고 비스코가 죽어버리면…….”

“호들갑 떨기는. 안심해. 너하고 호각이었던 녀석한테 내가 질 리가 없잖아.”

“……비스코. 위, 빌려줘.”

"응?"

꾸우우욱.

"끄오왁——!"

"이제 그만 좀 하세요! 노닥거릴 때가……!"

평소의 온화한 표정을 새빨갛게 물들이며 고함을 친 암리의 뒤편에서—.

쿵! 하고 뭔가 덩치 큰 사람이 떨어지며 그 그림자로 암리를 덮었다. 암리는 그쪽을 돌아보고는 새파래지며 입술을 떨었다.

"스, 스승, 님……!"

"오, 라스케니냐! 마침 잘됐네."

비스코는 미로에게서 어떻게든 위를 되찾아 번쩍 들고는 눈앞의 덩치 큰 여자에게 웃어 보였다.

"위는 이렇게 되찾았고, 영감의『경전』도 손에 넣었어. 조금만 늦었으면 우리가 뒈질 뻔했는데, 암리가 목숨까지 걸어서……."

"재림의 진언을……."

그 순간, 라스케니의 낮게 깐 목소리가 그 자리를 침묵으로 뒤덮었다. 미로가 의아한 표정을 짓는 비스코를 감싸고 살짝 앞으로 나왔다.

"**그것**에게, 외운 거냐. 암리. ……마쇼텐 님을 위한,『경전』의 힘을 써서……."

"스, 스승님. 그치만, 두 분은, 그대로 뒀으면……."

"자각을 가지지 못할까! 어리석은 것!"

라스케니의 가차 없는 주먹이, 무서워하던 암리의 얼굴을 후려쳐서 벽으로 날려버렸다.

“앗?! 라스케니! 이 자식, 무슨 짓을……!”

“묘하게 야크샤 따위의 편을 들어서 혹시나 했는데. 설마 정말로 마음을 허락하고, 게다가 마쇼텐 님께 바쳐야 할 『경전』의 힘까지 쓰다니…….”

라스케니는 허리춤에서 단창을 뽑아 비스코에게 겨누고는, 코피를 흘리며 떠는 암리의 턱을 잡아 억지로 눈을 맞췄다.

“……오오, 그렇게 떨다니. 알고 있다, 암리. 한때의 미혹이라는 걸. 우리의 모든 것은 마쇼텐 님의 것. 다른 무엇에게도 마음을 빼앗겨서는 안 돼. 그렇지?”

“히끅…… 잘, 못…… 잘못했어요. 용서해주세요, 용서해주세요, 스승님…….”

“불쌍한 암리. 울지 말거라……. 너는 속세의 시시한 꿈에 현혹되어 잠시 길을 그르쳤을 뿐이야. 자, 남처럼 구는 건 그만 두고, 어머니라 부르거라…….”

“어, 어머님…… 이제, 누구도 믿지 않을 테니까. 제발, 버리지 말아요. 어머님…….”

“……라스케니! 역시 당신이……!”

무심코 이를 갈며 앞으로 나선 미로의 뒤에서, 불꽃 같은 기척이 타올랐다.

비스코가, 그 비취색 눈동자를 보석처럼 빛내면서 아수라처럼 거칠게 라스케니를 노려봤다.

“네년이, 암리의, 부모라고……?”

입에서 불이라도 토해낼 듯한, 분노의 숨결을 내쉰 비스코가 라스케니에게 따졌다.

"부모가, 딸에게 한다는 짓이, 그거냐……! 지금까지도, 그렇게! 딸의 마음을 짓밟아 온 거냐!"

"버섯지기 야크샤 따위가 내게 설법을 늘어놓을 셈이냐?"

라스케니는 입꼬리를 올려 살짝 웃고는 비스코의 코끝에 단창을 겨눴다.

"부모 이전에, 우리는 신의 소유물. 마쇼텐 님의 뜻을 거스른다면 벌을 받는 것은 당연한 일……. 너 따위에게 그런 말을 듣지 않아도, 사랑하고 있고말고. 자, 말해보렴. 암리."

"히끅! 훌쩍…… 사, 사랑, 해요. 어머님. 마쇼텐 님……."

"너 이 자식!"

비스코의 몸이 번뜩이며 라스케니의 목덜미를 향해 활대를 내리쳤지만, 라스케니의 단창이 그것을 튕겨내고는 카운터 같은 돌려차기로 비스코의 몸을 날려버렸다.

"끄악?!"

"온, 샤다, 바로우……."

"안 돼, 비스코!"

옆에서 뛰쳐나온 미로가 간발의 차이로 비스코를 감싸며 발밑에서 튀어나온 무수한 녹창을 피했고, 그에 망토가 약간 찢어졌다.

"젠장! 어째서지?! 힘이 전혀 안 들어가!"

"내 몸에 녹식을 나눠줬기 때문이야! 내가 할게, 물러나!"

"바보야! 그건 이제 막 되살아난 너도 마찬가지잖아!"

유유히 발소리를 내며 두 사람에게 다가온 라스케니가 살며시 웃었다.

그리고 전신을 로브로 감싼 라스케니의 강인한 부하들이 그 앞에 차례차례 모여서 만신창이 소년들을 포위하듯이 다가왔다.

"감사를 표해야겠군. 네놈들 덕분에 승정들은 죽고, 『경전』은 모두 우리의 손으로 돌아왔다. 덤이라 하기는 좀 그렇지만……."

단창이 번쩍이며 빛났다.

"녹식 위에 더해서, 모든 장기를 받아가기로 하지. 분명 마쇼텐 님도 기뻐하실 거다."

"처음부터 전부 계산대로였다는 거냐!"

"당연하지 않나? 속세의 인간이라면 조금 더 의심이 많을 줄 알았는데."

"아마 뇌까지 포자에 먹혀버린 거겠지요."

로브를 걸친 부하들이 라스케니의 말을 이어받으며 굵은 목소리로 껄껄 웃었다.

"이 녀석들! 제멋대로 지껄이기는……!"

"뭐, 일리는 있군. 너희는 사람이 너무 좋아. 그러니까 매번 이렇게 발목을 붙들리는 거다."

"다 안다는 듯이 지껄이지 말…… 으응?!"

비스코는 송곳니를 드러내며 라스케니 일당에게 외쳤고…… 그러다가 방금 그 목소리가 라스케니의 것이 아니라는 것, 그리고 묘하게 귀에 익은 목소리라는 것에 무심코 말문이 막혔다.

"하지만 정정해라. 네놈들. 거기 빨간 놈은 몰라도, 내 동생은 바보가 아니야."

로브 사이에서 목소리가 들리자 긴장이 풀려 있던 부하들이 살짝 당황했고, 자신들의 동료가 아닌 그 목소리의 주인을 돌아봤다.

"……읏?! 넌 누구냐!"

"이제 와서 나를 눈치챈 걸 보면…… 아카보시의 바보 기질도 네놈들보다는 낫군."

"뭘 멍하니 있는 거냐! 간자다, 죽여라!"

라스케니의 목소리에 맞춰 부하들이 일제히 창을 내질렀다. 그러자 창을 피해 뛰어오른 로브 안에서 긴 흑발이 춤추며, 몸의 회전에 맞춰 회오리처럼 꼬리를 이었다.

"여…… 여자?!"

"하아아아앗!"

검은 회오리는 손에 든 강철의 육각곤(棍)을 가볍게 다루면서 주변에 몰려 있던 라스케니의 부하들을 옆으로 휘두른 일격으로 한꺼번에 날려버렸다. 어떤 자는 벽에 꽂히고, 어떤 자는 그대로 탑 밑으로 떨어졌다.

여유로운 표정이 사라지고, 즉시 암리와 『경전』을 등지고 선 라스케니는 공중에서 춤추는 그림자를 향해 필살의 진언을 발했다.

"온, 샤다, 바루라, 스나우!"

콰앙! 방 전체의 벽에서 녹창이 튀어나와 그림자를 덮쳤다. 무너지는 잔해 속에서 긴 흑발이 춤을 췄고, 그 잔해와 함께 갈라버리겠다는 듯이 검은 빛을 발하는 철곤이 번뜩였다.

"으랴아아아압!"

울부짖음과 함께 검은색 회오리가 다시 한 번 휘리릭 돌면서 자신을 향해 덮쳐 오는 녹창을 남김없이 꺾어버렸다.

그리고 다시 되돌아가는 힘을 이용해 놀란 라스케니의 몸을 향해 가로로 후려치는 일격을 날렸다.

"아닛……?!"

일자로 날아간 철곤은 가까스로 받아낸 라스케니의 단창에 파고들었고, 그 몸을 공처럼 날려버리며 굉음과 함께 벽에 구멍을 뚫었다.

"커, 헉……! 웨…… 웬 놈이냐. 넌……!"

라스케니의 시선 끝, 흰 연기 너머에서 우뚝 선 그림자는 짜증난다는 듯이 로브를 옆으로 던져버리고는, 달라붙은 피를 걷어내듯 철곤을 부웅! 휘둘렀다.

그 모습은 전사와는 거리가 먼 고급스러운 정장이어서(가슴팍을 확 열어젖혔지만), 앞서 보인 무용(武勇)과는 완전히 미스매치 같은 모습이라 하지 않을 수 없었다. 옆에서 봐도 그 정체를 가늠하기 힘든 기묘한 여자였다.

"이미하마 자경단장, 아니, 지금은 이미하마 현지사. 네코야나기 파우."

파우는 부우웅! 하고 공기를 가른 철곤을 라스케니의 눈앞

에 내밀었다.

"다음에 또 그 시시껄렁한 술법으로 동생을 건드린다면…… 턱주가리를 날려버릴 줄 알아라."

"파우—!"

"케엑!"

히어로처럼 나타난 누나의 모습을 본 미로는 크게 기뻐하며 파트너의 목을 마구 흔들었다. 한편 비스코는 눈가를 씰룩이면서 저도 모르게 파우에게 외쳤다.

"왜…… 왜 네가 이런 곳에 있어! 이미하마에서 지사 하고 있던 거 아니었냐?!"

"하고 있지. 안 그러면……."

파우는 거기까지 말하고는 자신의 정장 차림을 바라보며 한숨을 내쉬었다.

"이런 시시한 옷 같은 건 안 입어. 지사답게 보이라고 부하들이 잔소리를 해대서 노출도 꽤 억눌렀지."

"그런 게 아니야……! 애초에 어떻게 여기를 알아챈 건데!"

"전에도 말했을 텐데. 미로의 반지에 발신기를 넣어놨다고."

"이거네."

"너, 이제 그것 좀 떼어 버려!"

소년들이 저마다 외치는 가운데, 눈앞에서 허를 찌른 라스케니가 단창을 내질렀지만, 미모의 현지사는 철곤을 휘둘러 그 공격을 받아냈다.

"크윽……! 여자의 힘이, 이 정도라니……!"

"그 발언은 이미하마 현청에서는 성희롱에 해당한다. 조심하도록."

휘두를 때마다 공기를 가르는 철곤은 라스케니의 단창보다 훨씬 무겁고 단단해서, 4합 정도 겨루자 단창 끝이 날아가고 말았다.

"아직도 더 하겠나? 투항한다면 죽이지는 않겠다. 소녀를 이쪽으로 넘겨라."

"제, 젠장……! 이제 한 발짝 남았는데! 이 여자는 대체 뭐냐……!"

"현지사라고 소개했을 텐데. 너, 관록이 부족하다고 하고 싶은 거냐?"

"그게 아니야. 바보 고릴라."

"비스코, 들리잖아!"

"다 들린다! 나중에 두고 보자!"

여수라의 형상으로 돌아본 파우는 비스코 옆에 있는 미로를 보며 잠시 표정을 풀었고…… 그러다 이내 에메랄드색 머리에 경악해서 입을 쩌억 벌리며 외쳤다.

"미…… 미로! 뭐, 뭐냐! 그 머리색은……!"

"파, 파우, 지금은 그럴 때가……."

"아, 안 된다, 안 돼! 아카보시의 취미냐?! 용납할 수 없어! 그런, 불량배 같은……!"

라스케니는 갑자기 생겨난 파우의 빈틈을 노려서 재빨리 암리를 옆구리에 끼고, 다섯『경전』과 함께 큐르몬의 침실을 뛰쳐나가 전선을 뛰어 넘어 육탑의 어둠 속으로 모습을 감췄다.

"아앗! 너, 놓쳐버렸잖아!"

"진정해라, 아카보시. 계산대로다. 지금은 어쩔 수 없어."

파우는 철곤을 한번 부우웅! 휘두른 뒤 그것을 등에 짊어지고, 비스코의 손에서 빛나는 녹식 위를 빤히 바라봤다.

"내가 압도한 것처럼 보이지만, 아마 녀석도 그럴 마음만 들면 나를 죽일 수 있었을 거다. 그 『경전』이라는 힘을 쓰고 싶지 않았던 거겠지. 지금은 이 위를⋯⋯ 정말이지 바보 같은 이야기지만! 아무튼 미로가 네게 그걸 돌려줄 때까지 자객으로부터 너를 지켜야 한다."

"나는 괜찮아. 암리를, 그 녀석에서 되찾아야⋯⋯."

"그게 가능한 건 너뿐이다, 아카보시. 조금 진정해라. 일단 거점으로 돌아가자."

"거점이라니, 파우. 어디 짐작 가는 곳이 있어?"

"나라기보다는, 티롤이지."

파우는 미로의 녹색 머리를 바라보고는 뭔가 불만스러운 듯이 눈살을 찌푸리며 말을 이었다.

"티롤도 빈틈없는 여자야. 너희가 책모에 말려들었다는 걸 알아채고 내게 접촉해 오더군. 아쿠타가와도 새로운 거점에 있다. 대게가 머물 곳을 이 육탑에서 찾느라 고생했다고 하던데. 아무튼 가자⋯⋯. 자, 아카보시. 나를 잡아라."

"누가 네 신세를⋯⋯ 끄아악, 젠장⋯⋯!"

"쓸데없이 떼쓰지 마라."

온몸이 아파서 인상을 찡그리는 비스코의 얼굴을 들여다본 파우의 미모에 장난스러운 미소가 감돌았다.

"또 억지로 말을 듣게 만들 수도 있다만, 아카보시. ……흉터가, 늘었군. 조금…… 어른의 얼굴이 되었어……."

"우, 우와아악!"

코끝이 거의 맞닿은 곳에서 파우가 속삭이자, 비스코는 얼굴을 새빨갛게 물들이더니 고개를 돌려 두 눈을 꼬옥 감았다. 파우는 크게 웃으면서 비스코의 몸을 가볍게 들쳐 메고는 동생에게 눈짓을 보내며 육탑의 어둠 속으로 뛰어들었다.

"……언제나 그렇게 호랑이처럼 굴면서. 파우 앞에서는 햄스터 같네."

미로는 두 사람의 파워 밸런스에 웃음을 참으면서, 아름답게 나부끼는 누나의 흑발을 따라 마찬가지로 침실 바닥을 박차고 공중으로 뛰어올랐다.

10

"그래서, 결국—."

비스코는 여섯 그릇째의 악어 볶음밥을 10초도 걸리지 않고 먹어치우고는 이미 쌓여 있던 그릇 위에 턱 올려놨다.

"켈싱하 그 영감한테는, 애초부터 내 몸을 치료할 힘이 없었다는 건가."

"응. 비스코가 가진 녹식의 힘은 녹을 먹고 생명으로 바꾸는 힘이고, 켈싱하의 진언은 녹을 조작해서 뭔가로 변환하는 힘이니까, 힘의 방향이 정반대야."

"이봐, 아저씨. 악어 볶음밥 한 그릇 더 줘."

"잠깐, 비스코. 듣고 있어?!"

"들어봤자 이해 못하겠지. 그나저나 너무 먹는 거 아니냐, 아카보시. 조금 전에 위가 막 붙었을 텐데……. 주인장, 찐만두 있나? 뭔가, 조금 더 배가 부를 만한 걸 다오."

"댁들 참 잘 먹네! 오늘은 곰하고 참치 만두가 있어."

"오, 아싸! 나 참치 만두 엄청 좋아해!"

"그럼, 그거다. 네 개 다오."

"에엑?! 나는 이제 됐어! 배가 꽉 차서……."

"알고 있어. 내가 두 개 먹을 거야."

"나도 두 개 먹지. 주인장, 다섯 개 부탁한다."

와글와글 북적거리는 육탑 하층부의 어느 시마네 음식점. 비스코의 위 접합수술을 끝내고 완전히 지쳐버린 미로는 마치 부모의 원수라는 듯이 밥을 차례차례 먹어치우는 비스코와 파우, 그리고 티롤을 괴물 보듯이 쳐다봤다.

"그런 눈으로 보지 마라. 나도 시마네 현청과의 교섭에 몰두하느라 밥을 먹을 틈이 없었거든."

"파우는 자경단을 데리고 마침 시마네와 동맹 교섭을 하러 왔었어. 그래서 운 좋게 전화가 연결된 거야. 운이 좋았다니까. 너희를 도와주고 싶어도, 나는 거친 일이 벌어지면 어쩔 도리가 없으니까."

"핫! 고릴라가 교섭이라. 말을 들을 때까지 손가락을 하나씩 꺾는 거냐?"

"후후. 그래, 이렇게 말이지……."

"우왁! 손가락은 그만둬어! 아파아아아! 화, 활이……!"

그 모습에 어이없어하던 미로는 가게 밖에 세워둔(?) 아쿠타가와의 인기가 조금 신경 쓰여서 그쪽을 돌아봤다. 가게 밖에서 밥을 먹는 아쿠타가와 주변에는 신기한 듯이 바라보는 구경꾼들이 몰려왔고, 아이들이 장난치듯이 다가와 그 미끄러운 등껍질을 어루만지고 있었다.

"좋아. 위를 되찾았고, 밥이 들어왔어……. 힘이 바로 돌아온 게 느껴져. 야, 티롤. 라스케니 녀석은 아직 발견하지 못한 거야? 벌써 육탑에서 도망친 건 아니겠지?"

"아니. 육탑 바깥에는 자경단이 경계를 서고 있다. 경계를 맡긴 너츠와 프람도 우수하게 성장했으니 그리 간단히 수상한 자를 놓칠 리가 없어."

"육탑 안은 지금 칸드리 녀석이 부하를 써서 찾고 있어. 너희 같은 문외한이 돌아다녀 봤자 찾을 수 없을 거 아냐. 잠시 낮잠이라도 자는 게 어때?"

"바보야. 암리는 우리를 위해 목숨을 걸었다고. 느긋하게 기다리고 있을 수 있겠냐!"

"핫! 말은 잘하네. 애초에 네가 그 영감한테 이상한 동정심을 가져서 이런 일이…… 으읍!"

"시끄러워! 만두나 먹어, 인마!"

"우물우물우물!"

미로는 눈앞에서 펼쳐지는 싸구려 만담은 제쳐놓고, 켈싱하와의 싸움에서 들은 신기한 말에 대해 떠올렸다.

《특정한 소리 나열을 통해 녹을 다루는 기술…… 그것이 진언이다.》

《녹은, 진화의 인자. 진화에서 굴러 떨어진 자가, 견디지 못하고 죽을 뿐이다.》

《녹을 뛰어넘으면 그것은 힘이 되어, 생물의 진화를 촉진한다.》

'……녹을 자신의 육체로 환원할 수 있으니까…… 불사승정이라는 건가. 분명 켈싱하는 그런 고대 일본의 초기술 같은 것을 진언으로 풀어낸 거야.'

'……녹은, 진화의 인자…… 혹은 고대인이, 예전에 발생했던 도쿄 폭발을 이용해 일본 전역에 퍼뜨린 건가. 생명을 강제적으로 진화시켜서, 멸망에 맞서게 만들고자…….'

고민에 잠겨 있던 미로는 문득, 지금은 완전히 머릿속에서 사라진 켈싱하의 기억을 뒤져서 그 잔재 안에서 진언을 떠올리고 조용히 중얼거렸다.

온 샤다 솀 스나우
"……won, shad, kshmd, snew……."

그 순간, 미로의 시야 끝에서, 뭔가 작은 먼지 같은 것이 모이며 서서히 부풀어 올라…… 이윽고 큐브 모양의 조그만 녹 덩어리를 형성했다.

"아…… 아앗!"

"응? 야, 뭔데?"

"아, 아니. 미, 미안, 아무것도 아니야……!"

미로는 황급히 손 안의 녹 큐브를 쥐면서 비지땀을 흘렸다.

'지, 진언……! 어째서 내가?!『경전』도 없는데……!'

그때, 미로의 사고를 가로막듯이, 갑자기 즐겁고 떠들썩하던 음식점의 분위기가 돌변하더니 손님 대부분이 비명을 지르며 입구를 가리켰다. 뭔가 근육이 우락부락한 거구의 남자가 휘청거리면서 음식점에 들어와 자기 피에 미끄러지며 테이블과 의자를 넘어뜨렸다.

"칸드리!"

황급히 달려간 세 사람의 눈앞에서 피를 쏟은 이는 아케치슈 전(前) 승정, 칸드리였다. 미로가 재빨리 승복을 벗기자, 가슴팍에 창상 같은 게 많이 보였다. 미로는 허리춤의 앰플집에서 찡그림버섯 앰플을 꺼내 환부 근처에 주사했다.

"죄송합니다. 아카보시, 님……."

"말하지 마. 너, 근육이 두꺼우니까 치명상은 아니야……. 바로 나을 거야."

"아뇨. 저 같은 놈은, 내버려 두시고…… 서두르십시오. 라스케니 녀석, 아무래도 켈싱하의 시신을 회수하고, 모든『경전』을 손에 넣은 것 같습니다."

칸드리에게서 나온 이름에 두 사람이 얼굴을 마주 봤다.

"이 칸드리, 잘못 보았습니다. 그 여자, 처음부터 켈싱하의 심복으로, 자신의 야망을 위해서가 아니라 켈싱하 부활을 위해 두 분을 이용한 겁니다. 켈싱하를 완전한 형태로 부활시켜, 예전에 우리가 막아냈던 『지배의 진언』을 완수할 작정인 게 틀림없습니다.”

“지배의 진언?”

“켈싱하가 발견한, 사악한 진언입니다. 대상자의 사고를 빼앗아 강제로 자신의 신자로 삼는 것으로…… 신자가 같은 진언을 외우면, 그것은 두 배, 또 두 배로 한없이 늘어납니다. 이옥고 육탑은 물론이고, 이 일본 전역이…….”

“일본 전역을, 켈싱하의 신자로 바꾼다고?!”

“젠장! 터무니없는 녀석이야.”

크게 외친 파우와 비스코 옆에서 미로는 붕대를 다 감고 비스코에게 날카롭게 속삭였다.

“가자, 비스코. 분명 암리도 그곳에 있을 거야!”

“칸드리. 녀석과 어디서 만났어? 위치는 알고 있어?”

“아마도, 청탑(錆塔) 정상에……. 조심하십시오. 그 여자, 『경전』으로 인해 더욱 힘을……!”

“얼마나 강하든 지금의 나 정도는 아니야. 가자, 미로! 파우!”

“응!”

“알았다!”

공중으로 뛰어오른 세 전사를 멍한 눈으로 바라보던 티롤이 한 박자 늦게 외쳤다.

“잠깐, 어~이! 나는 어떻게 해?! 두고 가지 마!”

"아쿠타가와 곁에 있으면 무조건 안전해! 거기서 칸드리를 돌보고 있어!"

"그렇게 멋대로…… 아앗, 돈! 내가 내는 거냐고~!"

아쿠타가와 위로 뛰어올라 땋은 머리를 흔드는 티롤을 뒤로 하고, 세 사람은 중앙에 우뚝 솟은 녹의 탑을 향해 전선을 밟고 내달렸다.

11

육탑 중앙.

목·화·토·금·수— 오탑이 둘러싼 중심, 가장 높이 솟아오른 탑을 청탑이라 한다.

청탑은 다른 탑과 다른 이질적인 모습을 하고 있는데, 잘 보면 복잡하게 얽힌 정밀기계 같은 것이 탑 외벽 전면을 덮고 있다는 걸 알 수 있다. 주변 오탑이 건축되기 훨씬 전부터 지어져 있었다는 이야기도 있어서, 외견을 봤을 때 아마 고대 일본의 테크놀로지로 만들어진 모종의 건조물이었으리라는 것이 엿보였다.

그러나 지금은 청탑이라는 이름 그대로 녹슬어서, 멀리서 보면 추하기 그지없는, 무식하게 큰 개밋둑이 솟아오른 모습으로밖에 보이지 않았다.

그 정상에서…….

주술천에 감싸인, 뭔가 말라붙은 인체 같은 것이 누워 있고, 두 명의 그림자가 그 앞에 머물고 있었다. 붉은 로브를 걸친 키가 큰 사람이 키가 작은 하얀 로브의 어깨에 손을 올리고는 속삭이듯이 말했다.

"불사승정님은 오장이 뽑히고, 열반을 빠져나와 수많은 시련을 넘어서셨지. 그리고 지금, 암리, 네 손으로…… 유일신, 마쇼텐 님이 되실 거다."

"……."

"암리. 너는 신의 아이다. 이 육탑의 모든 것이 네 마음대로 움직일 것이다. 지금까지의 공덕이 결실을 맺고…… 비원이, 이루어질 때가 온 거야."

"……저는…… 신의 아이가 되는 건, 바라지, 않았어요."

하얀 로브…… 암리는 떨리는 몸을 끌어안으며 덧없는 목소리를 쥐어짜냈다.

"그저…… 아버님을, 만나서…… 이야기를 나누고 싶을 뿐…… 그리고, 무엇보다……."

암리는 로브 안에서 보라색 눈을 빛내며 라스케니의 눈을 응시했다.

"당신이…… 기뻐하니까. 어머님이, 기뻐하는 얼굴을 보고 싶었으니까……. 그것뿐이에요. 저한테는, 그것뿐……."

"암리…… 그 이상은 안 된다. 신체(神體) 앞에서, 나를 어머니라고……."

"그만둬요!"

암리는 후드를 벗고 격정에 몸을 맡겨 외쳤다.

"이제 지긋지긋해요! 어째서, 옛날처럼 안아주지 않는 거예요! 왜, 다정한 목소리로 이름을 불러주지 않는 거냐고요! 저는 그거면 족했어요. 옛날의 당신으로, 어머님으로 돌아와 주신다면…… 저는, 다른 건 아무것도 필요 없었는데!"

"암……리……."

라스케니는 평소답지 않게 자제심을 잃은 암리를 보며 할 말을 잃었고, 이윽고 덜덜 떨리는 팔로 눈물에 젖은 작은 몸을 안아주고자 손을 뻗었다.

하지만 그 순간, 그것을 가로막듯이 공기가 고고고 떨리기 시작했고, 주술천 주변에 놓아둔 다섯 『경전』이 보랏빛 오라를 띠며 공중에 떠올라 주변을 돌기 시작했다.

라스케니는 바로 안색을 바꾸고는 암리에게 재촉하듯이 말했다.

"이런, 마쇼텐 님이 초조해하고 계시는구나. 자, 어서 재림의 진언을……. 기분이 상하시면 네게 벌을 주실지도 몰라."

"……."

"이제 우리를 갈라놓은 오탑의 승정들은 사라졌다. 아버님께서 원래 힘을 되찾는다면, 분명, 가족 셋이서…… 행복한 가정을 되찾을 수 있을 거다."

"정말로……?"

"그래. 반드시, 언제나 함께란다. 암리……."

"……가족이…… 함께……."

암리는 마음속에서 가장 갈망하던 핵심을 찔리자, 그제야 겨우 고개를 끄덕 움직이며 자신의 망설임을 떨쳐냈다.

떨리는 공기 속에서 한 걸음, 한 걸음, 주변을 도는 『경전』의 중심으로 다가가서…….

불안한 듯이 뒤를 한번 돌아본 암리는 라스케니가 고개를 끄덕이는 것을 보고 주문을 외우기 시작했다.

“우르, 샤다, 쇼우키. 쇼우키, 애드, 콘, 젠, 무드, 레비, 파다…….”

암리의 진언에 마치 청탑 전체가 떨리듯이 고고고고 굉음이 울렸다.

다섯 『경전』에서 보라색으로 빛나는 엄청난 양의 녹이 뿜어져 나와 주술천 위에서 빙글빙글 소용돌이쳤다. 그 녹의 회오리는 암리의 진언이 진행되면서 점점 부풀어 올랐고, 위를 올려다보면 그것은 아득한 천공에 닿을 것만 같았다.

“허억, 허억……! 우르, 샤다, 쇼우키, 스나우!”

암리가 땀으로 범벅이 되면서 진언을 끝맺자, 녹의 회오리는 다섯 『경전』과 주술천에 덮인 메마른 몸을 감싸며 한곳에 모였다. 그리고, 이윽고 사람의 형태로 응고되어…….

푸슈우우우—!

타오르는 쇳덩어리 같은 하얀 연기를 피워 올리며 형태를 이루었다.

“……으, 아…….”

“마쇼텐 님……!”

엄청난 양의 연기가 서서히 걷히자, 그 중앙에 매우 덩치가 큰…… 엄청난 근육의 갑옷을 두른 남자가 무릎을 꿇은 모습이 서서히 드러났다.

"……. 샤아앗……."

뱀처럼 길게 한숨을 내쉰 뒤 가슴을 젖히며 일어선 남자는 불사승정 켈싱하…… 바로 그였다. 그러나 그 몸은 예전과는 비교도 할 수 없는 강철 같은 근육에 덮여 있어서, 뼈와 거죽만 남아 있던 옛 노인의 낌새는 조금도 찾아볼 수 없었다. 하얀 머리와 하얀 수염만이 가까스로 노인 시절 켈싱하의 흔적을 남기고 있었다.

켈싱하는 뚜둑, 뚜둑, 전신의 관절을 꺾으며 몸의 상태를 확인한 뒤, 만족스럽게 슈우우우우 하고, 마치 스팀이라도 뿜어내는 듯한 고온의 숨을 내쉬며 청탑 꼭대기에서 그 위세를 과시하듯이 우뚝 섰다.

"옷이……."

"……예, 옛?!"

"옷이, 없다."

"이, 이거 무례를! 바로……."

켈싱하의 너무나 거대한 위압감에 굳어져 있던 라스케니가 황급히 승복을 준비하기 위해 달려가자, 그 등을 향해 손을 들어 올린 켈싱하가 뭐라 중얼거렸다.

"온, 슈르……."

"아?! 아앗!"

그러자 라스케니의 커다란 몸이 마치 자석에 빨려들듯이

켈싱하의 손에 들어왔고, 그 붉은 로브가 벗겨졌다. 문신투성이의 다부진 반신이 부끄럽다는 듯 엎드린 여자 앞에서, 켈싱하는 붉은 로브를 자신의 허리에 감았다.

"라스케니. 수고가 많았다."

"……귀환을, 기다리고 있었습니다……. 찬란한, 모습이십니다."

"음."

전성기의 육체를 되찾은 켈싱하의 표정에서는 지금까지의 비굴함이 사라지고, 그저 순수한 자신감으로 가득했다. 그는 자기 발밑에 엎드린 라스케니의 금발을 덥석 붙잡아서 억지로 눈앞에 끌어 당겼다.

"으앗……!"

"언제까지 엎드려 있을 거냐. 얼굴을 보여라, 라스케니."

"그, 그런…… 이런 추한 여자를……. 눈이 더러워집니다. 부디……."

"큐르몬은 죽었다. 지금부터 나의 본처는 너다. 얼굴을 가리는 건 용납하지 않겠다. 나를 위해 아름답게 있도록, 앞으로도 노력하거라."

"마, 마쇼텐, 님……."

켈싱하의 다부진 팔이 그 커다란 몸을 안자, 늠름하면서도 아름다운 라스케니의 눈썹이 부르르 떨리며 표정이 황홀하게 풀렸다. 그 입술에 켈싱하가 입을 맞추자, 라스케니는 몽롱하게 눈을 감으며 잠시 몸을 맡겼고…….

"……!"

순간, 갑자기 입술에 격통이 스치자 눈을 부릅떴다. 켈싱하가 라스케니의 아랫입술에 이빨을 세워서 찢어버린 것이다.

"또 얼마든지 상처를 입혀주마. 굴복하라, 너의 행복을 위해."

"아, 으윽……!"

입술에서 피를 흘리며 다부진 켈싱하의 등을 바라보는 라스케니의 시선은 공포와 황홀함이 뒤섞인, 틀림없는 복종의 자세였다.

그리고…….

그 모습을 가까이서 바라보며 작은 목에 가득 숨을 들이쉰 암리는, 켈싱하와 시선이 마주치자 어떻게든 말을 꺼내려고 뻐끔뻐끔 입을 움직였다.

"아…… 아버, 님. 저, 라스케니의 딸…… 암리, 입니다……."

"기억한다. 진주처럼 사랑스러운 아이였지."

아버지에게 긍정의 말을 듣자 암리의 얼굴이 화악 밝아졌다. 켈싱하는 그 거구를 수그려서 암리와 시선을 맞추고는 얼굴을 빤히 바라봤다. 암리는 꽃처럼 얼굴을 붉히며 고개를 살짝 수그렸다.

"흠."

켈싱하는 천천히 일어나 턱수염을 어루만졌다.

"몸이 약한 게 마음에 걸리지만…… 뭐, 좋다. 진언의 소양은 갖추고 있으니."

"마쇼텐 님. 암리는 오늘 이때를 대비하며, 당신을 위해 성심을 다했습니다."

라스케니가 옆에서 무릎을 꿇고 켈싱하의 얼굴을 엿봤다.

"부디 자비를…… 불사의 기적을, 암리를 위해 베풀어 주십시오."

"……."

켈싱하는 잠시 움직임 없이 서 있었고, 라스케니의 땀이 턱을 타고 떨어질 즈음에야 마침내 입을 열었다.

"좋다."

라스케니의 안도한 한숨을 등진 켈싱하는 움츠러든 암리의 곁으로 다가가 그 뺨에 다정하게 손을 대고는…….

꾸우우욱!

그 멱살을 힘껏 움켜쥐고 머리 위로 들어 올렸다.

"윽?! 꺼……헉!"

경악해서 눈을 부릅뜬 암리의 눈에서 의안이 데구르르 떨어져 바닥을 굴렀다.

"온, 샤다, 암리타, 라……. 크크, 샤카카카!"

"마, 마쇼텐 님?!"

갑작스러운 일에 경악한 라스케니가 켈싱하의 발에 달라붙었다.

"어째서, 어째서입니까! 이 아이는, 이 아이는 태어나서 지금까지 줄곧 당신에게 성심을 다했습니다. 마쇼텐 님의 재림을 위해 성심을 다했단 말입니다!"

"그러니, 그것에 목숨을 바치라는 거다. 이 녀석에게 내린 흡청(吸錆)의 진언은, 이 육탑의 녹을 충분히 빨아들였지…….

즉, 이 녀석은, 여섯 번째 『경전』으로 자란 거나 다름없다. 그 목숨을 내게 바치고…… 내 안에서 불사를 향수하라는 거다.”

“그, 그런……! 암리는, 피를 나눠 받은, 마쇼텐 님의 자식입니다!”

“그게 어쨌다는 거지? 또 만들면 된다. 몇 명이든.”

이를 드러낸 켈싱하의 그 웃음에, 라스케니의 상기된 얼굴이 새파래지며 눈썹 안쪽이 살의로 번들거렸다.

“어……머……님…….”

허덕이는 안리의 눈구멍에서 소용돌이치는 녹 입자가 흘러나와 켈싱하의 몸으로 빨려 들어갔다. 켈싱하는 자신에게 차오르는 녹의 힘을 느끼고 이를 드러내며 웃었다.

“샤카카카! 엄청난 녹의 힘이군! 이 꼬마의 작은 몸에 용케도 들어 있었구나. 아니면 이건, 그 아카보시에게서 흡수한 힘인가……?”

“어머, 님…… 살려……주세……요……!”

“온, 샤다, 바루라, 크나우!”

라스케니가 휘리릭 몸을 날리자, 내지른 손바닥에서 기다란 녹의 창 같은 것이 뻗어 나와 켈싱하의 몸을 꿰뚫었다. 녹창은 그대로 켈싱하를 날려버리고 청탑 옥상에 대자로 쓰러뜨렸다.

“콜록! 콜록!”

“아아, 암리……!”

“……크크! 카카카! 샤카카카카카—!”

사랑하는 딸을 안고 눈물을 흘리는 라스케니를 보며 켈싱하가 웃었다. 그리고 녹에 꿰뚫린 부상은 스친 상처 축에도 들지 않는다는 듯이 일어나고는 이를 드러내며 사악한 미소를 지었다.

"역시 그랬군. 라스케니, 자기 아이를 위해서라면 신에게도 이를 드러내다니…… 너도 결국은 이 거대한 여섯 가축우리 속의 돼지 한 마리에 지나지 않았구나."

"……어리, 석었어……. 내가 어리석었어. 암리…… 용서…… 용서해다오……."

"그렇지만 딸의 힘을 여기까지 늘린 점을 고려해줄 수도 있다. 원래는 눈앞에서 딸의 장기를 파내려 했지만…… 먼저 죽고 싶겠지? 허락하마. 목을 내밀어라."

라스케니가 악문 이가 햇살에 반사되면서, 회오리처럼 회전하는 몸에 맞춰 하얀 꼬리를 그렸다.

"우우우오오오오!"

라스케니의 녹창은 켈싱하의 심장을 정확하게 꿰뚫고 등 뒤쪽으로 폭포수 같은 피를 흩뿌렸다.

그러나—.

켈싱하는 미동도 하지 않았다.

그 나신(羅神)과 같은 미소 그대로, 팔을 스윽 뻗어 경악하며 몸을 떠는 라스케니의 얼굴을 손바닥으로 강하게 움켜쥐었다.

"여자치고는 훌륭한 찌르기였다. 마음이 변했다. 시귀로 삼아 주지.”

“아아, 아, 싫어! 싫어요. 부탁이니, 죽여 줘요…….”

“뭘 그리 신경 쓰나. 바로 잊을 거다. 지금까지의 괴로움도, 마음에 싹튼 시시한 사랑도…… 저기 있는, 암리라는 네 딸에 대한 것도 말이지.”

“싫어어어어어어—!”

끼릭끼릭끼릭, 바이스처럼 조여드는 괴력.

빠직, 빠직, 빠직, 귀를 막고 싶어지는, 인간의 머리가 녹슬어가는 소리가 켈싱하의 손에서 들려왔다. 샤카카카카! 하고 크게 웃은 켈싱하의 발밑에서 암리가 혼신의 창을 내질러 몸을 휘청거리게 했다.

쿵, 하고 바닥에 떨어진 라스케니는 자신의 몸을 끌어안고는 부들부들 떨었다.

“안 돼—! 어머님, 어머님! 정신 차려요, 어머니이임!”

“암, 리…… 암리, 미안하다. 미안하다…… 믿어주렴. 난, 너를…….”

떨리는 금발 너머로, 눈에서 피눈물을 흘리며 라스케니는 사랑하는 딸의 뺨을 향해 손을 뻗었다. 하지만 너무나도 비정한 켈싱하의 발차기가 그런 그녀의 옆구리에 박히며 멀리 있는 바닥으로 내동댕이쳐졌다. 라스케니는 정신과 육체, 두 가지 고통에 소리 없이 피를 토하며 그대로 축 늘어져 움직임을 멈췄다.

“부정한 손으로 신의 아이를 건드리지 마라. 걸레 같은 년.”

켈싱하는 마치 걸레짝이라도 보는 눈으로 예전 자신의 첩을 바라봤고…….

그 순간, 등골이 오싹해지며—.

"……너, 같은 건."

불온한 기척을 느낀 켈싱하가 무심코 돌아보자—.

"너 같은 거어어언——!"

우렁찬 절규와 함께 암리가 자신의 눈구멍에 손을 박았다. 진언의 힘에 응해 눈구멍 속에서 보라색으로 빛나던 녹이 형태를 갖췄고, 그것은 암리의 머릿속에서 주르륵 빠져나와 그 앳된 몸에 어울리지 않는 흉악한 창으로 구현됐다.

"호오, 대단하군. 내 피를 이었을 만하구나."

"죽어어어어!"

암리의 조그만 몸이 마치 전신(戰神)이라도 된 듯이 번뜩였고, 그 자전(紫電)을 두른 창을 켈싱하를 향해 휘둘렀다. 켈싱하는 자신의 육체를 단단한 녹으로 바꿔서 2합, 3합을 받아내고는 샤카카카! 하고 유쾌하게 웃었다.

"부녀의 스킨십인 셈이로군. 샤카카……! 좋구나. 강하군, 강해."

"닥쳐! 닥쳐닥쳐어어어어!"

암리는 분노한 나머지 눈에서 폭포수처럼 피눈물을 흘리며, 솟아나는 살의에 몸을 맡겨 켈싱하를 향해 창을 내질렀다. 그 섬광 같은 찌르기가 마침내 켈싱하의 목을 관통했고…….

"으음~. 활기가 넘치는구나. 좋군……."

"……으윽!"

목이 창에 뚫려서 선혈이 뿜어져 나왔지만, 부활한 켈싱하는 표정 하나 바꾸지 않았다. 그저 이를 드러내며 필사적으로 창을 뽑으려는 암리를 유쾌하게 바라보다가, 이내 암리의 목으로 손을 뻗어 그 가느다란 목을 꽈악! 움켜쥐었다.

"훌륭했다. 아이의 몸인데도 그런 몸놀림을 보이다니, 여자라고는 하지만 내 피를 이었다는 증명이지."

"……당신, 따위는…… 아버님이, 아니야……!"

"오오, 반항기냐? 그런 말은 하지 말거라. 피가 이어진 것은 이 세상에서 우리 둘뿐. 끊으려야 끊을 수 없는, 소중한 가족 아니더냐……."

"당신 따위는, 가족이 아니야! 내게는, 어머님이 있어!"

"호오, 어머님이라……. 그래, 어머님이 있었나. 그 어머님은 어디 있지? 어디 있더라, 어디 있지?"

켈싱하는 호들갑스럽게 주변을 돌아보고는, 사악한 미소를 한층 유쾌하게 일그러뜨리며 암리를 돌아봤다.

"아이야. 혹시, 어머님이라는 건, 저……."

켈싱하가 휘파람을 불자, 전신이 녹슬어버린 라스케니였던 것이 기계 인형처럼 어색하게 일어나다가 녹슨 오른발에 빠지직 금이 가며 그 자리에 털썩 쓰러졌다.

"녹슬어버린, 인형이었던가? 잘 봐다오. 나는 이제 노안이라……."

"아아…… 안 돼……. 안 돼에에에에에—! 어머니이임—!"

"샤카카카카카아아!"

친딸이 피를 토하면서 절망의 비명을 내지르자, 켈싱하는 마치 아름다운 음악이라도 들은 듯이 귀를 갖다 대며 유열에 찬 웃음소리를 터뜨렸다.

"마음에 들었다! 아이여. 암리라고 했던가. 저 녹슨 걸레 인형과 함께, 불사로 삼아 길러주마. 신인 아버지가 지루하지 않도록 곁에서 절망의 신음을 들려다오."

"훌쩍, 히끅! 구해, 줘요. 누가, 누가 좀, 구해줘요……."

"구해달라…… 구해달라니. 샤카카카……! 나를 위해 모든 것을 배신해 온 너를 누가 구해준다는 거냐? 너를 구할 수 있는 건 나뿐이다! 암리! 무릎을 꿇고, 영원한 충성을 맹세해라!"

"부탁이에요! 구해줘요! 누가 좀, 나를 구해줘요……!"

암리의, 목구멍이 찢어질 듯한 절망의 외침에 이끌리듯이—.

공기 마찰로 타오르는 작열의 화살이 유성처럼 날아와 암리를 들어 올린 켈싱하의 팔을 찢어발겼다.

"으음! ……크윽, 왔구나……. 아카보시!"

내동댕이쳐진 암리는 하마터면 청탑 옥상에서 떨어질 뻔했지만, 낙하산처럼 펼친 강철거미 화살로 끌어당겨서 받아낸 판다 반점의 버섯지기 품에 들어왔다.

"암리! 젠장, 끔찍한 짓을……! 비스코, 저 녀석, 지금까지보다 훨씬 강해졌……!"

미로가 비스코를 향해 말을 잇고자 그 옆에 착지했고…… 활을 내린 비스코가 암리에게 보내는 조용한 비취색 빛을 보며 잠시 입을 다물었다.

"……비스코, 님……."

"……."

"아무도……."

"……."

"아무도, 없었어요. 저한테는."

"……"

"가족, 이라니……. 저한테는 그런 거, 처음부터, 없었어요. 시시하고, 재미없는, 꿈이었던 거예요……."

"가족은, 있어."

"……."

"약속했잖아. 나를, 미로를…… 오빠로 삼으려던 것 아니었냐?"

"……"

"시시했냐?"

"……."

"나는, 그렇게 생각하지 않아……."

암리는 아무 대답도 하지 못한 채, 눈을 감고 굵은 눈물 한 방울을 떨어뜨렸다.

비스코의 자애로운 비취색 눈동자가 서서히 녹색의 불꽃이 되어 타오르며 전방을 빙글 돌아봤다. 그리고 이미 팔을 재생시키고 눈앞에서 하얀 이를 드러낸 켈싱하를 향해 망설임 없이 성큼성큼 다가갔다.

이윽고 청탑 정상, 그 중앙에서 식인버섯과 불사승정 켈싱하가 서로를 마주 봤다.

"아카보시, 네놈과는……."

먼저 켈싱하가 입을 열었다.

"결판을 내야만 한다. 그 정체 모를, 녹식의 힘. 작은 부스러기 정도라고는 해도, 신격을 가진 것이 틀림없다. 이 성전(聖戰)을 제압한 한 명이, 육탑의 유일신으로……"

"……암리, 에게는……."

"……응?"

"암리에게는, 너밖에 없었어."

"……."

"네가 아무리 쓰레기라도, 네가 부모였다고. 암리에게는, 유일한, 아버지였단 말이다!"

"무슨 쓸데없는 소리를. 그게 어쨌다는 거냐. 꼬마가 우는 게 뭐 어쨌다는 말이냐. 아, 저 계집의 몸이 갖고 싶은 거냐? 만약 내게 굴복하겠다면 상관없다. 넘겨주마. 뭣하면 저기 있는 어미 같은 것도 함께……."

콰앙!

육탑 전체의 공기가 저릿해지는 듯한 강렬한 충격이 두 사람 사이에서 일어났다. 후려친 비스코와 받아낸 켈싱하, 두 사람의 이마가 청탑 정상에서 힘껏 부딪친 것이다.

"샤카카카카……!"

이마가 깨져서 피를 뚝뚝 흘리며 켈싱하가 웃었다.

"어째서, 그렇게 끓어오르나. 아카보시. 무슨 연유로, 나를 미워하나!"

"……말로 할 시간이 없어. 앞으로 5초 이내에 네놈을 두들겨 패지 않으면……."

이마에서 피를 흘리면서도 쇠조차 꿰뚫을 기세인 비스코의 비취색 눈빛과, 이를 드러내며 웃는 켈싱하의 보라색 눈빛이 정면에서 맞물리며 처절한 불똥을 튀겼다.

"끊어질 것, 같다고! 대가리의, 혈관이 말이야……!"

"샤아—, 카카앗—!"

순간, 번쩍인 두 그림자가 눈에도 보이지 않는 예리한 돌려차기를 날렸고, 퍼엉! 하고 공기가 파열되는 소리와 함께 서로의 다리를 후려치며 공중에서 가위표를 그렸다.

"진실된 신의 힘, 그 눈에 새기며 죽어라! 아카보시!"

"네놈이야말로 불타버려라……! 그 힘과 함께 잿더미로 만들어주겠어!"

서로의 다리에서 푸슉! 하고 선혈이 튀는 것과 동시에 두 사람은 물러났고, 비스코는 활을, 켈싱하는 얼굴 앞에 인을 맺으며 진언 자세를 취했다.

"샤앗!"

퉁! 하는 파열음을 내며 청탑에서 녹창이 튀어나왔다. 비스코는 공중에서 그것을 피하며 활을 당겨 켈싱하에게 쐈다.

"크랴압!"

켈싱하가 조종하는 진언은 화살이 몸에 닿기 직전 녹의 벽이 되어 화살을 막아냈고, 그곳에 빠끔! 하고 녹식을 피워냈다.

"……이 녀석, 방패를?!"

"비스코, 위험해!"

거대한 버섯의 작렬로 눈이 가려진 비스코를 향해 하늘에서 무수한 녹의 표창이 쏟아졌다. 즉시 팔로 눈을 지킨 비스코의 전신에 녹표창이 차례차례 꽂혔다.

"끄억, 이 자식……!"

"비스코!"

"그렇게 둘 것 같으냐, 하찮은 놈!"

미로가 비스코를 구조하기 위해 앵커 화살을 쏘자, 켈싱하가 만들어낸 녹채찍이 그 끝을 붙잡아 부러뜨렸다.

"지, 진언 없이……? 아니, 저 녀석은 이제 외우지 않아도 돼. 생각하기만 해도 되는 거야!"

"다음 수를 읽어보겠느냐, 애송이? 샤카카카, 분수를 알아라!"

"끄악, 으아아악!"

보라색으로 빛나는 녹채찍이 그대로 미로를 후려쳐서 탑의 아득한 밑, 나락 밑바닥으로 떨어뜨렸고, 그 팔에 안고 있던 암리를 휘감아서 자신에게 당겨오려 했다.

"싫어, 싫어어, 미로 니임—!"

"암리—!"

"으랴아아압!"

그때, 간발의 차이로 철곤을 내려쳐 녹채찍을 끊어낸 흑발의 여전사가 눈썹 안쪽에서 눈빛을 번뜩이며 켈싱하에게 달려들었다.

"친딸에게……! 이게 아버지가 할 짓이냐!"

"이거야 원. 야크샤들은 정말로 그걸 좋아하는군."

켈싱하는 파우의 미모를 유유히 바라보면서 샤카카카 하고 웃었다.

"자, 이 계집이 떨어져서 수박처럼 뭉개질 거다."

켈싱하의 목소리에 파우는 즉시 몸을 날려 공중에 내던져진 암리에게 손을 뻗었다.

그 순간, 사각에서 날아온 단창이 푸욱! 하는 잠긴 소리를 내며 파우의 옆구리를 꿰뚫었다.

"크헉!"

파우는 옆구리에서 선혈을 뿜어내면서도 가까스로 암리를 품에 안아 청탑 옥상을 굴렀다. 거친 숨을 내쉬며 움츠러든 암리에게 파우가 미소를 지어줬지만, 추가타라는 듯이 퍼억! 하는 무거운 발꿈치 찍기가 파우의 상처를 짓밟았다.

"끄아악!"

"신, 의, 아이, 를……."

"안 돼에에에에! 어머님, 그만둬요. 원래대로 돌아와요, 어머님!"

"건드려서는, 안, 된다…… 누구라, 해도."

"이놈! 저 녀석, 어디까지……!"

파우의 상처를 발로 꾸깃꾸깃 짓밟고 있는 것은, 이마에서 코끝까지 완전히 녹에 덮여버린 라스케니였다. 이미 의식이 흐려져 완전히 켈싱하의 지배에 떨어진 모양이지만, 조금 전의 날카로운 움직임이나 눈빛은 변함없이 달인의 것이었다. 아무래도 시귀로서가 아니라 살아있는 채 꼭두각시로 이용당하는 모양이었다.

"라스케니!"

"예……."

켈싱하의 명령에 따라 라스케니가 암리를 던진 것에 맞춰, 켈싱하의 채찍이 암리를 휘감았다. 그 사이에 섬광처럼 덮쳐 온 비스코의 화살을 세 번째, 네 번째 진언 방패가 튕겨냈다.

"카카캇! 그 정도냐, 아카보시. 버섯지기도 별것 아니군. 마쇼텐, 켈싱하 앞에서는 버섯 기술도 애들 장난과도 같구나!"

"잘도 지껄였겠다, 이 자식……! 지금 그 혓바닥에 피워주마!"

비스코가 자신을 덮친 녹채찍을 발차기로 두 번, 세 번 걷어차면서 선언대로 켈싱하의 크게 벌어진 입 안을 향해 활을 쐈다. 켈싱하가 태연하게 창을 휘둘러 그것을 튕겨낸 다음 순간, 비스코의 몸이 켈싱하의 눈앞까지 다가와 있었다.

"제정신을 잃었느냐, 아카보시!"

이를 드러낸 켈싱하가 비스코의 명치를 노리고 창을 내질러 깊숙하게 꽂아버렸다.

그러나 비스코는 아픔에 휩싸이면서도 눈을 더욱 강하게 빛냈고, 창에 더욱 깊숙이 꿰뚫리며 켈싱하에게 다가갔다. 그리고 화살 하나를 휘둘러 켈싱하의 입 안 깊숙한 곳에 힘껏 꽂아버렸다.

"끄아악!"

"직접 박으면……! 방패는 못 치겠지. 빌어먹을 영감탱이……!"

그렇게 내뱉은 비스코의 입에서 울컥, 피가 쏟아졌다. 켈싱하의 혀가 서서히 태양빛으로 빛나면서 녹식이 막 피어나려던 그 순간—.

켈싱하는 안고 있던 암리의 몸을 한 손으로 들어서 그 몸을 강하게 쥐었다.

"아아아아아—!"

아픔에 신음하는 암리의 비명에 호응하듯이, 그 눈구멍에서 엄청난 양의 녹이 뿜어져 나왔다. 녹은 그대로 켈싱하의 혀에 빨려 들어가서 폭발 직전이었던 버섯 포자를 질량으로 억눌러버렸다.

"하아앗…… 살을 내준, 것인가……. 역시 신적(神敵), 대단한 각오였다. 아카보시."

"네, 네놈…… 암리의, 생명을……!"

"자식과 부모는 끝까지 함께하는 법. 생명을 빨아낸다고 해서 딱히 불의한 것도 아닐 텐데? ……그보다도 아카보시, 슬슬 무대도 갖춰졌다. 이 청탑 안으로 육탑의 신자들이…… 마쇼텐 켈싱하에 의한, 악귀나찰 퇴치의 촌극을 보기 위해 모여들고 있지."

"……촌극, 이라고……?!"

"그 무거운 버섯…… 닻버섯, 이었던가."

켈싱하가 비스코의 이마에 자신의 이마를 콱 부딪히며 씨익 웃었다.

"솔직히 말해서, 그건 꽤 아프더군……. 어디, 이렇게 하면 되던가?"

켈싱하가 비스코에게 꽂은 창을 꾸욱 비틀자, 비스코의 몸에서 엄청난 질량을 가진 녹덩어리가 펑! 펑! 피어났다. 닻버섯의 특성을 흉내 내서 만들어 낸, 켈싱하의 신력으로 이루어진 진언이었다.

"우오옷! 네, 네놈?!"

"샤아아아~카캇! 잘 어울리는구나, 아카보시잇!"

암리를 안은 켈싱하가 비스코의 몸을 청탑 중앙에 내던지며 그 위에 올라타자, 세 사람의 몸이 콰앙! 콰앙! 콰앙! 바닥을 뚫고 점점 하층으로 떨어졌다. 엄청난 연기 속에서 비스코의 몸이 벽을 뚫는 소리만이 계속 울려 퍼졌다.

"아카보시—!"

철곤을 지팡이 삼아 일어나서 비스코를 쫓으려던 파우의 눈앞에, 망령처럼 흔들리는 그림자가 나타나 가로막았다.

"보낼 수 없다. ……신성, 한, 전투를…… 방해하게 둘 수는, 없다."

"어리석은……! 딸을 버려서까지 지켜야 할 것이냐!"

"딸……."

순간, 라스케니의 멍한 눈동자가 흔들린 것을 파우는 놓치지 않았다.

"……인형에게, 그런 건, 없다."

"……흥. 구제 불능의 여자군!"

파우는 목을 뚜둑 꺾고 심호흡을 하면서 전신의 근육을 물처럼 부드럽게 풀었고, 긴 흑발을 휘날리며 말했다.

"말해도 듣지 않는다면, 마침 잘됐군. 내가 근성을 때려 고쳐주마."

"……죽인다…… 야크샤……."

"내 곤은 본래 불살의 기술. 철인의 가면 다음에는…… 암리를 두려워하는, 너의 마음속 껍질을 깨부숴 주마."

"그 이름을, 말하지 마라!"

덤벼드는 라스케니의 단창은 녹슬었음에도 스피드가 늘어났고, 조준도 예리했다. 파우는 그것을 완벽하게 흘려보내면서도 그 창에 아직 남아 있는 사람의 이성을 간파했다.

'자, 말이야 그렇게 했지만…… 이 녀석을 어떻게 되돌려놓지?'

라스케니의 창이 간발의 차이로 파우의 뺨을 스쳤다. 뺨에서 흐르는 선혈을 닦아낸 파우는, 1년 전만 해도 여기는 녹슬어 있었다는 엉뚱한 생각을 했다.

12

이상한 모습의 신이었다.

타오르는 화톳불에 비친 거대한 몸이 취색으로 빛났다. 다부지게 단련한 근골은 늠름하게 부풀었고, 등에서 뻗은 여섯 개의 팔은 생생하게 채색된 심장, 신장, 간장, 비장, 허파를 각각 손에 들었으며…… 남은 팔 하나는 하늘을 찌를 듯한 창을 쥐었다.

눈을 부릅뜨고, 거대한 입으로 찢어져라 웃는 그 형상은, 사람이 머리를 들어 올려다봐야 하는 거대함과 합쳐져 그야말로 인간 세상을 먹어치우려는 나신 그 자체였다.

아니, 이제는…….

그『마쇼텐』의 신상이 켈싱하 그 자체라는 것, 장차 그가 드러낼 힘의 상징으로 만들어졌다는 것은 이미 누구의 눈으로 봐도 명백했다.

그 신상을 향해…….

그대로 마곤슈의 신전이 된, 높은 천장에 넓은 원형으로 이루어진 청탑 중앙부에서, 승려들이 비좁을 정도로 빼곡하게 들어차서 일제히 몸을 내던지고 일심불란하게 경을 외우고 있었다.

"온, 큐르베이로, 켈하샤."

"온, 하르큐이로, 켈하샤."

마치 망령처럼 들어찬 승려들 위에 다른 승려들이 올라타서 서로 겹치며 경을 외우고 있는, 얄궂게도 일종의 지옥을 방불케 하는 광경이었다.

"잘 보아라. 아카보시."

신도들이 한마음으로 숭배하는 그 신상의 손바닥을 무대로, 흘러넘칠 정도의 선혈이 그 위를 물들였다.

마쇼텐 켈싱하와 그에게 이빨을 드러내는 악귀나찰 한 마리가 그 위에 있었다.

비스코와 켈싱하가 이곳으로 전장을 옮긴 지 아직 그리 많은 시간이 지나지 않았다. 그럼에도 신상의 엄지에 기대어 거친 숨을 몰아쉬며 선혈을 쏟는 비스코의 모습에서는 조금 전까지 여기서 벌어진 격전의 흔적이 엿보였다.

"장관이지 않느냐. 『지배의 주언』으로 인한, 1만을 넘는 나의 신도…… 내게 진화의 힘을 바치기 위한, 살아있는 인형이다."

"네놈이 억지로 의식을 빼앗아서 염불 외우게 시키고 있을 뿐이잖아!"

"그렇다만? 하지만 똑같은 일이다……. 이 탑에 있는 놈들은, 불사가 되고 싶다는 것 말고는 신념을 가진 기도 따위 하고 있지 않으니까. 곧 이 육탑에서 시마네로, 시마네에서 일본 전체로 이 진언이 퍼지면서 모든 인간들이 이 마쇼텐의 신도가 될 것이다."

"영감 한 명의 뜻대로 되겠냐!"

"샤카카카…… 온!"

비스코는 피투성이 얼굴로 이를 악물고는 재빨리 활을 당겨 켈싱하를 향해 날렸다. 그에 켈싱하가 이를 드러내며 진언으로 반격하자, 거울처럼 반짝이는 작은 녹방패 여러 개가 공중에 나타나 비스코가 날린 화살을 당구공처럼 되받아쳐서 그 오른쪽 어깨에 강하게 꽂아버렸다.

"크헉!"

"비스코 님—!"

"어깨 힘줄이 끊어졌나? 녹식의 힘도 의외로 불편한 것이로군……. 재생까지 얼마나 걸리지?"

어깨를 흔든 켈싱하는 절규하던 암리를 들어서 하늘 높이 던졌다. 암리는 마쇼텐상의 가슴 부근에서 공중에 못 박혀버린 듯이 정지해 몸을 틀었다.

"어쩔 수 없는 일이라고는 하나, 씹는 맛이 너무 없는 것도 곤란하다만. 아카보시, 보아라."

켈싱하가 1만이 넘는 신자들에게 손을 들자, 그 앞줄에 들어차 있던 사람들의 눈, 입, 귀를 포함한 온몸의 구멍에서 녹이 뿜어져 나와 신전 상공에 커다란 소용돌이를 만들었다.

"신이 아수라를 격퇴하는 신화의 한 장면을 연출하고 있는 거다…… 아직, 좀 더 상질의 녹을 빨아낼 수 있을 터. 너의 분투에 따라서 말이지."

이윽고 그것은 신상 앞에서 움직이지 못하는 암리에게 일제히 빨려 들어갔고, 그 엄청난 질량에 암리가 목이 찢어질 듯한 비명을 내질렀다.

"아, 싫어, 싫어…… 싫어어어어어! 아아아악!"

"암리—!"

엄청난 양의 녹을 순식간에 삼켜버린 암리는 허용량을 훌쩍 넘어선 머리를 흔들며 공황에 빠져 떨었다.

"싫어어어, 수많은…… 수많은 사람들이, 내 안에……."

"정신 차려, 암리! 당장 영감을 쓰러뜨리고, 너를 구해줄게!"

"크카카카! 그거 대단한 역전극이로군. 그런 호화로운 볼거리가 열리는데 관객이 조금 적구나. 아카보시. 조금 잔꾀를 부려보도록 할까."

켈싱하가 손가락을 빙글 돌리자, 방금 암리가 빨아들인 대량의 녹이 역류하여 눈구멍에서 솟구쳤다. 그것은 뭔가 기다란 뱀 같은 모양을 취하며 청탑 안에서 밖으로 뛰쳐나가 주변 오탑 중 하나, 금탑 주변을 빙글빙글 휘감았다.

"도마뱀이 곧 관객을 데려오겠지."

"뭐, 뭐야, 저건……!"

그것은 분노로 끓어오르는 비스코조차도 경악할 만큼 어마어마한 진언이었다.

그때까지 금탑이었던 것이 점점 몸을 뒤틀면서, 이윽고 거대한 도마뱀 한 마리가 되어 비스코의 시야 끝에서 혀를 쉭쉭 날름거렸다.

금색 도마뱀은 기다란 몸으로 육탑의 방벽을 넘어 주변 마을로 뛰어들고는, 그 기다란 혀를 내밀어서 허둥대는 시마네 사람들을 휘감아 그대로 비스코 일행이 있는 청탑 안으로 뱉어냈다.

청탑 안으로 들어온 도시 사람들은 영문도 모른 채 주변의 진언에 감염되어 켈싱하와 비스코를 향해 일심불란하게 똑같은 진언을 외우기 시작했다.

"샤카카카……! 아직도 부족하다. 암리, 좀 더 도마뱀을 몰아라."

"아, 아…… 비스, 코, 님, 부탁해요……."

"……큭!"

"죽여, 줘요……."

"암리……!"

"샤~ 카카카아앗! 녀석의 알맹이는 이미 공동과 같다. 아비도 어미도, 이제 믿을 것은 무엇 하나 없는 텅 빈 그릇이지. 조만간 그 시시한 자아도, 이 무한한 녹의 분류(奔流)에 휩쓸려서 이름조차 떠올리지 못하게 될 것이다."

"……그렇게 되기 전에…… 네놈을 죽이면 될 거 아냐……."

전신에서 폭포수 같은 피를 흘리는 비스코의 머리카락이 살짝 흔들렸다. 켈싱하에게 입은 상처 하나하나가 비스코의 힘이 되어 흘러들듯이 생명의 불꽃을 태웠다.

"나는『녹식』이라고, 영감……. 내 안의 녹식 포자가 완전히 눈을 뜨면, 네놈의 진언과 함께 먹어치워 주겠어……!"

"흐으음. 어디까지나 입만큼은 살아있는 놈이로다."

켈싱하는 심기가 상한 듯이 혀를 차고는 창을 한 손에 들고 휘청거리는 비스코에게 겨눴다.

"그럼 어디 해보아라. 아카보시! 발버둥 친 끝에, 화려하게 죽어 내게 신앙의 녹을 바쳐라!"

'여기서 죽을 수는 없어! 미로……! 나는 어떻게 해야 하는데!'

삐걱거리는 활을 들고 뛰어오른 비스코와 창으로 맞받아친 켈싱하. 나찰 대 신의 싸움은 그야말로 최고조에 달해서, 열광하는 신자들의 기도를 한층 격하게 만들었다.

'젠장, 몸이……!'

켈싱하의 녹채찍에 얻어맞은 상처가 예상보다 깊었기에, 청탑에서 떨어진 미로는 몸의 자유를 빼앗겼다. 비상수단인 낙하산 화살도 활에 손을 뻗을 수조차 없는 지금은 쏠 수가 없었다.

'틀렸어……! 누가, 비스코를……!'

눈을 질끈 감고 지표면에 떨어지는 걸 각오한 그 몸을— 오렌지색으로 빛나는 갑각이 뛰어올라 덥석! 감싸고는 육탑의 지표를 데굴데굴 굴러 충격을 죽였다.

당연히 미로는 피부에 느껴지는 누구보다도 믿음직한 그 감촉을 알고 있었다. 얼굴을 활짝 피고 스르륵 빠져나와 그 왕집게발을 힘껏 끌어안았다.

"아쿠타가와! 믿고 있었어!"

사랑스럽게 아쿠타가와의 껍질을 쓰다듬은 미로는, 반대로 아쿠타가와를 재촉하듯이 안장에 올라타서 고삐를 잡았다.

"비스코를 구해야 해! 지금 저 탑 안에……."

그때, 미로가 가리킨 청탑 입구로 갑자기 엄청나게 거대한 도마뱀이 스르륵 기어와 문을 크게 연 청탑 안으로 대량의 민중들을 뱉어냈다.

그중에는 도시를 지키기 위해 나와 있던 이미하마의 이구아나 기병도 보였다.

도마뱀은 그대로 슬쩍 방향을 바꿔 육탑 밖, 시마네의 도시로 가서 새로운 재물을 삼켰다.

"……뭐, 뭐야, 저 녀석은! 저것도 진언으로……?!"

저번에 공유한 켈싱하의 진언에 대한 기억을 뒤진 미로는 경악하며 중얼거렸다. 금색 도마뱀은 지금 막 도시를 덮쳐서 새로운 제물을 먹어치우려 하고 있었다.

"신자를 늘리려는 건가……! 틀렸어, 저 녀석을 처리하지 않으면 비스코가 당할 거야! 가자, 아쿠타가와!"

미로의 고삐에 응한 아쿠타가와가 왕집게발을 휘두르며 청탑을 폴짝폴짝 뛰어 올라 금색 도마뱀을 향해 도약했다.

"프람 부장님! 주민들이 말을 듣지 않습니다! 이놈이고 저놈이고 중얼거리면서…… 육탑을 향해 가고 있어요!"

"젠장, 어떻게 된 거야……?! 육탑 안에서 대체 무슨 일이 벌어지는 건데?!"

육탑 밖에서는 지금까지 지사의 지시대로 휴식을 취하던 이미하마 자경단이 육탑 주변을 덮친 이상 사태를 보고 급히 주민 보호에 나서고 있었다.

조금 전부터 육탑의 중심, 청탑 주변이 보라색 자기장 같은 것에 뒤덮였고, 그와 동시에 시마네 주민들이 일제히 열병에 걸린 것처럼 변해서 단원의 제지도 뿌리치고 탑을 향해 걸어가기 시작했다.

"뭔가에, 빨려들고 있어! ……빌어먹을, 이럴 때 파우 단장님이라면……!"

"프람—! 위험해—!"

"윽?!"

정신을 차린 프람을 황급히 끌어안은 너츠가 바닥을 굴렀다. 그 직후, 뭔가 거대한 것의 이빨이 지면을 후벼 파며 흙에 깊숙한 이빨 자국을 남겼다.

"뭐, 뭐, 뭔데?! 아앗……! 뭐, 뭐야, 저거?!"

프람을 덮친 것은 너무나도 거대한 금색 도마뱀이었다. 그 입가에 무수한 민중을 물고 진홍색 눈동자로 처리하지 못한 두 명을 바라보고 있었다.

"아까 금색 탑이 저걸로 변하는 걸 봤어. 저건 요사한 요괴야!"

"도마뱀, 괴물인가……. 너츠, 우리끼리 저거 잡을 수 있겠어?!"

"칼베로 바다에도 저렇게 커다란 사냥감은 없었어. 지사님만 있었다면……!"

"둘이서는 안 되는 거네. 어쩔래? 죽기 전에 키스라도 해둘래?"

"바보 같은 소리! 그렇게 간단히! 포기할 수 있겠냐!"

다시 덮쳐 온 머리를 간발의 차이로 피한 두 사람은 크게 물러나면서 자신의 이구아나에 올라탔다. 너츠가 건네준 대형 작살을 받은 프람이 목소리 높여 외쳤다.

"곰치 묶기로 갈 거지?!"

"할 수 있겠냐, 프람!"

"얕보지 마!"

두 사람은 대화를 나누면서 이구아나를 급선회시켰고, 대원들을 차례차례 날려버린 금색 도마뱀에게 다가갔다. 일부러 스스로를 미끼로 삼아 도마뱀의 눈길을 끌고, 손톱이나 이빨을 피하면서 그 몸 주변을 맴돌자, 작살에 이어진 튼튼한

로프에 묶인 도마뱀의 몸이 서서히 조여들면서 자유를 빼앗겼다.

"이걸로!"

"끝이다아!"

마지막으로 이구아나에서 뛰어내릴 때 양 앞발을 작살로 내리꽂자, 도마뱀은 몸이 꽁꽁 묶여서 마침내 움직이지 못하게 되었다.

"칼베로의 곰치잡이 방법이지. 식은 죽 먹기였네."

"뭐가 식은 죽 먹기야. 쫄았던 주제에."

조금 뒤늦게 터진 단원들의 환성이 젊은 새 단장들에게 쏟아졌다. 그러나 그것도 잠시, 도마뱀은 놀랍게도 양 앞발, 뒷발을 잘라내더니 황금의 뱀으로 모습을 바꿔 속박을 풀었고, 입을 크게 벌려 시마네 현민들을 물고 그대로 육탑 중앙, 청탑을 향해 방출했다.

비명을 지르던 군중들은 청탑의 자기장에 얽히자, 바로 모든 생각을 포기한 듯이 일제히 염불을 외기 시작했다.

"제, 젠장! 저 괴물, 뭐든지 가능한 거냐!"

"너츠, 안 돼! 당해낼 수 없어! 여기서는 일단……!"

프람이 너츠를 달래던 그 너무나도 짧은 순간, 육탑과 그 주변을 거대한 채찍처럼 휩쓴 뱀의 이빨에 이구아나 위에 있던 프람이 걸려 그대로 아득한 상공으로 끌려가고 말았다.

"꺄아아아아아! 너츠—!"

"프람—!"

친구가 눈앞에서 납치당했는데도 어찌할 방도가 없는 무력감을 느낀 너츠는 피가 배어 나올 정도로 어금니를 악물었다. 일찍이 이런 걸 다시 보지 않기 위해서 자신을 단련해오지 않았던가! 너츠의 예리한 눈에 저도 모르게 눈물이 맺혔다.

그때, 시선 너머로…….

아득히, 뱀이 그림자를 드리운 곳보다 더 높은 상공에서, 태양빛에 비친, 오렌지색을 한 무언가가 마치 유성처럼 뱀을 향해 낙하했다.

"저, 저건……!"

"가라아아! 아쿠타가와—!"

콰앙!

아쿠타가와가 내지른 건곤일척의 왕집게발이 거대한 뱀의 황금색 콧대를 쪼개버릴 듯이 파고들어 프람을 이빨에서 해방시켰다. 비명을 지르며 땅에 떨어지려는 프람을 아쿠타가와 위쪽, 안장 위에서 뻗은 손이 꽉 붙잡았다.

"……너, 혹시 프람?"

"……아, 당신은……!"

"몰라볼 뻔했어. 예뻐졌구나! 미안, 이야기를 하고 싶지만 나중에!"

"잠깐! 내가 얼마나…… 미로—!"

미로가 손을 떼자, 밑에서 달려온 이구아나 기병들이 프람을 받아냈다. 이후 미로가 곧바로 고삐를 내리치자, 아쿠타가와는 깨져버린 뱀의 머리를 그대로 찢어버리겠다는 듯이 찌지

지직! 하고 가죽과 살을 벗기면서 갈라버렸다.

비명을 내지른 황금의 뱀은 아쿠타가와의 집게발이 지나간 곳에 엄청난 양의 금화를 토해내며 육탑 안과 밖에 모조리 뿌려버렸다.

아쿠타가와의 기세는 그대로 멈추지 않았고, 뱀의 몸을 타고 육탑 내부까지 들어가 마침내 그 긴 몸통을 통째로 두 쪽을 내버렸다.

아쿠타가와의 귀신과도 같은 일격에 탑을 통째로 변이시켰던 왕뱀이 완전히 침묵했고, 그제야 미로는 안장 위에서 아쿠타가와를 바라보면서 치켜든 집게발과 손바닥을 짝 맞댔다.

"허억, 허억! 해냈다! 역시 아쿠타가와야!"

자랑스럽게 왕집게발을 내민 아쿠타가와를 바라보던 미로는 청탑으로 시선을 돌렸다.

금색 뱀은 쓰러뜨렸지만 모여든 민중은 상당한 숫자였고, 청탑에 다 들어가지 못할 정도로 많은 인간들이 탑을 향해 한마음으로 진언을 외우고 있었다.

"젠장! 벌써 저렇게……! 가자, 아쿠타가와!"

미로의 외침에 힘차게 중앙탑으로 도약하려던 아쿠타가와는, 주변에 감도는 이질적인 기척을 느끼고 순간 움직임을 멈췄다.

"아쿠타가와, 왜 그러…… 이, 이건……!"

아쿠타가와의 발밑에서 두 쪽으로 찢어진 뱀의 몸이 재빠르게 질질 미끄러지더니…… 육탑 중 화탑, 토탑에 각각 달라붙었다. 이윽고 찢어진 뱀의 몸은 그 탑의 이름을 이어받은 듯이 불꽃으로 타오르는 한 마리와, 강철 비늘에 덮인 다른 한 마리로 모습을 바꿨다.

"……켈싱하의 진언은 대체 어디까지 강해지는 거야!"

새로 태어난 불뱀과 철뱀이 아득한 하층에 있는 아쿠타가와를 향해 고함을 내지르며 이빨을 드러냈다.

단창이 날아올 때마다 파우의 철곤이 번뜩이며 그것을 되받아쳤다. 파우가 휘두르는 철곤은 지금까지 라스케니의 단창 서너 개를 부러뜨렸지만, 그때마다 진언으로 녹창이 재생되어 파우를 공격했기에 그걸로 무력화시키는 건 불가능했다.

'……이쪽은 옆구리에 구멍이 뚫렸어. 너무 느긋하게 있을 순 없겠는데.'

"네 이년, 끈질기다……!"

"여자치고는 대단한 실력이군. 그 기술, 암리에게는 가르쳐 줬나?"

"딸의, 이름을! 꺼내지 마라아아아!"

지면에서 튀어나온 진언의 창을 눈속임으로 쓴 라스케니의 단창이 허공을 가르며 아슬아슬하게 젖힌 파우의 목을 스쳤다. 파우는 입꼬리에 살짝 웃음을 머금고는 라스케니의 목덜미를 잡아서 그 가느다란 팔에 어울리지 않는 괴력으로 자기 눈앞에 끌어당겼다.

"인정했군, 딸이라고. 켈싱하의 지배에서 빠져나왔나. 암리라는 실을 당겨서…….”

“아…… 아……?”

“지금, 켈싱하의 손아귀에서…… 그 아이가 얼마나 고독한 줄 아나? 유일한 버팀목이었던 너를, 얼마나 고대하고 있는 줄 아나?”

“모른다, 몰라! 그만둬—!”

“그 아이는, 어머니를…….”

라스케니가 날뛰면서 휘두른 단창이 파우의 가슴팍을 가르자 그림물감을 뿌린 것처럼 선혈이 솟아났다.

상처를 입고 인상을 찌푸리며 무심코 물러선 파우에게 달려든 라스케니가 파우의 어깨를 누르며 청탑 정상 끄트머리, 아득한 하층이 내려다보이는 가장자리 부근에 쓰러뜨렸다. 라스케니가 내지른 창을 고개를 젖혀서 두 번, 세 번 피한 파우는 사선(死線)을 코앞에 두고 아슬아슬한 곳에서 계속 살아남았다.

‘젠장! 너무 물렀나. 다 끝장이야!’

“나는……”

파우를 향해 단창을 들어 내리치려던 라스케니에게서 갑자기 눈물 한 방울이 떨어져 파우의 뺨에 튕겼다.

‘……앗?!’

“나는, 악귀……. 그 아이를, 불행하게 만든, 악독한 야크시니…….”

“이미, 이, 더러운 손으로는, 그 아이를 만질 수 없어.”

"게다가, 이젠……."

"무엇에, 기도해야 좋을지…… 모르겠어……."

'이 여자……!'

파우가 눈물을 펑펑 쏟는 라스케니의 두 눈에서 정상적인 빛을 본 그 순간—.

육탑 정상이 고고고고 하고 크게 흔들리며 탑 정상에 있던 두 여자를 크게 흔들었다. 파우 위에 올라타고 있던 라스케니의 자세가 크게 무너지더니, 파우의 머리 위를 넘어서 아득한 하층으로 떨어졌다.

"으랴아압!"

파우가 즉시 내민 철곤이 라스케니의 팔에 얽혔다. 라스케니는 아슬아슬하게 철곤 끝을 잡고 가까스로 나락으로 추락하는 걸 면했다.

"절대로, 놓지 마라! 지금, 끌어올려 주마!"

그렇게 외친 파우의 입가에서 피가 배어 나왔다. 가슴의 찢어진 상처와 옆구리의 찔린 상처에서는 지금도 피가 나와 필사적으로 버티려는 몸을 끈적하게 물들였다.

"젠장, 피를 너무 흘렸나……."

"어째서냐. 왜 나를 살리려는 거지!"

철곤 끝에서 라스케니가 울며 외쳤다.

"그럴 마음만 있었다면 언제든 머리를 깰 수 있었을 거다. 어째서냐, 여자! 나는 수라다! 자신의 욕망을 위해 사악한 신을 부활시킨! 극악무도한 악귀란 말이다!"

"그래도, 한 아이의 어머니 아니냐!"

입에서 피를 토하면서도 외친 파우의 목소리가 흔들리는 육탑을 갈랐다.

"너의 죄는 나중에 이미하마 군율에 대조해 보고 얼마든지 처벌해주마. ……하지만, 가만히 앉아 죽게 내버려 둘 수는 없어! 나와, 내 동생 앞에서…… 가만히 앉아, 고아를! 만들게 둘 수는 없단 말이다!"

"앗! 아쿠타가와, 오른쪽!"

아쿠타가와는 육탑에 달라붙어 자유자재로 변해 덮쳐오는 불과 철뱀을 쇠꽃게가 자랑하는 돌파력을 활용해 수직으로 청탑을 돌아다니며 피했다.

그러나 뱀 두 마리의 호흡을 맞춘 연계 공격 앞에서는 필살의 왕집게발도 방어에 급급할 뿐이라, 서서히 절삭력도 둔해지기 시작했다.

'젠장, 이대로 가면…… 비스코에게 가기는커녕, 우리가!'

미로의 초조함이 낳은 잠깐의 틈을 노리고 철뱀이 커다란 이빨을 드러내며 아쿠타가와의 반신을 포착했다. 아쿠타가와는 필사적으로 응전하며 이빨을 뿌리치려 했지만, 마침내 왕집게발이 빠직, 빠직, 빠직 소리를 내며 너덜너덜 부서지고 말았다.

"아앗! 이럴 수가!"

필살의 무기인 대게의 집게발을 잃어버린 이상 이 진언의 괴물을 어찌할 방도가 없다. 이어서 덮쳐 온 불뱀의 이빨을 아쿠타가와가 앞다리로 받아냈지만, 왕집게발만큼의 강도가 없는 그것은 서서히 열을 받으며 삐걱삐걱 비명을 질렀다.

"아쿠타가와—!"

미로는 즉시 고삐에서 손을 놓고 등에 멘 활로 손을 뻗었다. 비스코만큼의 완력이 없는 미로가 이 괴물을 상대로 버섯을 피울 수 있을지는 완전히 도박이었다.

'아쿠타가와가 당해버려! 할 수밖에 없어, 미로!'

그렇게 자신을 북돋우며 화살통에서 화살을 뽑으려던 그 손에—.

이상한 위화감을 느낀 미로는 문득 손바닥을 눈앞에 내밀었다.

"……아?! 이…… 이건……."

슈륵슈륵슈륵, 공기를 스치는 소리를 내며 녹색으로 빛나는, 뭔가 큐브 같은 것이 미로의 손바닥 위에서 빙글빙글 돌고 있었다.

그것은 미로의 거친 호흡에 맞춰서 맥박 치듯이 모습을 바꾸며, 뭔가 호령을 기다리듯이 슈륵슈륵 돌고 있었다.

《녹은, 진화의 인자.》

《녹을 뛰어넘으면 그것은 힘이 되어, 생물의 진화를 촉진한다.》

"……진언. 할 수, 있나? 나도……!"

미로는 아쿠타가와의 부서진 왕집게발을 보고 뭔가를 번뜩 떠올렸고, 숨을 한번 크게 들이쉰 뒤 아쿠타가와를 향해 조용히 말했다.

"아쿠타가와. ……집게발만 있다면, 이런 녀석쯤! 이라고 생각하고 있어?"

아쿠타가와가 뽀글! 하고 뿜어낸 거품이 미로의 눈앞에서 터졌다. 미로는 긴장감이 풀렸는지 웃으면서 눈을 감았고, 온 신경을 아쿠타가와의 다리에 집중했다.

온 샤다 애드 비비키 스나우

"won, shad, add, viviki, snew(대상에게, 원하는 무기를 부여한다)!"

미로의 진언에 반응한 녹색 큐브가 회전수를 늘렸고, 녹색 가루로 된 꼬리를 그리며 아쿠타가와의 다리에 달라붙었다.

부서졌던 아쿠타가와의 왕집게발에 녹색 입자가 차례차례 달라붙으며 부서진 집게발을 수복하고, 보충하고…… 그러고도 멈추지 않고 과도할 만큼 솟아났다. 이윽고 그것은 아쿠타가와의 몸보다 훨씬 큰 거대한 에메랄드색 왕집게발이 되어 태양빛을 받아 찬란하게 반짝였다.

"우, 우와앗!"

태양빛에 반짝이는 그 위용을 본 미로는 무심코 놀랐지만, 아쿠타가와는 그런 주인은 아랑곳하지도 않은 채 손에 넣은 보석 집게발을 부웅 휘둘러서 왕뱀의 머리를 힘껏 내리쳤다.

콰아앙!

철뱀의 두 눈이 튀어나올 정도로 어마어마한 일격이었다.

아쿠타가와는 즉시 집게발을 뱀의 입 안 깊숙이 쑤셔 넣어 쩌적쩌적쩌적 하고 목을 안쪽부터 찢어버렸다.

"아, 아쿠타가와……! 괴, 굉장해!"

거대한 뱀의 비명을 신호 삼아 아쿠타가와는 그 엄청난 완력으로 철뱀의 긴 몸통을 채찍처럼 휘둘러서 주변 탑에 강하게 후려치며 몸을 찢어버렸다. 그리고 마무리라는 듯이 최후의 일격으로 중앙의 청탑 벽을 날려버리며 내부에 우뚝 솟은 신전과 거대한 신상을 노출시켰다.

"비스코!"

청탑 안, 거대한 신상 위에서 파트너의 모습을 확인하고 무심코 외친 미로를 향해 남은 불뱀이 입을 크게 벌리며 달려들었지만, 아쿠타가와의 보석 왕집게발이 완벽하게 막아냈다.

"비스코와 나를! 방해하지 마—!"

녹색 큐브는 그 노성을 명령으로 받아들였는지, 미로가 강하게 활을 쥔 손에 달라붙어 반짝이는 녹색 입자로 화살을 덮었다.

푸슝!

아쿠타가와의 집게발로 인해 크게 벌어진 불뱀의 입 안으로 반짝이는 녹색 화살이 날아가 머리를 관통했다. 화살은 마치 로켓처럼 기세를 늘리며 불뱀을 청탑에서 떼어내 아득한 상공까지 날렸고, 거기서—.

빠꿈!

불꽃처럼 터졌다. 불뱀의 몸은 미로가 본 적도 없는 에메랄드색 버섯에 덮이더니, 뱀의 모습에서 화탑의 형태로 돌아가 그대로 시마네의 도시에 격돌해서 굉음과 함께 연기를 피워 올렸다.

"허억, 허억……! 해냈어!"

미로가 멀리서 피어나는 녹색 버섯을 바라보는 사이, 상공에서 귀에 익은 목소리가 들려왔다.

"미로—! 받아다오!"

"앗! 아쿠타가와!"

미로는 즉시 아쿠타가와를 몰고 상공으로 뛰어 올라 지금 막 지표에 떨어지려던 덩치 큰 두 여자를 받아냈다.

"파우!"

"죽일 셈이냐, 나 참. 너와 아쿠타가와가 무모한 짓을 해서 떨어지고 말았어."

"상처가 심하잖아……! 바로 앰플을 놓을게. 그리고 라스케니, 씨는……"

파우는 찡그림버섯 앰플을 맞으면서 동생과 라스케니를 번갈아 쳐다보고는 고개를 살짝 끄덕였다.

"……나를, 죽여. 네코야나기."

라스케니는 기어들어가는 목소리로 울먹이며 나지막하게 중얼거렸다.

"지금은, 아카보시와의 싸움으로 켈싱하의 의식이 내게서 멀어졌을 뿐이야. 녀석이 그럴 마음만 들면, 나는 다시 녀석의 인형이 되고 말겠지……."

"……라스케니 씨. 얼굴을 이쪽으로……."

라스케니가 그 말대로 얼굴을 미로에게 돌리자, 미로는 눈을 감고 뭔가 염원하듯이 호흡을 가다듬었다. 이윽고 손바닥을 들자, 빙글빙글 돌아가는 녹색 큐브가 떠올랐다.

"이건 진언?! 어째서 미로가……!"

"하, 하지만, 이 빛은…… 본 적이 없어. 이건, 녹……인 건가?"

미로는 입술에 손가락을 대고 놀라는 두 사람을 제지한 뒤, 라스케니의 녹슨 이마에 천천히 큐브를 갖다 대고 어떤 진언을 중얼거렸다.

"won(온), shad(샤다), amrit(암리타). won(온), shad(샤다), amrit(암리타), snew(스나우)(대상의 진언을 빨아들여 없앤다)……."

미로의 명령에 응답한 큐브가 녹색 입자가 되어 라스케니의 이마에서 빛나자, 머리의 녹슨 부분이 점점 에메랄드색으로 물들었다. 라스케니는 놀라며 그 진언을 받아들였고, 10초 정도 지나자 라스케니의 머리는 완전히 기능을 회복했다. ……이마에서 관자놀이에 걸친 부분이 녹색으로 빛나는, 조금 독특한 외모로 바뀌었지만.

"이건…… 암리의, 흡청의 진언. 어째서 네가 이걸……."

"진언 자체는 켈싱하에게서 빼앗았어……. 녀석이 내 안에 들어왔을 때."

미로가 역할을 마친 녹색 큐브를 움켜쥐면서 조용히 중얼거렸다.

"하지만 녹색의 이건 녹이 아닐 거야. 『경전』이 아니라, 비스코가 내게 준 녹식의 피를 매개로 삼고 있어. 녹과 녹식이 조화를 이룬 뭔가 새로운 것…… 그런 신기한 힘이 느껴져."

"……진언을, 켈싱하의 사고에서 훔치고, 거기서 한 발짝 더 나아갈 줄이야……! 엄청난 재능이다……!"

"그 정도까지야. 학교를 나왔으니까요."

"아카보시가 동생을 마법사로 만들어버린 건 나중에 실컷 설교하기로 하고."

아쿠타가와가 몸을 펴면서 가리킨 청탑 내부를 바라본 파우가 말했다.

"가만히 있을 수는 없겠군. 지금은 아카보시와, 저 조종당하는 신도들을 구해내야겠지."

"맞다. 당장 비스코를 구해야 해! 아쿠타가와, 갈 수 있겠어?!"

황급히 뛰어오른 미로 일행을 재촉하듯이 아쿠타가와가 중앙에 있는 청탑을 응시했다.

그리고 탑이 이런 모습이 되었건만 여전히 예속의 진언을 외우며 몰려드는 신도들을 향해 나아갔다. 거대한 신상의 손바닥 위에서 죽을힘을 다해 몸을 날리는 비스코의 모습이 보였다.

"있다, 비스코!"

미로의 외침보다도 빠르게 높이 뛰어오른 대게는 형제의 싸움터로 달려가기 위해 청탑 벽을 부지런히 올라갔다.

13

"소용없다, 소용없다! 아카보시! 이 녹방패 앞에서 네 화살은 통하지 않는다!"

"나의, 화살이야! 뚫지 못할 게 있겠냐—!"

비스코는 전신에 솟구치는 힘을 화살 하나에 끼릭끼릭끼릭 담았다. 어금니가 피를 뿜어낼 만큼 전력을 담은 화살은 발사된 순간부터 마치 빛처럼 녹의 거울에 꽂혔고, 그대로 중앙을 뚫고 들어가 선언대로 녹의 대방패를 꿰뚫어버렸다.

"으엇!"

화살은 그대로 방패 너머, 켈싱하의 복부에 깊이 꽂혔고, 그 등에서 빠꿈, 빠꿈! 하고 녹식을 작렬하듯이 피웠다. 켈싱하는 무척 놀란 표정으로 지면에 무릎을 꿇은 비스코를 노려봤다.

한편, 무적의 녹방패를 꿰뚫은 비스코 역시 굵은 땀을 흘리고 있었다. 방금 그 화살을 날리자 자비에게 물려받은 활에 제대로 금이 가버려서 이제 쓸 수가 없어졌기 때문이다.

'제…… 젠장! 여기까지 와서 활이……!'

"흐~음. 훌륭하도다, 아카보시! 이래야 신의 적인 아수라의 관록이라 할 수 있지. 보아라, 이 신도들의 열광적인 모습을! 우리의 싸움을 보고 목숨을 바칠 만큼 도취되어 있구나!"

비스코와 켈싱하의 싸움은 그야말로 호각이었다. 서로의 활과 창을 몇 번이나 몸으로 받아 냈고, 싸움터가 된 신상 손바닥은 고여 있던 선혈이 폭포수처럼 쏟아지는 처절한 광경으로 변했다.

그러나 체내의 녹식을 풀가동해서 열심히 상처를 막는데도 상처가 계속 늘어나는 비스코에 비하면 켈싱하가 압도적으로 유리했다.

"샤아아아……."

켈싱하가 머리 위로 손을 들어 올리자, 신도들에게서 솟구친 녹이 머리 위에서 소용돌이치며 그 몸에 빨려 들어갔다. 버섯으로 찢어진 켈싱하의 육체는 순식간에 수복됐고, 피어난 녹식도 빛을 잃고 시들어버렸다.

한편, 녹으로 변한 생명력을 빨린 신도들은 힘을 잃고 기절하듯이 주변에 쓰러졌다. 그리고 그 위에 새로운 신도가 몰려왔다.

"……그, 그만둬…… 너희들, 염불을 그만둬! 이 영감한테 목숨까지 빨려버린다고!"

"녀석들에게는 그것만이 소망. 자신의 티끌과도 같은 목숨을 신의 혈육으로 바치는 영예만이 있을 뿐."

'틀렸어……! 이 신자들을 어떻게든 해야 해!'

순간 비스코의 뇌리에 버섯 화살로 신자들을 한꺼번에 쓸어버리는 그림이 떠올랐지만, 그것은 바로 안개처럼 사라졌다.

수라였을 시절의 비스코라면, 어쩌면 그 수단을 취했을지도 모르지만, 지금의 비스코는 긍지가 높고, 정련된 사랑의 힘을 손에 넣었다. 그리고 얄궂게도 그것 때문에 사악한 독니에 박히려 하고 있었다.

“네놈에게 부족한 것은, 이 창조의 힘. 아무리 파괴의 힘을 가졌다 해도, 녹식의 힘은 역시 가짜로군. 아카보시, 네놈은 파괴의 신은 될지언정, 창조의 신은 될 수 없다.”

“신이니 인간이니, 시끄럽다고……! 나는, 버섯지기다!”

비스코가 다 부서진 활을 들고 일어선 그때―.

“자, 자~ 여러분! 이런 피투성이 볼거리보다는, 좀 더 보고 싶은 게 있지 않아~?”

이런 긴박한 싸움터와는 어울리지 않는 여자의 높은 목소리가 들려왔다. 신자들이 문득 정신을 차리고 의아한 표정으로 주변을 돌아보자…….

신상의 싸움터보다 훨씬 높은 곳, 가슴팍 부근에서 핑크색 해파리 머리의 소녀가 선정적인 의상을 나부끼고 있는 게 보였다.

“자, 여기~! 여러분, 비록 금탑이 무너졌어도 콘조신은 죽지 않았다고요~!”

“뭐냐, 저 계집은……!”

“온, 가우나, 토레로, 리비, 스나우! 자, 가라앗―!”

티롤의 진언에, 신도들이 토해내 공중을 떠다니던 녹들이 황금색으로 반짝이는 금화의 산이 되어 쏟아졌다. 그에 맞춰서 형형색색으로 빛나는 보석이나 재물들도 차례차례 녹에서 형성되어 신도들에게 쏟아졌다.

“우와아! 돈이다, 돈이다앗!”

“이거 보석이야! 계속 쏟아지고 있어!”

쏟아지는 황금의 은혜에 그렇게나 켈싱하의 싸움에 열중하던 신도들이 곧장 싸움에 흥미를 잃고 서로의 금을 빼앗는데 열중하기 시작했다. 그렇게, 시합에 관심을 쏟는 자는 순식간에 사라지고 말았다.

"아니이이잇! 불손하다, 어리석은 것들! 신의 어전이란 말이다!"

"하하~! 착각도 정도껏 해야지, 할아버지! 사람은 무엇을 위해 기도할까? 첫째는 자기 목숨을 위해, 둘째는 돈을 위해서라는 게 세간에서는 정평이 나 있다고!"

"티롤! 너, 어느새……!"

"너는 닥치고 싸워! 이 녀석들의 눈을 속이는 동안, 그 녀석은 재생할 수 없어!"

티롤은 그 이국적인 의상으로 금색 장식을 딸랑 울리더니 빙글빙글 신상 위에서 춤을 췄다. 진언으로 만든 가짜 돈은 어딘가에서 불어오는 바람에 실려 탑 밖으로 날아갔고, 신자들도 그를 따라 와글와글 탑에서 나가버렸다.

"네, 네 이놈들…… 구, 구제 불능의, 어리석은 것들 같으니……!"

"핫! 네놈은 그 어리석은 놈들의 힘이 모인 풍선 같은 거잖냐."

"지껄이지 마라, 꼬마 주제에!"

분노한 켈싱하의 창이 즉시 몸을 젖힌 비스코의 몸을 스쳤다. 방해가 들어온 이상, 쓸데없이 녹의 힘을 써선 안 된다고 판단했는지 그 다부진 육체에 비스코 이상의 완력을 싣고 창을 휘둘렀다.

'젠장! 이 녀석은, 이 영감은……!'

비스코는 앞서 버팀목이었던 활을 잃고 단도와 발차기만으로 맞섰지만, 무한하다고 여겨지던 녹식의 힘도 상처 치료 탓에 힘이 깎여서 공격을 흘려내는 게 고작이었다.

'강해! 지금까지, 내가 싸웠던 무엇보다도!'

"예정을 변경하겠다, 아카보시. 너를 죽이고, 그 오장을 가지고! 새로운『경전』을 만들어주마!"

"……젠장, 힘을 차단해도 이 정도라니. 정말 대단한 영감이라니까!"

한참 신도들에게 보여주던 황금의 춤을 일단 쉬던 티롤이 숨을 헐떡였다.

"……그보다도, 아카보시가 지친 거야. 피를 너무 흘렸어! 아아, 미로는 뭐 하는 거야!"

"티롤 님!"

"으엑?!"

"티롤 님, 여기, 예요……!"

티롤이 목소리가 들려온 방향을 보자, 신상 흉부 주변에서 오른쪽 손목이 녹의 사슬 같은 것에 묶여 있는 암리가 보였다.

티롤은 재주 좋게 훌쩍 그곳으로 다가가 암리와 얼굴을 마주했다.

"너, 안색이 왜 그래……! 녹을 너무 삼킨 탓이야? 이대로 가면 너까지……."

"들어 주세요, 티롤 님. 신도는 봉쇄했어도 제 안에는 아직 녹의 힘이 모여 있어요. 켈싱하가 아무리 상처 입어도, 또 저한테서 녹을 흡수할 뿐이에요."

"그, 그럴 수가! 그럼 외통수라는 거야?!"

"들어 주세요. 티롤 님."

암리는 꽉 묶인 손목 탓에 얼굴을 찡그리면서 말을 이었다.

"제가 녹을 토해버리면 돼요. 하지만 허공에 토해내기만 해서는 또 켈싱하의 먹이가 되어 버릴 거고, 티롤 님 같은 일반인에게 녹을 토하면 녹슬어버릴 뿐……. 하지만, 만약……『녹을 먹어치우는』 인간이 있다면……."

"너, 진심으로 하는 소리야?!"

티롤이 놀라서 외치자 켈싱하의 주의가 그쪽으로 쏠렸다. 비장의 수단인 암리를 빼앗겨서는 안 된다며 초조해졌는지, 켈싱하는 신음하면서 티롤에게 달려들려 했다.

"이 자식!"

"비켜라, 야크샤 놈아!"

그 앞을 가로막으며 몸을 날린 비스코의 발차기와 켈싱하의 창이 거의 동시에 상대를 후려쳤다. 비스코의 날카로운 발차기로 켈싱하를 떨어뜨리는 것은 성공했지만, 동시에 켈싱하의 창이 비스코의 오른쪽 눈을 깊숙이 관통했다.

"끄아아악—!"

"안 돼에—! 아카보시——!"

"샤카카카……! 네놈, 뇌는 재생할 수 있느냐? 뭐, 상관없지. ……선언대로, 오장을 뽑아…… 새로운 『경전』으로 삼아

주마……!"

'젠장…… 일어설 수가 없어. 다리가, 안 움직여……!'

켈싱하는 천천히 비스코에게 다가가다가, 옆에서 날아온 누군가의 살기를 느끼고 즉시 물러섰다.

"이야아아압!"

"으음!"

날아온 철곤이 흰 수염의 끄트머리를 날려버리고 켈싱하의 바로 앞쪽 지면을 깨부쉈다.

"네 이놈! 아카보시에게 무슨 짓을 한 거냐!"

"샤아—앗! 계집이 한 마리 늘어본들—!"

"바루라, 스나우!"

파우가 내리친 철곤을 창으로 받아낸 켈싱하의 발밑에서, 또 다른 녹창이 무수하게 돋아나 그 옆구리를 관통했다. 이를 드러낸 노인의 얼굴이 분노로 일그러졌다.

"그럼, 생쥐 두 마리는 어떠냐? 늙은이!"

"이, 이 암여우……!"

파우의 철곤과 라스케니의 진언이 파상 공격을 펼치자, 켈싱하는 온몸의 근육을 새빨갛게 물들이며 증기를 뿜을 듯이 분노로 미쳐 날뛰었다.

앞뒤가 보이지 않게 된 켈싱하의 빈틈을 노리고, 미로가 싸우는 세 사람을 뛰어넘어 신상으로 다가가 단도로 암리의 속박을 끊어냈다.

"미, 미로, 님!"

"암리, 다행이다. 늦지 않아서!"

미로는 암리의 하얀 뺨을 살짝 어루만지며 판다 얼굴로 씨익! 미소 지었다.

"비스코를 도와야 해. 암리, 가자!"

"네!"

미로는 티롤과 얼굴을 마주 보며 고개를 끄덕이고는 암리를 업고 토끼처럼 뛰어서 선혈에 뒤덮인 채 몸을 웅크린 비스코에게 착지했다.

"비스코, 나야! 대답해!"

비스코는 이미 입과 눈을 크게 부릅뜨고 있는, 의식이 있는지조차 알 수 없는 위험한 상태였다. 녹식 포자도 완전히 움직임이 약해져서, 때때로 오렌지색 가루를 약간 흩날리는 정도였다.

"……비스코! 틀렸어, 녹식이 완전히 약해졌어……!"

"암리! 어떻게 해야 해?! 내 피라도 필요해?! 내장도…… 이, 이런 상황이라면, 하, 하나 정도는, 줄 수도 있으니까! 어떻게 아카보시 좀 치료해줘!"

비탄에 잠긴 두 사람과는 달리, 암리는 부드러운 발걸음으로 비스코에게 다가갔다. 그리고 무릎을 꿇고 그 얼굴을 다정하게 안으며 미소 짓고는 미로를 곁눈질했다.

"살아날 거예요. 비스코 님은…… 비스코 오라버니는, 강하니까요."

암리는 미로의 손을 이끌어 비스코의 오른손에 쥐여 줬다.

"당신이 가장, 잘 알고 있잖아요…… 미로, 오라버니."

"암리……!"

"지금까지 비스코 님에게 받은 녹을, 돌려드리면 되요. 그럼 곧바로 녹식이 녹을 먹어서…… 비스코 님의 몸에 힘을 되돌려 줄 거예요."

"그, 그걸 반대로 하는 거구나?! 그, 눈으로 녹을 빨아들이는 거……."

"하지만 이제 아카보시의 배에 구멍은 뚫려 있지 않잖아?! 어디로 녹을 넣어야 하는데?"

"어머, 그러고 보니……. 구멍이 뚫려 있다면 어디라도 상관없는데, 곤란하네요……."

암리는 잠시 망설이듯이 눈썹을 오므리고는, 이윽고 미로와 티롤을 보며 활짝 웃었다.

"맞아요! 저희는, 가족이잖아요. 키스 정도는 스킨십이겠죠?"

""뭐어어엇?!""

미로와 티롤의 의문이 목소리로 나오기 전에, 암리는 의식이 없는 비스코의 입에 깊이 입맞춤을 하고는 몸 안쪽에서 솟구치는 어마어마한 힘의 분류를 비스코의 안에 쏟아 붓기 시작했다.

화악!

비스코를 중심으로 돌풍이 불면서 지금까지 잠들어 있던 녹식 포자가 일제히 비스코의 몸에서 솟아났다. 비스코 내부에 깃든 녹식이 암리에게서 흘러들어오는 녹을 먹으면서 온몸의 상처를 막고, 피를 폭발적으로 늘리자 머리카락이 불꽃처럼 일렁였다.

"이 녀석, 위급한 상황에서 키스만 하잖아! 미로, 괜찮은 거야?!"

"이것만큼은 어쩔 수 없잖아!"

비스코에게서 불어오는 돌풍을 맞으며 목청을 높인 미로는 비스코와 암리의 머리가 나부끼는 모습을 눈을 가늘게 뜨고 지켜봤다.

이윽고, 10초 정도 이어지던 바람이 잦아들고…….

비스코를 가장 강하게 드러내는 비취색 눈동자가 번뜩! 뜨였다. 비스코는 잠시 눈을 몇 번 깜빡이다가, 자신의 입술과 혀에 닿은 부드러운 감촉에 기겁하며 비명을 질렀다.

"으으으읍—!"

암리는 「푸아앗!」 하고 만족스럽게 입을 떼고 물러나면서 완전히 빨개진 얼굴을 위로 들어 비스코에게 나지막하게 중얼거렸다.

"근사했어요. 비스코, 오라버니……."

"뭐, 뭐야?! 나는 창에 머리를…… 야, 영감은 어딨어?!"

"아, 아카보시! 너 그런데도 살아 있어?! 재미난 인간이냐고?!"

"으아앗?!"

티롤의 놀란 목소리에 비스코가 고개를 들자, 조금 전 켈싱하가 꿰뚫은 창이 오른쪽 눈을 관통한 그대로였고, 결과적으로 비스코는 머리에 막대기가 관통된 채로 건강하게 살아남은 셈이 되었다.

"뭐야, 이게!"

"비스코, 켈싱하가……!"

"아카보시이이이이—!"

그때, 두 여자를 엄청난 완력으로 뿌리친 켈싱하가 자신이 가진 진언의 힘을 총동원하여 거대한 녹의 대종을 여러 개 만들어 네 명을 향해 내던졌다.

"찌부러져라아아!"

"젠장! 저놈, 한꺼번에 뭉개버릴 셈이야!"

온 카르다 셰드 스나우
"맡겨둬! won, kard, syed, snew(명령자의 주변을 지킨다)!"

"맞출게요! 온, 카르다, 셰드, 스나우!"

미로와 암리, 두 사람의 진언이 비스코 일행을 감싸며 녹과 보라색 무늬로 반짝이는 반구형 대방패를 만들었다. 떨어진 대종이 방패에 차례차례 박혔지만 결국 그것을 뚫어내지는 못했고, 네 사람은 진언 방어막 안에서 가까스로 살아남았다.

"바보 같은 놈! 벼락치기 진언으로 내게 대항하다니! 그대로 짓눌러 주마!"

"녀석의 말대로 오래 버티지는 못해요!"

암리가 얼굴을 찡그리며 자신에게 남은 녹의 힘을 한계까지 방패에 쏟아 부었다.

"어떻게든, 녀석에게 일격을 날려야……!"

"젠장! 내게 활만 있었다면……!"

"비스코. 그대로 있어."

"으응?!"

"가장 강한 활을 상상해서, 당겨봐. 네가 당길 수 있는, 최고의 강궁을……."

방패를 전개하던 미로가 조용한 목소리로 옆에 있는 비스코에게 속삭였다. 비스코는 잠시 미로를 바라본 채 눈을 몇 번 깜빡이다가, 이내 고개를 끄덕이고 자신이 생각하는 가장 아름다운 폼으로 활을 당기는 포즈를 잡았다.

"너는, 버섯지기의 일등성이야. 어째서 네가 강한지, 알고 있어?"

"……."

"그렇게 믿고 있기 때문이야, 비스코. 믿으면 믿을수록 너는 강해져. 활을, 버섯을, 나를, 그리고 너 자신을……."

온 샤다 애드 비비키 스나우
"won, shad, add, viviki, snew(대상에게, 원하는 무기를 부여한다)……."

미로의 진언이 조용히 끝난 순간, 슉슉 회전하던 녹색 큐브가 비스코가 내민 왼손으로 스르륵 빨려 들어갔다. 이윽고 삐직, 뿌직, 빠직 하는 소리가 나면서 에메랄드색으로 빛나는 대궁이 그 손에서 천천히 반달을 그리듯이 형성되어 갔다.

비스코의 오른 손가락을 통과한 큐브가 빛나는 현을 그려내자, 에메랄드색으로 반짝이는 진언의 대궁이 신화처럼 비스코의 양손에 들어왔다. 묵직하고, 그러면서도 비스코의 완력에 제대로 응해줄 수 있는 탄력성은, 비스코가 지금까지 들었던 것들 가운데서도 격이 다를 만큼 강력한 활이라는 것을 간단히 느끼게 해주었다.

"앗! 뭐야, 이게!"

"활인데?"

"그건 알아, 멍청아!"

"와악~! 바보바보바보! 이제 못 버텨~!"

티롤의 비명에 순식간에 전사의 감을 되찾은 비스코는 한 쪽 눈으로만 조준하고 곧바로 켈싱하를 향해 화살을 날렸다.

쉭—!

"윽?! 뭐냐, 그 활은?! 온!"

켈싱하가 즉시 녹방패를 쳤지만, 비스코의 화살은 그것을 쾅! 하고 관통하여 그대로 켈싱하에게 날아갔다.

"크윽?! 말도 안 된다! 온, 온!"

황급히 켈싱하가 친 두 번째, 세 번째 방패도 꿰뚫은 비스코의 버섯 화살이 마침내 켈싱하의 어깻죽지에 깊숙이 꽂혔다.

"윽?! 끄아아악—!"

"해, 해냈어요!"

"틀렸어! 버섯이 안 피어. 이 활을 제대로 다루지 못하고 있어……!"

"아카보시잇—!"

화살의 위력은 어마어마했지만 켈싱하의 진언을 멈추지는 못했고, 분노로 인해 켈싱하의 힘은 계속 늘어나고만 있었다. 비스코도 재빨리 두 번째 화살을 메기려 했지만, 손에 든 대궁이 너무나도 강인한지라 도저히 평소처럼 필살의 화살에 확신을 실을 수가 없었다.

"젠장! 현이 너무 강해서 화살이 밀려버려! 뭔가, 창이라도 쏠 작정으로 하지 않으면……."

"와아앗! 여기 보지 마! 언제까지 그대로 놔둘 거야! 그거 빨리 뽑아!"

"아앙?!"

"꽂혀있잖아! 오른쪽 눈에, 창이!"

비스코는 그제야 자신의 오른쪽 눈을 관통하고 있는 켈싱하의 창을 떠올렸다. 힘으로 그것을 뽑아내자 쑤욱, 쑤욱 하는 감촉과 함께 비스코의 녹식 피에 젖어 오렌지색으로 빛나는 두꺼운 화살 같은 것이 묵직하게 손에 잡혔다.

"그래! 티롤, 이거라면 되겠어!"

"꺄앗! 뽑아도 여기 보지 마! 구멍 뚫렸잖아, 구멍!"

비스코는 크게 숨을 내쉰 뒤, 온몸의 광채를 더욱 강하게 내뿜으며 그 힘을 모두 활에 담았다. 두꺼운 녹식 화살은 비스코의 의지에 호응하듯이 점점 광채를 발하며 청탑 전체를 비추는 태양의 화살이 되어 켈싱하의 심장을 확실히 겨냥했다.

미로는 파트너 옆에서 등을 받쳐주며, 그 호흡이 서서히 조용하게 잦아들면서 모든 초조함을, 분노를, 극한의 집중으로 바꾸는 것을 느꼈다.

이 파트너의 호흡을, 미로는 알고 있다.

몇 번이나 등을 맞대고 위기를 넘어서는 가운데 느껴온 감각 중 하나.

"……이길 거지. 비스코."

"……어쩌면, 나도……."

비스코가 중얼거릴 때마다 태양빛으로 빛나는 가루가 입에서 새어 나왔다.

"힘에 모든 걸 맡기고, 저 녀석과 비슷한…… 악랄한 삶을, 선택했을지도 몰라. 그 이미하마의 거리에서…… 너를 만나지 않았다면……."

"……."

"세상이 보기에 사악하든 말든, 모든 것을 뚫어내고, 야망을 이루기 바로 직전까지 접근한 거야. 영감은, 한결같았어…… 언제나, 한결같았지……."

"하지만, 고독했어."

"응. 그러니까…… 내가, 이기겠지."

언뜻 조용해진 비스코 주변에 불똥 같은 포자가 타오르듯이 살짝 분출됐다.

꿰뚫렸던 오른쪽 눈은 지금은 빛나는 포자로 인해 완전히 재생되었고, 한 쌍의 비취색 눈동자는 이미 한 조각의 분노도, 공포도 벗어던진 채 켈싱하를 응시했다.

"뭐냐…… 뭐냐, 그 눈은! 분노하라! 두려워하란 말이다, 아카보시이!"

비스코의 범상치 않은 모습을 본 켈싱하가 완전히 공격을 멈추고 모든 녹의 힘을 자기 뱃속에 집중했다.

"시, 신은……! 신은, 한 명이다! 나야말로! 녹슬어버린 세상의 이치를 관장하는! 신이 될 것이다! 아카보시이—!"

턱이 빠질 듯이 입을 크게 벌린 켈싱하의 체내에서 그야말로 기둥이라 부르는 게 알맞을 것 같은 어마어마하게 두꺼운 대창이 엄청난 기세로 튀어나왔다.

켈싱하가 보라색으로 빛나는 그것을 들고 한번 부우웅! 휘두르자, 그 일격을 맞은 신상의 목이 버터처럼 잘려나갔다. 신상의 목은 아득한 지면에 떨어져 부서졌고, 도망치는 신도들의 비명이 한층 커졌다.

"괴, 굉장한 힘……! 비스코 님! 잘못하면 당하고 말 거예요!"

"우와아—! 아카보시, 빨리 쏴, 빨리—!"

"아카보시! 육탑의 전승 속에서! 영원히, 내게 굴복하라—!"

그 장대한 창을 들고 네 명에게 돌진하는 켈싱하의 수라와 같은 시선을, 얄궂게도 태양신처럼 웅대한 모습을 한 비스코가 정면에서 맞받아쳤다.

"영감!"

"음?!"

"너, 강하더라. 잔재주 없는 승부였다면 몰랐을 거야……."

켈싱하의 창이 암리와 미로의 방패를 꿰뚫는 것에 맞춰서—.

활을 당긴 비스코의 전신에서 포자의 불똥이 타오르듯이 분출됐다. 두꺼운 화살에 포자의 선이 여러 갈래로 그어지며 분출하는 마그마의 전조처럼 오렌지색으로 빛났고…… 이윽고 한낮의 태양처럼 새하얗게, 눈이 부실 정도로 빛났다.

"잘 가라!"

퍼엉!

비스코가 쏜 건곤일척의 화살은 새하얀 빛 자체가 되어 공기를 가르며 켈싱하가 혼신의 힘으로 긁어모은 장대한 창의 끄트머리에 콰직! 꽂혔다.

"……샤, 샤카카카! 그, 정도쯤…… 윽?!"

빠각, 빠각, 빠각!

잠시 기세를 잃은 것처럼 보였던 비스코의 화살은 꽂힌 곳에서부터 빛나는 녹식을 피우며 창 전체에 균열을 냈다. 화살은 서서히 스피드를 올려서 켈싱하의 창에 파고들어 점점 기세를 늘려갔다.

압도적인 장대함을 자랑하던 켈싱하 필살의 창은 순식간에 태양의 버섯과 화살에 먹혀서 어마어마한 스피드로 켈싱하 자신을 향해 부서져갔다.

"마, 마, 말도 안 된다아아아!"

켈싱하는 곧장 판단을 내리고 창의 생성을 푼 뒤 녹의 힘을 몇 겹이나 겹친 방패로 변환했다. 기세가 전혀 줄어들지 않은 비스코의 화살은 선두 방패에 깊숙이 꽂혀서 푸욱! 하고 크게 파고들었다.

"이, 있을 수 없다…… 있을 수 없어……!"

콰직! 콰직! 비취색 강궁이 굉음을 내며 켈싱하의 방패를 파고 들어왔다.

"질 리가 없다! 내가, 이 마쇼텐 켈싱하가……!"

전신이 땀에 젖은 채 비스코의 화살을 막아내던 켈싱하의 방패도 이제 마지막 한 장만 남았고, 화살 끄트머리가 그 표

피를 이제 막 돌파하려 하고 있었다.

"신뿐이다! 나를 멸할 수 있다면! 그건 신뿐이란 말이다—!"

"그 말대로, 신만이 너를 멸할 수 있다면!"

암리가 슬쩍 비스코 옆에 서서 켈싱하의 외침에 대답했다.

"비스코 님…… 아니, 비스코 님과 미로 님이야말로 진실된 신이었다. 그것뿐인 일. 신념 없는 신앙의 먼지가 되어 사라져라! 악귀 켈싱하!"

켈싱하의 피투성이 안구에 비친 것은, 서로를 받쳐주며 서 있는 붉은색과 푸른색으로 빛나는 두 개의 별이었다. 그 두 생명이 한 쌍으로 빛나며 죽어가는 자신을 비추자, 켈싱하는 결코 인정할 수 없었던, 자신 이외의 신성을 보았다.

"……잘, 못, 보았구나. 신성은, 아카보시 안에 있었던 게 아니라, 녀석들 두 명의, 유대 안에…… 신이, 깃들어 있었던 것인가……!"

푸욱, 빠끔, 빠끔!

"아카보시이이——!"

단말마의 절규와 함께 마침내 비스코의 두꺼운 화살이 켈싱하를 꿰뚫었다. 비스코와 미로, 두 사람의 포자가 합쳐진 녹식은 켈싱하 안에 있는 무진장한 녹의 기세를 이겨내며 그 다부진 근육으로 이루어진 육체를 뚫고 차례차례 피어났다.

그러나—.

"나는, 지지 않는다……."

빠끔!

"나는……."

빠꿈, 빠꿈!

"아카보시…… 네놈에게는…… 지지 않는다아……."

어마어마한 집념, 아니, 신념이었다. 진언을 생각하면 머리에서 버섯이 피어나고, 말로 하면 혀에서 피어났지만…… 켈싱하는 그것들을 자기 손으로 뜯어내면서 비스코를 향해 휘청휘청 다가갔다.

그 처절한 광경에 무심코 눈을 가린 암리의 모습을 곁눈질하던 비스코는 결연히 앞으로 나가 버섯 시한폭탄으로 변한 켈싱하의 눈앞에 섰다.

그 태양처럼 빛나는 모습은 고귀하고, 신성해서…… 마치 일찍이 켈싱하가 갈구했던 신의 관록이 깃들어 있었다.

"큭, 크아악—!"

켈싱하가 목숨을 건 진언으로 만들어 낸 녹창이 비스코의 가슴에 닿았고…… 그것은 근육을 뚫지 못한 채 부스스 바닥에 무너졌다.

"커, 헉……!"

그것과 함께, 켈싱하의 안에 담겨 있던 막대한 양의 녹이 몸에서 차례차례 빠져나와 공기 중에 녹아내렸다.

그리고, 그 후에는…….

처음에 비스코가 구해줬던, 뼈와 거죽만 남아 있는 죽기 직전의 안쓰러운 노인 한 명이 남아있을 뿐이었다.

"……. 우, 우……."

"……."

"……처음부터, 신은 너였는가. 기고만장했던 노인에게, 천벌이 떨어진 것인가."

"나는 버섯지기야. 신도 악마도 아니야."

"……."

"천벌도 뭐도 아니야. 나는, 내가 믿는 것에 따라서 너를 쓰러뜨렸어. 하지만 네가 틀렸다고 생각하지는 않아. 터무니없이 빌어먹을 놈이라고 생각하긴 하지만, 그래도, 엄청 강했어."

"……."

"하지만, 강한 신념이라는 건, 끌어들이거든…… 그 두 가지를, 마치 자석처럼. 엄청 격렬하게…… 불똥을 흩뿌리듯이 서로 몇 번이나 부딪치고, 마지막에는……."

"한쪽이, 부서질 뿐인가……. 그래서, 네가, 남았나. 아카보시."

"뭐……."

비스코는 지금까지 피로 피를 씻는 사투를 펼쳤다는 것을 완전히 잊어버린 듯한 소년의 얼굴로 씨익 웃었다.

"그런 셈이지. 운이 없었네, 영감!"

빠꿈!

비스코의 터질 듯한 밝은 미소에 넋을 잃은 켈싱하는, 몸에서 피어나는 녹식의 기척을 느끼고는 남은 힘을 쥐어짜서 비스코에게 말했다.

"……들어라. 아카보시. 내가 다루는 진언이라는 것은, 녹을 뜻대로 조종하는 기술. 한 인간이 말로 조종하는 것으로는 이 정도가 고작이지만, 그 근본은 아마 녹의 힘으로 세계를 뜻대로 다시 만들기 위한 것."

"세계를…… 다시 만들어?"

"그런 시스템을 가진 자가 이 세계에, 있다. 나는 그것을 『신』이라 부르지. 우리의 세계는 항상, 그들 『신』의 손아귀 안에 있다."

"……뭐?! 여, 영감, 갑자기 뭘……!"

"잘 들어라. 너와, 네 파트너. 네놈들은 『신』이 상정하지 않은 곳에서 이 세계에 태어난 새로운 한 쌍의 신. 녹식, 녹을 먹는 존재다. 분명 『신』의 거대한 힘이 네놈들을 노리겠지……. 그것은 아득한 옛날, 도쿄에 구멍이 뚫리기 전의…… 끄헉!"

"야, 영감! 아직 죽지 마! 어려운 이야기는 제대로 이해할 수 있는 녀석한테 하라고!"

두 사람의 대화를 가로막듯이 켈싱하에게서 녹이 흩어졌고, 그것을 먹이로 삼은 녹식이 차례차례 청탑을 먹어치우자 콰앙, 콰앙 소리를 내며 붕괴해갔다.

제정신으로 돌아와 눈사태처럼 도망치는 신도들을 한껏 짊어진 아쿠타가와가 커다란 몸으로 신도들을 차례차례 피난시켰다.

"서둘러라! 이구아나에는 네 명까지 태워라! 덩치 큰 녀석은 직접 날라라!"

"신도들이여, 여기에서 모든 신은 죽었다! 지금은 살아라. 살아서 자기 안의 신을 찾는 거다! 기도하지 마라! 일어나서,

여기서 도망쳐라—!"

선두에 선 파우와 라스케니가 자경단과 신도들에게 목소리를 높여 외쳤다. 이구아나 기병이나 칸드리도 신도들을 업고 무너지는 탑에서 도망쳤다.

"비스코! 이제 한계야. 우리도 가자!"

티롤과 암리를 대피시키고 돌아온 미로를 곁눈질한 비스코는 그 품에서 버섯 백신 앰플을 재빨리 뽑아 눈앞에 웅크린 켈싱하의 어깨에 주사했다.

"아, 아아앗?! 뭐 하는 거야, 비스코!"

"그대, 영감을 죽이지 말지어다. 내버려 두면 죽으니까, 라는 버섯지기의 말이 있어."

비스코는 천연덕스럽게 파트너를 돌아보고는 태연하게 대답했다.

"녹의 힘은 버섯이 다 먹어치웠어. 이 녀석은 이미, 바로 얼마 전에 주운 말라비틀어진 영감이야. 바로 죽어. 그러니까 어떻게 죽을지 정도는…… 스스로 고르게 해주자고."

미로는 비스코의 결연한 말에 곤란한 듯한, 뭔가 아름다운 것을 본 듯한 신기한 표정을 짓더니, 이윽고 고개를 살짝 끄덕였다. 그리고 그대로 파트너의 손을 잡고 신상 손바닥을 박차며 청탑 중앙으로 뛰어내렸다.

한편, 몸 안에 있던 버섯이 말라가는 것을 멍하니 바라보면서 몸에 서서히 핏기가 돌아오던 켈싱하는, 자신의 양 손바닥을 바라보며 조용히 중얼거렸다.

"잃어버린, 것인가."
"100년에 걸쳐, 쌓아온, 녹의 힘을. 불사의 계단을……."
"고작, 아카보시의, 화살 하나로……."

"아카보시."

"아카보시의, 힘."
"그, 아카보시의, 오장의 힘……!"
"아카보시의! 오장의! 힘만 있다면—!"

켈싱하는 뱃속 깊은 곳에서부터 울리는 듯한 포효를 내지르고는 자신의 배에 꽂힌 비스코의 화살을 뽑아 로켓처럼 돌진해 버섯지기의 등을 향해 내질렀다.
"한 번 더! 위를, 내놓아라! 아카보시—!"
"너의, 그런 부분도……."
켈싱하가 내지른 혼신의 찌르기는 비스코의 등에 닿기 직전 허공을 가르며 커다란 빈틈을 낳았다.
찰떡같은 호흡으로 움직임을 맞춘 두 버섯지기는 등을 맞댄 돌려차기로 켈싱하를 저 멀리 신상 쪽으로 걷어찼다.
"싫지는 않았어! 영감!"
두 사람이 당겨서 쏜 화살은 날아가는 켈싱하를 쫓아가 미로가 머리를, 비스코가 심장을 각각 꿰뚫어서 콰악! 소리를 내며 그대로 신상에 꿰어버렸다.

빠꿈, 빠꿈, 빠꿈!

원래부터 있던 활의 위력에 더해서 켈싱하에게 깃들어 있던 녹식 인자를 다시 눈뜨게 만든 두 사람의 활은 그 균사를 순식간에 신상으로까지 넓혔고, 그뿐만 아니라 청탑 전역에까지 포자를 퍼뜨렸다.

"아아앗! 바보! 너, 너무 세게 쐈잖아!"

"아아앗! 미안! 큰일 났다, 폭발할 거야!"

두 사람이 공중에서 낙하하는 타이밍에 옆에서 날아온 아쿠타가와가 그 둘을 받아내고는 엄청난 속도로 탑에서 도망쳤다.

빠꿈, 빠꿈, 빠꿈.

빠꿈!

더욱 강렬한 폭발이 육탑 중앙에 어마어마하게 거대한 버섯탑을 세웠다.

"우, 우와아! 굉장해, 비스코! 버섯탑이야!"

"그런 말 할 때냐, 바보 자식아!"

두 버섯지기를 태운 아쿠타가와는 그 기세를 싣고 몸을 날려 육탑으로 이어지는 외다리에 착지했고, 그대로 두 사람을 품에 안은 채 데굴데굴 굴렀다. 뒤에서 점점 무너지는 다리의 속도는 이미 아쿠타가와를 추월할 만큼 빨라서, 다리 끝을 30미터 남겨둔 시점에서 아쿠타가와는 육탑을 둘러싼 절벽 속 심연에 삼켜지려 하고 있었다.

"이걸 잡아, 아카보시—!"

신도들에게 뒤엉킨 이구아나에서 뛰어내린 너츠가 손에 든 앵커가 달린 작살을 그 조그만 몸에서 나오는 강대한 완력에 실어 던졌다. 무너지는 다리가 아쿠타가와를 삼키기 직전, 아쿠타가와는 재주 좋게 작은 집게발로 그걸 감아서 간발의 차이로 육탑을 둘러싼 커다란 구멍 가장자리에 대롱대롱 매달렸다.

"해, 해냈다~! 제법이네, 너츠!"

"무거워어어어! 프람, 다들 불러와!"

아무튼 앵커에 걸려 있는 건 초대형 쇠꽃게다. 앵커를 지면에 박아도 흙과 함께 무너져버리면 대책이 없다. 얼굴을 새빨갛게 물들이며 앵커를 당기는 너츠 뒤에서 부드러운 살결이 느껴졌고, 미모의 여지사가 소년의 몸을 안고 그 괴력이 담긴 양팔로 앵커를 붙잡았다.

"훌륭하다, 너츠! 역시 단장을 네게 넘긴 건 정답이었어."

"지, 지사님! 집중할 수가 없잖아요, 떨어지라고!"

"으응? 어째서냐? 정신 똑바로 차려, 아쿠타가와가 떨어진다!"

"닿고 있다고요! 가슴이……!"

순간 입을 쩌억 벌렸다가 「아하하하하!」 하고 유쾌하게 웃은 현지사 주변으로 자경단원들이, 그리고 주위에서 상황을 보던 신도들이 모여서 일제히 앵커를 당기기 시작했다. 거의 서른 명 가까이, 힘으로만 따지면 일당백의 힘으로 끌려 올라간 아쿠타가와는 역시 힘을 모두 써버렸는지 지면을 데굴데굴 구르면서 두 주인을 작은 집게발로 주변에 휙 내던졌다.

"……우오오…… 지쳤어……. 이렇게까지 했는데도 안 죽는 건가. 불행한 몸이야."

"아하하, 정말이라니까! ……앗, 비스코. 저기 봐봐!"

미로의 부축을 받아 일어난 비스코의 눈에 들어온 것은…….

이미 완전히 붕괴한 육탑을 대신하여 휘황찬란하면서도 힘차게 뻗어난, 태양 같은 녹식의 탑이었다. 그것은 약한 바람을 타고 따스한 포자를 흩뿌리면서 그 버섯갓에 마치 성운(星雲)과도 같은 붉은색과 녹색의 마블 문양을 그렸다.

비스코의 붉은 녹식과 미로의 녹색 녹식…… 두 생명력이 자아내는 아름다운 대조였다.

"신앙의 탑이, 그냥 커다란 버섯이 되어 버렸네. ……아무래도 우리는 너무 화려하게 저지른단 말이야. 육탑의 신자들한테 미안한 짓을 했어."

"그렇지도 않은 것 같아. 저길 봐……."

미로가 가리킨 방향을 보자, 일동의 분투로 육탑에서 피난한 수많은 신도들이 한 명, 또 한 명, 빛나는 녹식의 탑을 향해 다가가더니…….

길을 가로막는 커다란 낭떠러지 앞에서 천천히 무릎을 꿇기 시작했다.

곤혹스러워하는 이미하마 자경단원 앞에서, 천 명을 가볍게 넘는 신도들이 일제히…….

누구에게 말을 들은 것도 아니고.

무언가를 갈구하는 것도 아니고…….

그저, 눈앞의 버섯탑에서 나오는 신성만으로 그에 무릎을 꿇고, 각자 가슴에 백지와 같은 교리를 품은 채, 그저 소리 없이 기도했다.

"……."

"……."

미로는 눈앞에 펼쳐진 광경을 본 비스코가 빈정거리는 말을 내뱉는 걸 기다렸지만…… 아무래도 일대에 풍기는 진지한 모습에 서툰 경의 같은 걸 표하려는지 평소의 독설을 참고 있다는 것을 알아챘다.

미로는 그 옆얼굴을 보며 부드럽게 웃고는, 자신도 파트너를 놀리는 건 잠시 멈추기로 했다.

"비스코. 우리도 기도할까?"

"이제 충분해. 우리가 실컷 기도했으니까, 저렇게 된 거잖아?"

비스코는 그렇게 말하자마자 버섯탑을 보는 걸 그만두고 느릿느릿 걷는 아쿠타가와에게 손을 흔들었다. 아쿠타가와가 주변에 몰려든 신도들의 신수 취급에 진저리를 치며 무척 걷기 힘들어하는 것처럼 보이자, 두 사람은 웃으며 대게를 맞이하러 달려갔다.

14

"자, 아쿠타가와 님도 이제 훌륭한 왕집게발이 되셨네요."

부지런히 부흥이 진행되는 전(前) 육탑 주변 번화가에서,

아쿠타가와는 재생된 왕집게발을 붕붕 휘두르며 자랑스럽게 머리 위로 들어 올렸다.

그것만이 아니었다. 라스케니가 아쿠타가와의 전신에 황금색으로 반짝이는 호화로운 화장 문양을 새겨서 용맹스러우면서도 반짝거리는 모습이 되었다.

"사악한 불사승정에 맞선 전사의 화장이야. 내가 말하기는 그렇지만…… 후후, 꽤 볼만해졌지?"

"와아~! 굉장해, 아쿠타가와! 가부키 같아!"

"켁! 어차피 탈피하면 벗겨진다고."

하품하는 비스코의 귀를 미로가 꼬집는 평소와 같은 광경을 뒤에서 바라보던 티롤은 여느 때와 같은 행상인의 모습으로 돌아가서 무척 행복해하는 모녀 두 사람에게 물었다.

"신세를 진…… 건지 신세를 돌봐준 건지는 모르겠지만, 아무튼 원만하게 수습돼서 다행이네. 너희는 앞으로 어쩔 거야?"

손을 뒤로 깍지 낀 암리는 소란을 떠는 두 버섯지기를 조금 쓸쓸하게 바라봤고…… 그 후에는, 자신의 어깨를 다정하게 감싼 라스케니를 돌아보며 기쁜 듯이 웃었다.

"……사실은, 저도 비스코 오라버니처럼 여행을 하고 싶지만……. 아직 육탑…… 아니, 이 새로운 거리는 앞이 보이지 않는 길을 하나부터 나아가려 하고 있어요."

암리의 시선을 따라간 티롤이 주변을 돌아보자, 파괴된 상점이나 음식점은 이미하마 자경단의 조력을 받아 빠르게 모습을 되찾아가는 게 보였다. 그러나 육탑이 붕괴하기 전과는 달리 팔고 있는 주물이 모두 버섯 모양을 본뜬 것으로 변해 있었다.

"버섯 부적, 버섯 염주, 버섯 선향(線香)…… 원 패턴도 정도가 있잖아!"

"어머, 그건 어쩔 수 없죠. 그도 그럴 게, 신체가 버섯이니까요."

두 사람이 거리 저편, 붕괴한 육탑의 흔적에 우뚝 솟은 거대한 녹식 탑으로 시선을 옮겼다. 지금 녹식 탑에는 화려하기 그지없는 금줄이 여러 개 감겨서 완전히 시마네의 새로운 심볼로 변했다.

"아카보시와 네코야나기는…… 자신과 파트너를 향한 신앙만으로 이 육탑의 모든 신앙을 꺾은 거다. 저 버섯은 그 증표. 나와 암리가 그 증인. 속죄라고 하기에는 오만할지도 모르지만…… 그들의 삶을 본받아서 누구나 자신을 믿는, 그런 길로 모두를 이끌고 싶어."

"어, 또 종교를 일으킬 셈인 거냐! 누가 새로운 승정이 될 건데?"

"후후. 대승정 앞에서 머리를 너무 높이 드시는 것 아닌가요. 티롤 님."

"너였냐, 요게~!"

붙잡으려던 티롤의 팔을 스르륵 빠져나간 암리는 오만하게 웃으며 비스코와 미로를 향해 후다다닥 달려갔다.

그 모습을 바라보던 라스케니는 조금 미안한 듯이 티롤에게 말을 걸었다.

"……당신에게도 꽤 폐를 끼쳤지. 당신이 내 사악을 간파하지 않았다면, 희생이 더 늘어났을 거다. 미안하다. 줄 수 있는 건 아무것도 없지만……."

"딱히 필요 없어. 너희가 주는 건 별로 기대할 수도 없고."

"하지만, 그래서는……."

"물러터졌네~. 내가 돈 냄새를 잠자코 놓칠 것 같아?"

티롤은 라스케니에게 장난스레 웃어 보이고는, 그녀답지 않게 묘하게 부풀어 오른 가슴팍으로 손을 넣어서 금색으로 빛나는 가난자 신상을 꺼냈다.

다종다양한 보석으로 장식된 그것은 작지만 한눈에 봐도 엄청난 고가의 재보라는 걸 알 수 있었다.

"그건 콘조신의 신체일 텐데……! 어, 어느새……!"

"새로운 종파에 저속한 게 끼어들면 곤란할 테니까. 이건 내가 받아갈게!"

"아카보시 님—!"

여행 준비를 이어가던 비스코의 발밑으로 칸드리의 거구가 달려와 무릎을 꿇었다. 그리고는 그 엄숙한 얼굴에 살짝 눈물까지 흘리며 비스코를 올려다봤다.

"가시는 겁니까. 새로운 신으로서 저희를 이끌어 주시면 안 되겠습니까!"

"바보 같은 소리 하지 마. 평범한 버섯지기가 그런 호들갑스러운 짓을……."

"비스코."

미로가 살짝 웃으면서 비스코에게 귓속말을 하자, 비스코는 납득했다는 듯이 헛기침을 하고는 묘하게 엄숙한 태도로 칸드리를 돌아봤다.

"칸드리. 새로운 신의 구제는, 이 넓은 일본이 아닌 이곳 이즈모 육탑에만 내려줘야 한다…… 그렇게 말하고 싶은 거야?"

"헉! 그, 그렇지는……!"

"나는 구원의 포자를 뿌리는 여행에 나서는 거야. 너희는 이미 싹이 텄고, 지금부터 뻗어가고자 하는 이들이지. 거기에 나는 필요 없어…… 아, 하지만, 맞다."

억지로 엄숙한 태도를 만들던 비스코는 잠시 뒤 본래 모습을 되찾고는 납작 엎드린 칸드리의 고개를 들게 해서 같은 눈높이로 말을 걸었다.

"암리와 그 종파를 부탁해. 분명 앞으로 이 도시에서 피어날 희망의 씨앗이 될…… 나와 미로의, 여동생이야. 너의 지혜와 힘으로 그 녀석을 도와줘."

"예, 옙! 이 칸드리, 목숨과 바꿔서라도 꼭 그 말씀을 지키겠습니다!"

"그리고 라스케니하고는 친하게 지내. 옛날에 무슨 일이 있었는지는 모르지만, 앞으로는 동료니까."

이름이 언급되자, 거리의 잔해를 정리하던 라스케니와 칸드리의 눈이 마주쳤다. 그 모습에서 대략적인 상황을 짐작한 라스케니는 조금 곤란한 듯이…… 그래도 아름답게 미소를 지었다.

"아…… 아카보시 님의! 명령이시라면…… 크읍!"

칸드리가 너무나도 호들갑스럽게 기침하자 소년들이 웃었다. 칸드리 뒤에서 대기하고 있던 아케치슈의 승려들은 그 웃음을 보자 황공하다는 듯이 합장했다.

"모두 들어라! 지금부터 아케치슈는 암리 대승정의 산하에 들어간다! 지금까지 썩혀 두었던 지혜와 덕을 마음껏 활용하여 이 땅의 부흥에 전념하라!"

""""예!""""

돌아본 칸드리가 호령을 내리자 승려들은 일제히 답하며 파괴된 도시의 부흥을 위해 각자 위치로 흩어졌다.

"지혜를 관장한다는 것치고는 다루기 쉬운 녀석들이네."

"어쩔 수 없지. 여행을 그만둘 수는 없으니까. 빨리 시코쿠로 가서, 비스코의 고향으로 돌아가자……. 비스코의 활이 망가졌으니까 새로운 걸 받으러 가야지."

"너의 그 진언 활은 어떻게 됐어? 어느새 사라졌던데."

"응. 그건 아마 내 의식이 끊어지면 유지가 안 될 거야. 만드는 데 체력을 상당히 소모하니까…… 집중해도 활의 구현화는 하루가 한계 아닐까."

"에이, 그거 멋있었는데. 매일 만들어줘."

"된장국 끓여달라는 감각으로 말하지 마."

"비스코 오라버니!"

여행 준비를 이어가는 두 사람을 향해 암리가 파닥파닥 달려와서 비스코의 가슴팍에 확 뛰어들었다. 그리고 눈을 크게 뜬 비스코의 얼굴을 무구한 미소와 함께 바라봤다.

“비스코 오라버니. 가시는 거네요.”

“그렇지. 일단 시코쿠로 돌아갈 거야……. 그 후에, 만약 바람이 분다면, 또 여기에 들를게.”

“저와 스승…… 어머님이 모두를 이끌며 새로운 가르침을 펼칠 거라는 거, 들으셨나요?”

암리가 요 며칠 사이 무척 어른스러워진 얼굴로 미소를 지었다.

“저희는 앞으로 두 분을…… 비스코 님과 미로 님이 살아가는 방식을 신으로 모실 거예요. 자기 안에 있는 신을 찾아내고, 언젠가 소중한 누군가와 만나는…….”

암리는 소녀치고는 너무나도 요염한 동작으로 비스코의 뺨을 어루만지더니, 옆에서 굳어진 미로에게 똑같은 미소를 지어 보이며 물었다.

“종파의 이름을, 꼭 받고 싶은데요. 뭔가, 묘안이 있으신가요……?”

“종파의 이름?! 으음, 어쩌지…… 비스코, 뭔가 없을까?”

“쿠사비라슈야.”

비스코는 암리에게 약간 눌리면서도, 꽤 또렷한 근거를 가지고 즉시 답했다.

“쿠사비라 님은 원래 돗토리에 있던 버섯의 신인데, 켈싱하한테 망해버렸어. 영감도 뒈졌으니까 마침 잘됐네. 이름을 돌려받자고."

"쿠사비라슈…… 멋진, 이름이네요……."

몽롱하게 중얼거린 암리는 그 눈동자 속에 어렴풋한 정염(情炎)의 불꽃을 일렁이며 비스코의 귓가에 속삭였다.

"비스코 님. 쿠사비라슈는 일부다처제로 할까 하는데…… 어떻게 생각하시나요……?"

"끄악—! 미로!"

"안 돼, 안 돼, 안 돼—! 안 돼, 암리! 남편 한 명에 아내 한 명이야!"

"어머, 다른 신께서 그렇게 말씀하신다면, 거스를 수 없겠네요."

암리는 비스코에게서 훌쩍 떨어지고는 「아하하하하!」 하고 가슴에서 우러나는 웃음소리를 냈다.

그것은 마치 암리가 지금까지 맛봤던 고독, 슬픔을 모래처럼 씻어내는 듯한, 그런 웃음이었다.

또한 이후, 시마네에서는 신수로 등극한 『게』를 먹는 게 금지되어서 게 요리를 명물로 삼던 많은 음식점이 비명을 질렀다. 암리와 쿠사비라슈는 신앙의 방향성을 잃고 방황하는 수많은 시마네 현민들을 받아들여서 커다란 환영과 지지를 받았지만, 게 요리 금지 자체는 대호평을 받는 쿠사비라슈의 유일한 악습으로서 몰래 비판을 받았다고 한다.

15

“즉, 성과를 보자면, 내 불사가 낫기는커녕…….”

“나도 불사가 되어 버린 셈이네.”

“내 탓이라고 하고 싶은 거냐? 아앙?!”

“그럼 누구 탓인지 가르쳐줘.”

금색 화장으로 채색된 아쿠타가와의 안장에 올라 시코쿠를 향해 가고 있는 비스코와 미로는 수도 없이 사선을 헤쳐 나온 뒤라고는 보이지 않는 건강한 몸으로 서로 독설을 내뱉고 있었다.

다행히(?) 미로의 녹색으로 물든 머리색은 모근 색소부터 변한 게 아니라서, 내버려 두면 원래의 하늘색 머리로 돌아가는 모양이었다.

그러나 켈싱하에게서 빼앗은 진언 기술은 여전히 미로의 힘으로 남았고, 미로가 조금만 염원하면 손바닥 위에 녹색 큐브를 만들어 냈다. 미로는 슈륵슈륵 돌아가는 그것을 바라보면서 비스코에게 들은 켈싱하의 말을 떠올렸다.

『내가 다루는 진언이라는 것은, 녹을 뜻대로 조종하는 기술. 한 인간이 말로 조종하는 것으로는 이 정도가 고작이지만, 그 근본은 아마 녹의 힘으로 세계를 뜻대로 다시 만들기 위한 것』.

『네놈들은 녹식, 녹을 먹는 존재다. 반드시 『신』의 거대한 힘이 네놈들을 노리겠지…… 그것은 아득한 옛날, 도쿄에 구멍이 뚫리기 전의……!』

"……."

천천히 돌아가는 큐브를 살짝 쥐어서 뭉갠 미로는 문득 파트너 쪽을 돌아봤다. 섬세하게 흔들리는 자신의 마음속은 전혀 모르고 아무 고민 없이 크게 하품을 하는 파트너의 모습을 본 미로는 저도 모르게 그 뒤통수를 찰싹 때렸다.

"아얏! 뭐, 뭐야, 너! 갑자기!"

"스트레스 따위는 없어? 남의 마음도 모르고!"

"네, 네 몸은 어쩔 수 없었잖아! 암리의 제안을 받아들이지 않았다면 지금쯤 우리 둘 다 그 탑에서 뒈졌을 거라고."

"그게 아니라! 켈싱하의 이야기를 들었잖아. 자기보다 터무니없는 녀석들이 일본에 있어서, 앞으로 우리를 노릴 거라고!"

"뭐야, 그런 이야기였냐……."

비스코는 중단된 하품을 일단 그만두고 미로의 고민 같은 건 전혀 개의치 않는다는 듯이 태연자약하게 말했다.

"철이 들었을 때부터 언제나 누군가가 노리고 있었어. 이제 와서 누가 오든 변하지 않는다고…… 게다가—."

비스코는 평소처럼 장난스러운 표정으로 송곳니를 드러내며 미로의 손을 가리켰다.

"앞으로는 너의 그, 묘한 주술이 있으니까. 아쿠타가와에게 그 마법의 집게발이 있다면 뭐가 오든 지지 않아."

"너무 의지하지는 말라고. 나도 이 기술은 아직……!"

그때, 아쿠타가와가 미로의 항의를 가로막듯이 자랑스럽게 왕집게발을 들어 올렸다.

태연한 비스코의 모습에 미로는 목구멍까지 나오려던 반론을 삼키고 이내 살짝 웃으며 아쿠타가와의 집게발을 사랑스럽게 어루만졌다. 한편, 그 파트너는 눈을 가늘게 뜨고 저물어가는 커다란 태양을 바라보며, 누구에게랄 것도 없이 조용히 중얼거렸다.

"자비가 나한테 말했었어. 너는 화살 그 자체라고……."

"……응?"

"……한 번 쏜 화살은, 다른 방향으로 바꿀 수 없어. 할 수 있는 건, 날아가는 것뿐. 벽이 있다면 뚫고, 뚫지 못하면 거기서 끝이야."

"……서툰 녀석이라니까, 정말로!"

"불만이 있는 모양인데? 뭐가 불만이야, 아앙?"

"없어. 뭘 이제 와서. 마음대로, 마음 가는 대로 하라고. 내가 지켜줄 테니까."

"너, 그 보호자 낯짝은 뭐야!"

"보호자니까~."

시끄럽게 떠드는 두 사람 밑에서 아쿠타가와가 움찔, 움직임을 멈췄다. 말다툼을 그만두고 의아한 표정으로 들여다 본 두 사람 뒤에서, 뭔가 많은 사람들의 기척이 다가왔다.

"비, 비스코, 뒤쪽……!"

돌아본 2인조 뒤에서, 금은보화와 장사 도구를 등에 짊어진 콘조신의 잔당이 일직선으로 두 사람을 향해 달려오는 게 눈에 들어왔다.

“저기 있다! 이 길을 막고 있는 게 정답이었어!”

“그런 계집애를 교조로 모시다니 사양이야! 아카보시 니임~! 저희의 교조가 되어 줘요! 돈도, 명예도, 우리도 교조님 마음대로예요~!”

“으게엑—!”

콘조신의 잔당을 이끌고 있는 건 비스코 일행의 입교 시험을 맡았던 여장 승려들이었다. 두두두두두! 하고 흙먼지를 일으키며 다가오는 신도들을 본 두 사람과 게 한 마리는 몸을 부르르 떨고는 토끼처럼 그 자리에서 도망쳤다.

“정말이지, 언제나 지루하지 않네. 아쿠타가와!”

“너 인마, 무슨 뜻이야?!”

대게와 두 버섯지기는 오렌지색으로 저물어 가는 저녁놀을 등지고 검은 실루엣이 되어 시마네를 벗어나 비스코의 고향을 향해 일직선으로 달려갔다.

진언 비전서

접두 명령사

- ◆**온[won]**: 진언을 시작한다.
- ◆**나기[nigie]**: 진언을 중지한다.
- ◆**시케르바[skerva]**: 진언을 기록한 외부 출력을 기동한다.

대상자 지정

- ◆**카르다[kerd]**: 자신에게
- ◆**샤다[shad]**: 의식한 대상에게

중간 명령사

[녹 을 구 현 화]

- ◆**바큐라[vacurer]**: 녹으로 구속한다.
- ◆**바루라[varuler]**: 녹으로 공격한다.
- ◆**비비키[viviki]**: 녹으로 무기를 만든다.

[치 유]

- ◆**아스팔[aspal]**: 대상에게 무언가를 보충한다.
- ◆**암리타[amrit]**: 진언의 효과를 지우고, 단순한 녹으로 되돌린다.

[특 수]

- ◆**샴다[sharmd]**: 장기를 뽑는다.

[명 사]

- ◆**우르[ule]**: 위(胃)
- ◆**토레로[toreo]**: 금
- ◆**카르나[karna]**: 피

종료사

- ◆**스나우/크나우[snew/knew]**: 진언을 닫고, 즉시 발현시킨다.

〈사용례〉

"온, 샤다, 바큐라, 스나우." → 대상을, 구속한다, 바로

■작가 후기

또 할아버지를 메인 캐릭터로 삼고 말았다.

게다가 이번에는 악역. 중심인물이다. 『혈박(血迫)! 초선력(超仙力) 켈싱하』라는 부제까지 붙일 정도니까, 다들 저자의 켈싱하를 향한 범상치 않은 마음을 눈치채셨으리라.

힘없는 맹신자들을 짓밟고 그 힘을 빨아들이며, 오로지 야망의 계단을 올라가는 켈싱하의 삶은 무척이나 사악하며, 한결같이 긍정적이다. 제1권의 쿠로카와와 달리 『자신을 믿는』 힘에서는 비스코와 호각, 일찍이 없었던 강적이다.

결국 사랑을 갖지 못했기에 비스코와 미로가 가진 유대의 힘에 꺾였지만, 그 죽음, 발버둥도 그다워서 마음에 든다. 엄청 긍정적. 장렬한 죽음이라 할 수 있다.

또한 그를 기고만장하게 만들어 준 것이 본작의 트릭스터인, 라스케니.

그녀는 다른 제자들이 켈싱하를 저버리는 가운데 혼자 그에게 홀딱 반했고(모성을 자극받은 걸까요?), 켈싱하가 바라는 건 뭐든지 이루어 주는 못난 남자 제조기였다. 만약 라스케니가 제대로 켈싱하를 달래고, 두 사람의 아이인 암리를 계기 삼아서 켈싱하를 사랑에 눈뜨게 해줬다면, 어쩌면…… 그런 생각도 들었지만 켈싱하는 뼛속 깊은 곳까지 사악한 영감이니까 아무리 발버둥 쳐도 사랑은 자각하지 못했으리라.

한편 아군 사이드. 제2권에서는 당초 주인공 세 명(두 명과 게 한 마리)만 계속 나오고 나머지는 암리를 시작으로 한 새로운 캐릭터만으로 구성할 생각이었다. 그러나 담당 편집자님의 어드바이스에 따라 티롤을 내보내니 이 녀석이 참 쓰기 편한지라 상당히 의존하고 말아서, 「기왕 이렇게 됐으니 파우도 내볼까요?!」, 「네」 라는 스피드 대답을 거쳐 파우의 등장도 결정되었다. 칼베로의 아이들도 내보내서 종반에는 꽤 북적북적해졌다.

수만 명의 신자를 거느리고 그 힘을 흡수해서 비스코를 몰아세운 켈싱하였지만, 결국은 진심으로 비스코를 믿는 동료들의, 나아가서는 미로 한 명의 비스코 신앙을 당해내지 못했다.

경외심이나 카리스마로 얻은 맹신이 서로 마음을 맞대며 성장해 온 유대 하나에 패배한다…….

『믿는 것이란 무엇인가?』 라는 본 작품의 테마에서 작가가 나름대로 내놓은 해답이 이것이다.

『무언가를 믿을 때는 그것이 무엇인지 확실히 파악하고 능동적으로 믿자!』 라는…… 이번에는 그런 의미가 들어간 이야기였다(『녹을 먹는 비스코』는 단순한 엔터테인먼트 소설로, 독자님의 철학에 개입하려는 생각은 전혀 없습니다. 만약을 위해!).

현실에서도 켈싱하 같은, 타인의 기도를 짓밟거나 예속시키려 하는 의지에 직면할 때가 있을지도 모른다. 그럴 때, 「신은 자기 안에 깃든다」라는 비스코의 말과 삶이 망설이는 누군가에게 도움이 된다면…… 그런 오만한 생각이 들기도 합니다.

인연이 이어지기를 기원하면서, 그럼 또 뵙겠습니다.

코부쿠보 신지

■역자 후기

안녕하세요. 불초 역자입니다.

비스코와 미로의 대모험도 2권에 접어들었습니다. 1권에서부터 이미 적수가 없어 보이던 비스코와 정면으로 맞붙을 수 있는 적이 나와서 꽤 의외였네요. 악당다운 교활함이나 신이 되고자 하는 야망만이 아니라 무력으로도 대등한 적이라 개인적으로는 마음에 들었습니다. 이번 권의 히로인……이라기엔 뭔가 좀 애매해 보이지만, 아무튼 암리 역시 개성 넘치는 캐릭터였고요. 의안을 꼈다 빼면서 눈구멍 속을 보여 주는 히로인이라니 이것도 참 신기원이네요.

이야기가 진행되면서 일본을 뒤덮은 녹의 비밀도 떡밥이 하나둘씩 드러나려는 모양입니다. 처음부터 단순 재앙이 아니라 인위적인 느낌이 팍팍 들긴 했는데, 과연 그 안에 잠든 비밀이 뭔지 기대되네요.

그럼 후기는 이쯤 하고, 다음 권에서 뵙겠습니다.

녹을 먹는 비스코 2

초판 1쇄 발행 2019년 7월 10일

지은이_ Shinji Cobkubo
일러스트_ AkagishiK, mocha
옮긴이_ 이경인

발행인_ 신현호
편집국장_ 김은주
편집진행_ 최은진 · 김기준 · 김승신 · 원현선 · 권세라
편집디자인_ 양우연
국제업무_ 정아라 · 전은지
관리 · 영업_ 김민원 · 조인희

펴낸곳_ (주)디앤씨미디어
등록_ 2002년 4월 25일 제20-260호
주소_ 서울시 구로구 디지털로 26길 111 JnK디지털타워 503호
전화_ 02-333-2513(대표)
팩시밀리_ 02-333-2514
이메일_ lnovelpiya@naver.com
L노벨 공식 카페_ http://cafe.naver.com/lnovel11

ISBN 979-11-278-5129-3 04830
ISBN 979-11-278-4991-7 (세트)

값 7,200원